Les fantômes de Zurich

MICHÈLE KAHN

Hôtel Riviera	
Rue du Roi doré	
Shanghaï-la-juive	*J'ai lu* 4929/**7**
Les fantômes de Zurich	*J'ai lu* 5206/**6**

Michèle Kahn

Les fantômes de Zurich

Éditions J'ai lu

À ma mère,
Suzanne Wiener

I

Il était juste dix-sept heures à l'horloge du Mandarin Oriental.

Affalée dans un fauteuil en rotin, Lisa brûlait sa dernière cigarette. Elle avait espéré trouver la paix au Captain Bar, mais le brouhaha cornait à ses oreilles et de grands éclats de rire lui meurtrissaient l'âme. L'hôtel entier bourdonnait de « l'événement majeur de cette fin de siècle » : Hong Kong, encore embrumé de l'adieu britannique, s'était éveillé chinois.

A l'instant où la nuit du 30 juin 1997 s'était muée en 1er juillet, l'Union Jack, drapeau du Royaume-Uni, avait glissé du mât tandis que s'élevaient les couleurs de la Chine et la fleur de Bauhinia. Dire que Lisa s'était tant réjouie à l'idée de fêter ce jour exceptionnel ! Et maintenant... Elle ravala les sanglots interdits qui lui obstruaient la gorge. Les larmes signent le deuil, et Lisa s'obstinait à croire son père vivant.

Qu'il ait disparu depuis vingt-cinq heures, à l'instant où cette curieuse lumière plombée s'était emparée de l'île, ne signifiait pas nécessairement sa mort. Mais où était-il ?

Pour la centième, voire la millième fois, Lisa passa les faits en revue. La veille, son père, Walter Neumann, avait quitté Hong Kong pour aller se baigner dans une petite crique de Macao, accompagné de Martin Chen, son secrétaire privé. Le chauffeur les avait conduits au port, puis ils étaient montés à bord de l'hovercraft pour

Macao. Accord avait été pris pour qu'il revienne les attendre au débarcadère après avoir reçu leur appel indiquant qu'ils se trouvaient sur le bateau du retour. « Autour de dix-sept heures », avait précisé Walter qui comptait assister, à East Tamar, au discours d'adieu du gouverneur britannique, Chris Patten, annoncé pour le coucher du soleil, à dix-huit heures quinze.

A dix-huit heures, le *taïpan*[1] n'avait toujours pas donné signe de vie. Son épouse avait alors tenté de le joindre sur son téléphone mobile. « Votre correspondant ne peut être atteint... », avait récité la messagerie.

Leur dernière conversation s'était déroulée vers quinze heures. Walter avait appelé Muriel. Il était en maillot de bain, avait-il dit, pieds nus dans le sable. « C'est si calme, ici ! s'était-il émerveillé. La prochaine fois, mon trésor, je t'emmènerai. » Depuis, le silence.

Muriel, Lisa et ses deux frères aînés avaient passé une nuit blanche, dans l'attente. Le commissaire Chu, reçu ce matin, certifiait que Martin avait laissé son maître aller nager seul à Macao. Le secrétaire avait d'ailleurs été aperçu deux fois à l'heure supposée de la disparition. La première, dans le hall d'un grand hôtel à proximité du port, où il conversait avec une Chinoise d'un âge avancé ; la seconde, sur l'Avenida Almeida Ribeiro, en compagnie d'un pêcheur macanais... Les hélicoptères et les vedettes de la police avaient fouillé les rivages de Macao. En vain. Ni corps ni vêtements n'avaient été retrouvés. Walter d'un côté, Martin de l'autre avaient disparu sans laisser de traces.

Après le départ du commissaire, Lisa, qui ne tenait pas en place, était partie écrémer les lieux où son père aurait pu laisser un indice. Elle ne se souvenait pas de telles bousculades ni de tels embouteillages dans les rues. Les restaurants et les hôtels débordaient. Certains clients avaient réservé une chambre pour le grand soir depuis plus de sept ans ! La circulation, déjà difficile

1. Un *taïpan* est un chef d'industrie (haute société britannique).

en temps normal, aggravée aujourd'hui par la masse de touristes et cette maudite pluie qui tombait à verse depuis la veille, semblait s'être bloquée. Plus aucun taxi n'était disponible.

Au carrefour de Nathan Road et de Salisbury Road, la foule était si dense que quatre agents de police tendaient de solides cordons pour la contenir dans les passages cloutés. Des hordes de paysans descendus des Nouveaux Territoires[1], que les feux rouges n'impressionnaient guère, déferlaient, béats. Ils se statufiaient au milieu de l'artère pour contempler les automobiles aussi vastes que leurs logis, les *gweilos*[2] aux visages blancs affublés d'un si long nez et dont les yeux étaient si ronds, les illuminations géantes en forme d'arc-en-ciel ou de dragon. Deux vieilles Chinoises en pantalon noir s'étaient retournées sur deux Ecossais en kilt. Les badauds examinaient l'uniforme des policiers qui, à minuit, avaient troqué en dix secondes la couronne épinglée sur leur casquette contre un nouvel insigne arborant des jonques et des gratte-ciel. Ces joies simples étaient touchantes mais Lisa, au volant de son coupé Lancia, refoulait en cet instant des envies de meurtre. Elle n'avait qu'une hâte : gagner l'hôtel Peninsula, où elle savait pouvoir trouver des amis de son père.

Cet hôtel, symbole victorien par excellence, avait été paré ce jour d'énormes dragons, d'éventails et de lanternes rouge vif, couleur de la Chine révolutionnaire. Les amis de Walter ignoraient visiblement sa disparition et ne songeaient qu'à commenter l'actualité : les dernières minutes de Chris Patten dans Government House, son visage gris, couleur des nuages amoncelés dans le ciel ; la face illuminée d'orgueil du président

1. Etendue de 1 014 km^2, concédée aux Anglais jusqu'en 1997, qui sépare Hong Kong de la frontière chinoise. Sa restitution obligée provoque la rétrocession de Hong Kong.

2. « Diables étrangers » : les Occidentaux.

chinois Jiang Zemin ; la baronne Margaret Thatcher, vêtue de violet, qui allait tête nue depuis qu'elle avait été contrainte d'abandonner au vestiaire sa tenue de dame de fer ; la dignité des cérémonies et le stoïcisme des officiels auxquels un rang élevé interdisait l'ouverture d'un parapluie – Chris Patten n'avait-il pas trempé trois costumes dans la journée ? Le feu d'artifice anglais sur la baie de Victoria Harbor, splendidement orchestré mais noyé par le déluge ; l'adieu et les larmes du « dernier gouverneur », l'élégance de son épouse Lavender, les sanglots de leurs filles Kate, Alice et Laura ; enfin leur émouvant départ à bord du *Britannia,* le yacht royal, hôtes du prince Charles qui, dominant son émotion, avait quitté Hong Kong sur une grimace.

Lisa s'était enfuie du Peninsula, décomposée, après qu'une amie de son ex-belle-mère, femme redoutable aux doigts chargés de pierres précieuses, eut demandé, le sourcil froncé : « A quelle heure aura-t-on enfin la joie d'apercevoir ces chers Walter et Muriel ? »

Pauvre Muriel, pauvre maman qui devait tant souffrir de cette attente ! Une vague de compassion submergea Lisa. L'enquête du commissaire n'avait pas dû progresser puisque personne ne l'avait appelée. Lisa prit son téléphone et composa le numéro de Muriel, mais elle renonça juste avant le déclenchement de la sonnerie. Trop douloureux. Une voix la fit sursauter.

– *And for you, madam ?*[1]

Un boy en veste blanche, au visage inexpressif, se tenait devant elle, le buste légèrement incliné. Toute à ses pensées, Lisa avait oublié qu'elle se trouvait au Captain Bar. Son regard balaya les tables voisines. Quelle boisson lui redonnerait des forces ?

Le boy revint avec sa bière, servie dans une chope de métal argenté, bien fraîche. Elle lui commanda des cigarettes, en alluma une, l'écrasa aussitôt dans le cen-

1. « Que prendrez-vous, madame ? »

drier noir en forme d'éventail. La migraine lui serrait les tempes. Elle décrocha la barrette d'écaille qui emprisonnait ses cheveux roux, les secoua et, de ses doigts, déploya leur masse compacte sur ses épaules. Croisant, décroisant, recroisant ses jambes impossibles à caser (« tes charmantes aiguilles à tricoter », comme disait Walter pour la taquiner), Lisa tenta de se concentrer sur les journaux. Peine perdue : les lignes dansaient devant ses yeux. Elle comprit que son avidité habituelle à déchiffrer les petits caractères noirs était liée à la perspective de l'une des discussions quotidiennes avec son père, propriétaire de l'empire de presse *South Asia News*.

La tête appuyée sur les poings, les yeux mi-clos, Lisa se concentra sur l'image de Walter : visage large encadré de cheveux blancs et souples, yeux d'un bleu clair très doux mais prompts à l'orage. « Réponds-moi, papa, suppliait-elle. Réponds-moi ! »

Pour toute réponse, elle n'entendit qu'un brouhaha de voix mêlant toutes les langues de la terre. Touristes, ou jeunes cadres aux dents longues et surtout journalistes – plus de huit mille, un record médiatique – étaient venus « couvrir » la rétrocession.

En temps normal, Walter aurait assisté le matin même à la cérémonie où Tung Chee-hwa[1], le nouveau et tout premier chef de l'exécutif chinois, devait prêter serment. Lisa aurait couru d'une festivité à l'autre : réceptions dans les grands hôtels occidentaux, concerts, parades et opéras chinois... ne sachant où donner de la tête et des jambes. Ainsi auraient dû débuter les cent jours de merveille, du 1er juillet au 8 octobre, annoncés par des milliers d'affichettes roses, placardées ou suspendues sur les tramways, les grues, les ferries, les arbres, les fils électriques.

Lisa rejeta en arrière la masse de ses cheveux, un geste dont les intimes prétendaient qu'elle le tenait

1. En Chine, le nom est suivi du prénom. Coutume abandonnée par ceux qui choisissent de porter un prénom occidental.

de Walter. Vautré sur la banquette voisine auprès de sa Walkyrie domestique, un Allemand bedonnant lui demanda du feu en un anglais laborieux. Elle tendit son briquet avec un sourire mécanique et, dans un mouvement maladroit, l'homme fit glisser sur le sol les emplettes de la journée. Le couple n'avait négligé ni les « soldes de la transition » ni les « cadeaux de la réunification ».

– Bonnes affaires, à Hong Kong ! se crut-il obligé de préciser, comme Lisa l'aidait à ramasser ses paquets roses et verts. *Zank you, zank you !*

– Joli et pas cher, renchérit la Walkyrie.

En temps normal, Lisa aurait succombé à la fièvre d'achats collective qui s'était emparée des Hongkongais dès le début du mois de juin, pour atteindre aujourd'hui son point culminant. Même les magasins huppés de Central annonçaient trente à quarante pour cent de ristourne, et misaient sur le rouge. Il y avait du rouge partout. Des mètres de tissu tapissant les murs et les vitrines des boutiques, habillant les mannequins. Du rouge en piles, en tas, en vrac. Vermillon, carmin, cerise. Obédience au communisme, en même temps qu'à la tradition. Le rouge symbolise le bonheur dans la culture chinoise.

Quand l'Allemand se redressa, il était écarlate. Son regard s'arrêta, hypnotisé, sur le collier de Lisa, et il demanda si elle l'avait acheté à Hong Kong. Elle secoua la tête. C'était un bijou de famille. Déçu, il rendit le briquet sans cesser de scruter le collier. Pourquoi, s'interrogea Lisa, fallait-il que tout vienne lui rappeler sa douleur ? Walter lui avait offert ce bijou pour ses trente ans et pour fêter sa liberté retrouvée après son divorce. Il était la copie exacte d'un joyau familial chargé d'une longue histoire, commencée dans les années 30.

Excédée, elle se leva brusquement, salua dame Walkyrie, jeta un billet chiffonné sur la table et quitta le bar sans attendre la monnaie. Les miroirs du hall lui renvoyèrent le reflet d'un visage tendu, à la peau plus blanche que jamais, aux yeux d'un vert ce jour-là singulièrement opaque et cernés de violet sombre. Sans même un regard pour les boutiques de la galerie, elle s'élança vers la sortie. La rue l'appelait.

Une soudaine envie de marcher saisit Lisa. L'habitude était peu courante parmi les *gweilos*, pour ainsi dire inusitée hors du parcours de golf. Lisa la tenait de Walter, lui-même l'ayant contractée quand, réfugié à Shanghai après avoir échappé aux sbires d'Hitler, il survivait tant bien que mal, plongeur, serveur ou pianiste au Wiener Café, et qu'il était attentif à ne pas dépenser le moindre cent.

La pluie poussait les passants sous les bâches des magasins de luxe. En cette saison, elle tombait d'ordinaire pendant dix, vingt ou trente minutes, puis cédait la place au soleil. Lisa, née à Hong Kong, ne se souvenait pas d'un déluge aussi têtu. Tout en marchant à grandes enjambées, l'une des rares à oser affronter les trombes d'eau, elle continuait de ressasser. Qu'était devenu Walter ?

Avait-il été emporté au loin par un courant marin ?

Un gang l'avait-il enlevé en vue d'une forte rançon ?

Et Martin, où était-il ? La perquisition du commissaire Chu dans son studio n'avait livré aucun indice.

Lisa souffrait de rester inactive, car un sentiment obscur lui soufflait que Walter était vivant.

II

Muriel, les traits tirés, se tenait recroquevillée dans l'un des canapés tendus de blanc cassé, le téléphone à portée de main, ses yeux myosotis cachés sous ses paupières. L'enquête piétinait, avait appris Lisa à son retour. Un vide insupportable lui séchait la gorge. Ses frères David et Jonathan, l'aîné et le cadet, l'exaspéraient à marcher de long en large.

– Je vais chercher le cadeau que j'ai acheté pour papa ! dit-elle en se levant pour traverser la pièce.

Elle ouvrit la porte qui commandait l'entrée de son petit appartement et s'y engouffra sans se soucier de l'exclamation presque choquée de David. Lisa était parvenue à empêcher ses frères de diffuser le communiqué alarmiste, en forme de faire-part nécrologique, qu'ils avaient préparé : « Au cours d'une vie mouvementée, Walter Neumann avait fui les dictatures et les régimes totalitaires, avait maintes fois tout perdu et tout recommencé. Malgré sa sérénité apparente, il s'inquiétait du rattachement de Hong Kong à la Chine populaire. A plusieurs reprises, le médecin lui avait recommandé de ménager son cœur malade. Ses proches craignent qu'une crise cardiaque ne l'ait emporté tandis qu'il se baignait au large de Macao. »

Plus Lisa y réfléchissait, plus l'explication lui semblait absurde. Walter connaissait et aimait le peuple chinois, il avait pris plaisir à traiter avec des hommes d'affaires pékinois. Très lasse, elle se dirigea vers la baie vitrée et contempla le jardin luxuriant que son père avait fait planter. Révoltée par son impuissance, elle enfonça violemment ses ongles dans la chair de ses bras. Chaque plante, chaque arbre, oranger, bambou, bananier, plaqueminier, lui rappelait Walter.

Située sur les hauteurs du Peak, la propriété – dont la forme s'inspirait du triangle – comprenait les sièges des sociétés ainsi que les appartements familiaux. Leurs entrées se tournaient le dos mais les deux parties de l'immeuble pouvaient communiquer à l'intérieur, le bureau de Walter servant de sas.

Un expert en *feng shui*[1] avait présidé au choix du terrain. Configuré de manière à attirer le bonheur et la fortune, l'immeuble comportait une face au sud, surplombait une étendue d'eau, était protégé à l'arrière et sur les côtés par la colline et des rideaux d'arbres. L'expert avait également défini l'emplacement des deux lions de pierre qui assureraient la prospérité, ainsi que la date et l'heure de leur pose. « Lions chinois, certes, mais aussi symboles de Juda », expliquait souvent Walter, très attaché à son judaïsme.

Croyait-il au *feng shui* ? Croyait-il en Dieu ? Les deux questions ne lui inspiraient aucune réponse tranchée. En fait, Walter admettait l'existence d'un surnaturel, éventuellement imputable à l'ignorance humaine face aux mystères de l'univers. D'autre part, son existence riche et mouvementée lui avait appris à sacrifier aux rites qui soudent les communautés. « Croire ne peut nuire », disait-il souvent.

« Eh bien moi, papa, je crois que tu vis », affirma Lisa à voix basse.

Elle s'empara du petit sac en papier vermillon rapporté de sa promenade, et retourna dans l'appartement de ses parents. David, qui nettoyait les verres de ses lunettes avec sa pochette Hermès, lui jeta un regard narquois tandis qu'elle tirait du sac une boîte oblongue

1. Géomancie millénaire chinoise. Science du vent (*feng*) et de l'eau (*shui*), visant l'harmonie entre l'homme et la nature.

en épais carton glacé, enrubannée d'or. Elle montra la carte qui l'accompagnait.

– Un HK 1997 ! reconnut Jonathan.

Pour commémorer la réunification de Hong Kong avec la Chine, Caran d'Ache avait produit un stylo précieux, recouvert de laque de Chine, « alliant l'art traditionnel chinois à la précision suisse », édité en un tirage limité à 1 997 pièces numérotées...

– Ça fera le combientième stylo de papa ? persifla David.

Un coup de sonnette appuyé lui évita la réponse cinglante de Lisa.

– Enfin ! se réjouit l'aîné, qui attendait son épouse et leurs enfants.

Gladys et les jumeaux déboulèrent, énervés par leur journée de cheval à Happy Valley. Bouille fraise et yeux noirs décidés, dents d'un blanc éclatant, la fille et le garçon de dix ans ressemblaient de plus en plus à leur mère.

Lisa reprit le paquet et, s'éclipsant sur la pointe des pieds, gagna le bureau de son père. Un étage plus haut, il constituait la pointe de l'immeuble. En raison des jours de congé exceptionnels, le ménage n'avait pas été fait depuis le départ du *taïpan* pour Macao. L'air fleurait *Eau sauvage*. Comme si Walter était présent...

Oubliant toute logique, Lisa se précipita dans le cabinet de toilette. Bien sûr, il était désert. Elle revint abattue, et s'affala sur le large fauteuil de bureau. Ses yeux errèrent sur le mur, s'arrêtèrent sur les deux grands tableaux signés Gustav Klimt, un paysage d'automne et un couple enlacé, puis sur l'instrument de musique presque rudimentaire qui intriguait les visiteurs : un modeste shamisen[1].

« Souvenir de Shanghai », avait un jour révélé Walter, laconique. Il n'aimait pas trop s'attarder sur les

1. Luth à cordes de soie qui sert à accompagner les spectacles de théâtre kabuki.

épisodes difficiles de sa vie. Lisa savait qu'il avait été déporté à dix-neuf ans à Dachau, dans le même camp de concentration où était mort son père, Arthur Neumann. On avait laissé Walter sortir le 10 novembre 1938, au lendemain de la « nuit de cristal », à condition qu'il quitte aussitôt le Reich. Il était parti nu comme un ver pour Shanghai, « le paradis des aventuriers ». C'était alors la seule ville au monde où l'on pouvait entrer sans visa.

Lisa savait qu'elle avait bien choisi son cadeau. Elle était peut-être la seule à avoir observé le soin maniaque de Walter pour choisir le stylo du jour, celui qui consignerait ses pensées intimes dans l'un des cahiers accumulés durant des dizaines d'années. L'ancien journaliste avait commencé à les tenir quand, ayant fui Shanghai tombée aux mains des troupes de Mao, il s'était établi à Hong Kong en 1949. Lisa connaissait l'existence, mais non le contenu, de ces recueils. Walter lui avait demandé, solennel, de ne les ouvrir qu'après son décès et celui de Muriel.

Quant à David et Jonathan, ils en ignoraient tout.

« Tu trouveras cette histoire dans *Shanghai* », avait ajouté Walter, parlant du shamisen. Après avoir ouvert le tiroir central du bureau, il avait montré comment mettre au jour, dans la paroi du fond, la cachette contenant une pile d'épais cahiers à couverture noire. Le nom de la ville magique, inscrit de sa main sur une étiquette, ornait en effet la couverture de l'un d'eux.

Walter aurait-il laissé un indice dans les pages rédigées au cours des derniers jours ? Lisa fit vivement glisser le tiroir, avança la main, caressa la paroi, trouva l'encoche. Son cœur battait la chamade. A l'instant de faire jouer le déclic, ses doigts restèrent paralysés. « Après ma mort et celle de ta mère », grondait la voix de Walter.

Elle referma le tiroir, disposa le paquet-cadeau bien en vue sur le bureau, abandonna la pièce et rejoignit l'appartement.

Muriel était blême, le bleu des veines saillait sous sa

peau diaphane. Lisa lui prit tendrement la main. La mère et la fille partageaient le même désarroi. Où chercher Walter ? Par quoi commencer ? D'une seconde à l'autre, la vie avait précipité leur famille heureuse dans une inexplicable tragédie.

Neuf heures. Une explosion annonça le début du feu d'artifice offert par Pékin. Les Anglais, rappela David, avaient dépensé quatre millions de dollars[1] la veille alors que les Chinois annonçaient un spectacle de cent millions pour aujourd'hui.

Lisa actionna l'ouverture électrique de la baie vitrée, provoquant l'envol effarouché d'oiseaux peu habitués à l'intrusion humaine, et entraîna Muriel. Chaleur, moustiques et moiteur régnaient sur la terrasse. Des gouttelettes d'eau paraient encore les branches des arbustes. Les fragrances tropicales, exacerbées par la pluie, emplissaient la nuit du « port des parfums ». Enivrée, Lisa se dirigea vers la balustrade.

La vie semblait comme suspendue. De ce côté-ci, l'immeuble accroché sur les hauteurs du Peak offrait l'une des plus belles vues de Hong Kong. Les cathédrales de verre et d'acier, sièges des grandes banques, encadraient la baie qui s'étendait entre l'île de Victoria et la péninsule de Kowloon. Des kilomètres de fils garnis d'ampoules électriques, composant des tableaux ou des motifs géométriques sur les façades des gratte-ciel, décuplaient l'habituel collier de lumières. Aux pieds de Lisa, l'entrelacs doré des voies rapides qui s'entortillaient autour d'un groupe de buildings paraissait fixé dans le vide. Les voitures y glissaient telles des lucioles. A gauche, Lisa distingua l'arrière de la demeure du gouverneur, illuminée mais fermée.

Une sphère gigantesque soudain s'alluma en plein milieu du port.

1. Un million de dollars de Hong Kong vaut 700 000 francs français.

– La « perle de l'Orient[1] », cria Jonathan qui, resté devant la télévision, préférait voir les gros plans et bénéficier du reportage.

La sphère gagna en éclat, tandis que des lasers et des projecteurs croisaient leurs rayons dans le ciel. Apparut alors, au son d'une musique chinoise, la première jonque d'une flottille illuminée qui se mit à naviguer, dans le sens des aiguilles d'une montre, autour de la boule géante. Chaque embarcation transportait un décor animé : un dauphin dansait ; un papillon battait des ailes ; un oiseau volait de fleur en fleur ; un lapin remuait les oreilles ; un dragon géant ondulait ; des cerceaux volaient.

Puis une nouvelle déflagration, monumentale cette fois, secoua l'air. Au long d'un pont virtuel d'un kilomètre de long jeté sur la baie entre Victoria et Kowloon, éclataient en sifflant des rosaces rouges, vertes, violettes qui baignaient la mer de vagues multicolores. Suivirent des rafales d'astérisques, de fusées, d'étoiles dorées, de pompons blancs, de sphères cernées d'anneaux, de somptueux bouquets de fleurs superposées. Le ciel entier virait d'une couleur à l'autre. On le vit rouge traversé de météores jaunes. Une rumeur de plus en plus vive montait parmi les crépitements. La foule applaudissait et s'extasiait.

Pas une goutte de pluie. Contrairement aux Anglais, observa Jonathan, les Chinois avaient le ciel de leur côté. David déclara que ceux-ci avaient tiré vingt tonnes d'explosifs. De quoi pulvériser quarante buildings !... Mais, à son avis, les Anglais s'étaient montrés plus culturels. Lisa avait-elle remarqué qu'ils avaient diffusé l'ouverture de *William Tell*[2] pendant que des pommes vertes et rouges fendaient le ciel ?

Ces mots lui rappelèrent l'absence cruelle de Walter, qui adorait Rossini. Etrangement, il témoignait de la mauvaise humeur quand on mentionnait cet opéra. La

1. Surnom de Hong Kong.
2. *Guillaume Tell.*

pudeur avait toujours empêché Lisa de demander à son père la raison de cette tension. Il l'appelait d'ailleurs : *Wilhelm Tell*. A l'allemande. Comme en Autriche, sans doute. Mais en quoi cette histoire d'un arbalétrier helvétique, condamné à prouver son adresse en transperçant une pomme placée sur la tête de son fils, pouvait-elle affecter Walter ?

III

En ce jeudi 3 juillet, le commissaire Chu n'avait encore découvert aucun élément nouveau susceptible de faire avancer l'enquête. Sur l'avis de John Finkelstein, un cousin de Muriel devenu le bras droit de Walter, la disparition du *taïpan* avait été signalée, sans commentaire aucun, dans la presse du 2 juillet. Depuis, le téléphone n'arrêtait pas de sonner.

Préférant échapper à la détresse contagieuse de Muriel, Lisa s'était jetée de bonne heure dans la rue. Gladys, solide en temps de malheur, tenait heureusement compagnie à sa belle-mère. Les téléphones mobiles les relieraient en cas de besoin.

Il faisait près de trente degrés. Un méchant nuage gris n'allait pas tarder à crever. Après les orages de la veille, des récits apocalyptiques s'étalaient à la une de la presse du matin, disputant la vedette aux nouveaux dirigeants de Hong Kong. Inondations et glissements de terrain avaient provoqué des catastrophes dans les Nouveaux Territoires. Maisons dévastées, véhicules engloutis. Des ouvriers avaient été entraînés par des torrents et des murailles de boue. Un sikh enterré vif dans une avalanche devait la vie sauve au policier chinois qui avait vu émerger ses doigts tremblants. Le mauvais temps sévissait dans le monde entier, à croire que la planète était détraquée. El Niño faisait des ravages. Etait-ce la tempête qui avait happé Walter ?

« Et si c'était un crime crapuleux ? » envisagea soudain Lisa. Un journal avait révélé qu'une moyenne quotidienne de deux cent seize meurtres endeuillait le territoire, mais que ce chiffre était tombé à une quarantaine les 30 juin et 1er juillet.

L'insupportable concert de marteaux-piqueurs, bulldozers, klaxons perçait les tympans de Lisa. Où s'échapper ? Elle vit alors passer deux Pakistanaises, amplement voilées, accompagnées d'un boy qui peinait à porter d'énormes sacs vert et rose à l'enseigne de Shanghai Tang. Pedder Street était toute proche. Elle partit d'un bon pas.

Une folie du Shanghai des années 30 ravageait Hong Kong. La direction de l'hôtel Regent avait baptisé Shanghai Club le cabaret où des jazzmen recréaient l'ambiance esthétique et libertine des années folles, du temps des belles au teint blanc et aux cheveux crantés, à longs gants noirs et fume-cigarettes d'ébène. Ensuite David Tang, un ancien professeur de philosophie, avait fondé Shanghai Tang, la boutique où il diffusait sa ligne de vêtements qui renouait avec la Chine mythique. Ses modèles faisaient fureur depuis que l'actrice Gong Li était apparue « habillée en David Tang » au dernier festival de Cannes. Lisa avait acquis l'un d'eux pour la soirée fatidique du 30 juin. Une robe en panne de soie noire, très moulante et fendue, à col officier. Qui était restée pendue sur son cintre...

Cependant, les rayons de Shanghai Tang avaient été dévalisés. Le désappointement, voire le désespoir, se lisait sur les visages des consommateurs frustrés. Au rayon hommes, Lisa caressa une sorte de caban chinois en cachemire doublé de soie, vendu 5 500 dollars[1]. Avec quel plaisir l'aurait-elle acquis pour Bob s'ils avaient encore été mariés ! Lisa savourait son indépendance, mais déplorait l'absence d'un compagnon. Elle repartit, nostalgique.

Shanghai continua de hanter ses pensées. Alors que les Occidentaux ne pratiquaient d'habitude aucun

1. Dollars de Hong Kong.

idiome chinois, Walter maîtrisait parfaitement le shanghaien. Lisa était tombée des nues en le découvrant. Cela se passait à Man Mo Temple...

Regardant autour d'elle, elle reconnut Queen's Road. Il suffisait de grimper les marches de Ladder Street, de traverser Hollywood Road, et elle tomberait pile sur Man Mo Temple !

La brise balançait les spirales en forme de cône, suspendues au plafond, qui se consumaient en distillant leur odeur d'encens. Le gong battait, une cloche sonnait.

Dans ce temple dédié aux divinités de la littérature et de la guerre, Man et Mo, Walter lui avait expliqué les rites bouddhistes. Devant les brûle-parfums, les vases de fleurs et les coupes de fruits, un père et son fils plantaient un bouquet de bâtonnets d'encens dans un réceptacle de cendres. Une jeune femme agitait un *chum*[1] contenant des baguettes numérotées. « L'une d'elles tombera, et il faudra consulter l'oracle portant le même numéro », avait observé Walter. « D'où sais-tu cela ? » s'était étonnée Lisa.

Il avait hésité, le regard embrumé. « Feng-si, avait-il enfin prononcé avec une infinie tendresse. Une jeune fille de Shanghai. » Lisa n'avait pas insisté.

Elle suivit le chemin qu'ils avaient alors emprunté, au cœur du quartier chinois. Lisa et Walter avaient scruté la vitrine de cette boutique-là, emplie de vieilles soieries, masques anciens, boîtes, verrous, cages de grillons, quand elle lui avait confié ses doutes sur Martin. La face toujours lisse et souriante du nouveau secrétaire privé de Walter l'agaçait. Impossible d'avoir une vraie conversation avec lui, il glissait comme de la gélatine. « Il a un visage sans âme », avait ajouté Lisa.

Walter s'était raidi. Il avait allumé une cigarette, tiré une bouffée et repris sa marche. Un peu plus tard, dans ce même restaurant chinois dont un sikh enturbanné,

1. Boîte en bambou.

en uniforme rouge, ouvrait à présent la porte à Lisa, il avait révélé : « Martin est le neveu de Feng-si. J'ai une dette immense envers elle. Je lui dois d'être en vie... Par conséquent, tu lui dois d'être née... J'étais seul et démuni. Elle m'a nourri, logé, protégé... aimé. Même si Martin n'était pas le garçon souple, intelligent et travailleur que nous connaissons, je l'aurais gardé auprès de moi. Malgré ton avis. A cause de Feng-si. »

Adossée contre la boiserie d'acajou, Lisa commanda des *dim sum*. Une vieille femme vint présenter le chariot fumant, empli de paniers en bambou où reposaient les bouchées à la vapeur. Dans une pièce voisine retentissaient le clic-clac frénétique des dominos de mahjong, le clap lourd des cartes qui s'abattent, les exclamations de joie ou de dépit.

Tandis que les Occidentaux, en ce dernier mois de juin, claquaient leur fric pour danser et boire dans les lieux publics, les Chinois cédaient, plus encore que de coutume, à la passion du jeu et de la spéculation. Tous les records avaient été battus dans le domaine boursier, dans l'immobilier ou sur l'hippodrome de Happy Valley. Peut-être Martin était-il joueur, lui aussi ? Lisa se souvint qu'il lui avait un jour expliqué un itinéraire à Macao en prenant des casinos pour points de repère. Elle se promit de signaler le fait au commissaire Chu.

Fouillant son sac à la recherche d'un nouveau paquet de cigarettes, elle trouva une coupure de presse dont elle avait ajourné la lecture. Ses yeux filèrent en diagonale...

> Les triades[1] gèrent un empire du crime dont les tentacules enserrent presque tous les secteurs de la vie hongkongaise... Elles se nourrissent d'une mystique centenaire : signes cabalistiques, noms de code exotiques, tatouages exubérants... initiation... secret... Elles représentent aujourd'hui une industrie de plu-

1. Gangs qui se réclament, à tort, des anciennes sociétés secrètes. Leur symbole est un triangle unissant le Ciel, la Terre et l'Homme.

sieurs millions de dollars. La plus importante, Sun Yee On, verse environ 40 000 salaires à ses membres. Elle investit dans la propriété foncière, l'immobilier et la construction des routes, laissant croire que les gangs se composent désormais d'hommes d'affaires uniquement identifiés par des tatouages originaux. En fait, nourrie par le racket – Sun Yee On tient l'industrie cinématographique –, elle s'est spécialisée dans le blanchiment de l'argent issu de la drogue et de crimes en tout genre...

Suivait le passage qui avait attiré l'attention de Lisa :

En mai 1996, l'éditeur de journaux Leung Tin-wai fut attaqué dans ses bureaux par des individus déguisés en hommes d'affaires qui entrèrent sous le prétexte de lui soumettre une offre d'imprimerie. Il fut découvert étendu sur le plancher, à côté de son bras. Pour faire bonne mesure, on lui avait coupé les pouces. Il s'apprêtait à publier un article important, très documenté, sur le crime organisé.

Lisa replia la coupure de presse. L'émotion l'agitait d'un frémissement nerveux. Une dernière phrase lui sauta aux yeux :

Les triades n'auraient jamais pu – et ne pourraient jamais – prospérer sans l'amicale complicité de la police.

« Comment savoir ce que vaut le commissaire Chu ? » s'interrogea-t-elle en s'élançant sur l'escalator géant qui reliait le front de mer aux immeubles agrippés à la colline du Peak. « Intègre ou pourri ? » Difficile de percer la mentalité chinoise. En témoignait cette brouille de Walter avec Fengyong, le frère de Feng-si. Sans le vouloir, Walter, à peine débarqué à Shanghai et ignorant tout de la susceptibilité chinoise, avait fait perdre la face au jeune homme. La pire offense pour un fils de l'Empire du Milieu.

Emportée par le serpent d'acier, Lisa traversa Elgin Street, où le café Red Star proposait des plats « révolutionnaires ». Quelques mètres plus bas, une salle de sport vantait ses promotions avec un portrait de Mao soulevant des haltères.

Le soleil couchant dorait la jungle accrochée à la montagne. Arrivée à la hauteur du jardin botanique, Lisa se retourna. A ses pieds s'allumait peu à peu le fourmillement des lumières de Hong Kong. Autour du port flottaient les lueurs des bars à marins. En ce jour de confidences, Walter avait fini par révéler que l'adorable Feng-si était l'une des « fleurs » de Shanghai, une marchande d'amour.

Un trouble la saisit. Ses tempes battaient. Et si SHANGHAI était la clé de l'énigme ? La police avait-elle donné toute l'importance qu'il fallait aux origines shanghaiennes de Martin ? Lisa attrapa son téléphone.

IV

Bientôt minuit. Lisa colla son nez contre la vitre froide du hublot. Une flottille de nuages gâcha par intermittence le spectacle de la baie illuminée, des gratte-ciel qui arboraient les plus hauts néons du monde, des paquets d'étroits « immeubles-cigarettes ». Enfin, dépassées les nuées, l'avion s'enfonça, vers l'Europe, dans la nuit étoilée.

Un coussin calé dans le dos, Lisa fit monter le repose-pieds et accepta une coupe de champagne offerte par une main couleur pain d'épice. La Cathay Pacific recrutait ses hôtesses parmi les onze pays asiatiques desservis par la compagnie. Toutes étaient de vivants plaidoyers pour les charmes de leur patrie.

Maintenant que l'agitation due aux préparatifs du départ était tombée, Lisa se demanda si elle avait eu raison d'agir sur un coup de tête. « Vivre, c'est vaincre la douleur et la peur », se souvint-elle alors. Et ces mots, surgis de l'un des deux épais cahiers à couverture noire enfouis dans son sac, la réconfortèrent.

Son intuition s'était finalement révélée juste. Le samedi 5 juillet, la police du continent, qui travaillait en étroite liaison avec celle de Hong Kong, avait retrouvé Martin terré à Shanghai. Vingt-quatre heures plus tard, il avouait les faits.

Martin, que l'on soupçonnait d'appartenir à la triade 17K, avait servi de contact. Son rôle consistait à prévenir un pêcheur macanais sitôt que Walter aurait débarqué à Macao. L'enlèvement avait eu lieu au cours de la baignade dans la crique. Après un long interrogatoire, le secrétaire chinois avait fini par révéler que le rapt était commandité par un Suisse, mais jurait ne rien savoir de plus. En tout état de cause, le mobile de sa trahison restait obscur.

Le commissaire Chu s'était montré pessimiste. D'après lui, les méthodes de 17K ne laissaient guère de place à l'espoir. Craignant que le corps de Walter n'eût été balancé par-dessus bord, il avait ordonné à ses équipes d'aller sonder les fonds marins, mais cela risquait de prendre plusieurs jours.

Muriel s'était effondrée, et le médecin avait dû lui administrer de fortes doses d'anxiolytiques qui la maintenaient dans un sommeil presque permanent. Trois infirmières se relayaient jour et nuit à son chevet.

« Pourquoi le commanditaire du rapt serait-il suisse ? » s'était interrogée Lisa. Elle n'avait jamais entendu Walter mentionner la moindre tractation avec des représentants de la Confédération helvétique.

La colonie suisse de Hong Kong était réduite, mais l'hôtel Peninsula employait nombre de ses ressortissants, recrutés avec soin par M. Nestor, le concierge vaudois. Walter aimait beaucoup déjeuner au Chesa, le restaurant suisse de l'hôtel, dont les poutres, la cheminée, les vieilles chaises et les « *alpine delights* [1] » lui rappelaient sa jeunesse autrichienne. A la recherche d'indices, Lisa était allée à son tour déjeuner au Chesa. La disparition de Walter y avait ému chacun. Du chef au maître d'hôtel, tous s'étaient ingéniés à lui témoigner de l'amitié. Quelqu'un, parmi ces gens débonnaires, aurait-il pu vouloir faire du tort à Walter ? C'était impensable.

« Tant qu'on ne me démontrera pas noir sur blanc que papa est mort, murmura Lisa, les doigts farouchement accrochés à son collier, je considérerai qu'il vit. »

1. Délices alpins.

Le bijou la rattachait si fortement à Walter qu'elle s'était juré de ne pas le quitter avant son retour.

Sitôt rentrée du Chesa, elle avait rejoint le bureau de son père où, malgré l'émotion, elle s'était obligée à forcer la cachette contenant la pile d'épais cahiers à couverture noire. Elle en avait pris deux. Celui qui portait l'étiquette *Shanghai*, et le plus récent. C'est en feuilletant le second qu'elle avait trouvé ce qu'elle cherchait.

Lisa tira le cahier de son sac. A la date du 26 juin, Walter avait noté de sa grande écriture bien charpentée :

La dernière fois que je suis passé au Peninsula, Nestor m'a demandé si je pouvais recevoir l'un de ses vieux amis suisses, photographe, qui détenait des photos « sensationnelles » (quel sens donner au mot ?) sur le prince Charles et son ex-épouse lady Diana, dont il estimait qu'elles conviendraient aux South Asia News. *Nestor n'en savait pas plus. J'ai accepté. L'homme a appelé ce matin et, sur mon invitation, s'est présenté à 12 heures.*

J'ai vu entrer un gentleman de ma génération. Grand, musclé, portant un élégant costume de lin, des lunettes d'écaille et une serviette de cuir cadenassée. L'air affable, souriant. A peine s'est-il assis que j'ai eu l'impression de l'avoir déjà rencontré quelque part. Ces petits yeux ronds et gris, ces paupières bordées d'un liséré violacé, ce cou de taureau, ce menton carré, cette lèvre méprisante, je les reconnaissais. Mais d'où ?

Il m'a tendu sa carte de visite...

Une bouffée d'émotion saisit Lisa. Elle imaginait son père découpant, de ses mains de pianiste, les deux petits bouts de Scotch pour maintenir le rectangle de carton sur la page. On y lisait le nom du visiteur : Arnold Schuler, celui d'une agence photographique : « Safari », et une adresse dans le canton de Zurich, en Suisse.

Tout à coup, j'ai su ! Cet homme avait été un SS, mon chef de kommando à Dachau. J'attaque :

« Dachau, ça vous dit quelque chose ?

– Une ville près de Munich, non ? En Bavière. Ravissant, la Bavière. Des paysages magnifiques, des tavernes joyeuses. Avez-vous déjà assisté à l'Oktoberfest[1] *? Grandiose ! »*

Il se lance alors dans une description exaltée : flots de bières, tonnes de saucisses, poulets grillés, flonflons des fanfares, cortège hippique. Il monopolise la parole, il cherche à m'étourdir. Plus je l'observe, plus sa bonne humeur me paraît forcée. Pas de doute, il ressemble étrangement à ce sauvage que mes camarades de Dachau avaient surnommé Wilhelm Tell. Quand ça lui chantait, il plaçait des boîtes de conserve sur nos têtes et il tirait. La plupart des hommes tombaient. Moi, j'ai survécu. Il n'a fait que transpercer ma casquette. J'avais pensé à la bourrer de feuilles mortes...

Alors Lisa comprit la réticence de Walter envers l'œuvre de Rossini.

Je l'ai fixé droit dans les yeux, et je lui ai assené :

« Je ne vous parle ni de la Bavière ni de Munich, mais de Dachau, le camp de concentration.

– Connais pas.

– Et Wilhelm Tell, vous connaissez ?

– Le héros suisse ? Bien évidemment ! Enfant, je savais déjà que...

– Non, le Wilhelm Tell de Dachau.

– Je ne vois pas de qui vous parlez. »

Une sueur couvrait son visage, les rides de son front s'étaient creusées. J'étais de plus en plus sûr de moi.

« Vous mentez. »

Là, il se met à crier et à gesticuler.

« Votre comportement est ignoble et offensant. Je ne

1. En allemand, mot à mot : « fête d'octobre ». Grande fête populaire qui attire des millions de visiteurs.

vends mes photos qu'à des gens corrects et, de toute évidence, vous n'entrez pas dans cette catégorie. »

Il s'est levé d'un bond et a voulu reprendre sa carte de visite, mais j'ai prévu le coup ! Je le devance et, feignant la nonchalance, je range le carton dans la poche de mon pantalon.

« Pour mon petit-fils. Il collectionne les cartes de visite professionnelles en espérant se faire inscrire dans le Livre des records. »

Un éclair de haine a embrasé ses yeux gris, et il est parti en claquant la porte contre le mur.

Je me souviens que c'était un Autrichien du Vorarlberg[1]*. Ça s'entendait à son accent. J'aurais dû le faire parler en allemand. Interroger le centre Simon-Wiesenthal*[2] *pour savoir s'il avait purgé une peine de prison en punition de ses crimes. Il me semble qu'il s'appelait Wilfried Keller. S'il a échappé à la justice, j'essaierai de retrouver ses traces à l'occasion de notre prochain voyage en Europe, en août ou septembre. Il faudrait même alerter l'Office central de recherche des criminels de guerre, en Allemagne, pour qu'il lance un mandat d'arrêt international contre ce salaud, et qu'il demande son extradition.*

Un échange de fax avec le centre Simon-Wiesenthal avait appris à Lisa que le dénommé Wilfried Keller, dont les actes criminels avaient été dénoncés par d'anciens détenus de Dachau et de Mauthausen, en effet surnommé « Wilhelm Tell », avait disparu sans laisser de traces. Il était sans doute encore vivant et on le recherchait en Amérique du Sud.

C'est ce qui avait décidé Lisa à partir, en se gardant bien de signaler au commissaire Chu l'intrusion de

1. Province la plus occidentale de l'Autriche, frontalière de la Suisse.

2. Centre créé à Vienne par l'Autrichien Simon Wiesenthal qui, dès sa libération du camp de Mauthausen, s'est fixé pour but la traque des criminels nazis.

« Wilhelm Tell », auprès de Walter, dans les jours qui avaient précédé sa disparition.

A chacun son enquête.

Le sommeil fuyait Lisa. Tantôt son pull lui tenait trop chaud, tantôt pull et couverture réunis ne venaient pas à bout de ses frissons. Un concert de respirations sifflantes lui mettait les nerfs en pelote, et l'interdiction de fumer la plongeait dans un état de frustration de plus en plus vif.

Elle enfourna son dernier marshmallow et froissa le sachet avec dépit. De l'autre côté de l'allée, un homme de forte corpulence, moustachu à nœud papillon, semblait s'ennuyer : il torturait un roman policier entre ses grosses pattes au point de lui donner l'aspect d'un boudin. Ses yeux de brave cocker happèrent le regard de Lisa. Aussitôt, il tenta d'engager la conversation.

– J'ai quelque chose qui pourrait vous intéresser, déclara-t-il en anglais, pesant sur les mots avec un fort accent de Suisse alémanique.

Au cours de ses trois années d'études effectuées au Bleuey, un institut huppé de Suisse romande où elle avait appris le français, des bribes d'allemand et de bonnes manières vite oubliées, Lisa s'était exercée à déceler les intonations régionales. Ayant perdu son entraînement, elle hésitait : Berne ? Zurich ?

L'Helvète s'était levé avec une promptitude étonnante pour sa corpulence et, les bras levés, fourrageait dans le compartiment à bagages. Au terme d'une bataille qui fit flotter le dos de sa chemise hors du pantalon, il extirpa une mallette de métal aux coins renforcés, dont les reflets d'acier trouèrent la pénombre. Il s'assit, l'installa sur sa tablette et entreprit de manipuler les combinaisons numérotées. Les gâchettes claquèrent, puis il souleva le couvercle de la mallette, qu'il inclina cérémonieusement vers Lisa. Incrédule, elle distingua, rangés jusqu'à ras bord, des liasses de billets, des lingots et des pièces d'or.

– Servez-vous seulement ! l'invita-t-il, tout sourires.

– Pardon ?

– Prenez ce qui vous fait plaisir.

Elle se pencha, les yeux écarquillés, puis éclata de rire en reconnaissant des emballages de chocolat.

– Mes échantillons, précisa l'homme d'affaires. Allez-y ! Fraîcheur garantie.

Ensuite il rangea sa mallette, non sans l'avoir lustrée avec son grand mouchoir de coton, se rassit et finit par s'assoupir, à l'égal de la plupart des passagers.

Voulant mesurer la température du pays où elle se rendait, Lisa se plongea dans la lecture des journaux helvètes en grignotant sa barre de chocolat. La lecture de la presse lui apprit que le pays était en ébullition.

« L'or nazi ». Sous ce titre, un magazine dénonçait les trafics peu reluisants de la Suisse avec les dirigeants du IIIe Reich. Des rivières d'or se seraient ainsi écoulées de l'Allemagne nazie dans les coffres de la B.N.S., la Banque nationale de Suisse. En décomptant les maigres restitutions, on soupçonnait la Confédération helvétique de détenir encore cinq à six milliards de dollars. Ces fonds provenaient du butin nazi : or dérobé dans les banques nationales des territoires occupés, mais aussi arraché aux victimes des camps. Bijoux, montres, lunettes, couronnes et plombages dentaires avaient été fondus en lingots.

« Cancer », c'était le mot employé par une lectrice bernoise à propos de la tempête, pudiquement nommée « problème des fonds en déshérence », qui soulevait la Confédération. Outre le fait de receler les dépôts nazis, les banques suisses étaient aussi accusées d'avoir dérobé les capitaux de milliers de victimes de la Shoah. « Nous voulons la vérité, des faits, le nom des coupables, écrivait cette dame du canton de Berne. Nous ne voulons pas avoir honte de notre passeport suisse lorsque nous nous rendons à l'étranger. Ceux qui se sont approprié l'argent doivent être mis au pilori et passer à la caisse. Actuellement, il semble que beaucoup de gens ont peur de la vérité. Le cancer du secret a dévoré notre démocratie tout entière. »

Depuis qu'elle savait sa famille concernée, Lisa suivait cette affaire avec un mélange de répugnance et d'intérêt.

En 1937, Arthur Neumann avait effectué de fréquents voyages en Suisse. Walter se souvenait avoir surpris une conversation entre ses parents où il était question d'une banque et d'un banquier à Zurich. Avant d'être interné à Dachau, pressentant qu'il faudrait peut-être fuir l'Autriche, son père avait pris les précautions qu'il estimait nécessaires pour la protection de sa famille. Au péril de sa vie, il avait ainsi ouvert un compte, l'avait approvisionné en plusieurs fois, et entreposé dans un coffre divers objets de valeur et des bijoux.

Depuis 1962, Walter essayait de retrouver la trace de ces biens. Sous la pression du Congrès juif mondial, une loi fédérale suisse avait alors contraint les banques à joindre les titulaires, ou les héritiers, des comptes ouverts par des juifs pendant les années noires.

Dix ans plus tard, après une recherche approximative, les « gnomes de Zurich [1] » avaient restitué un peu plus de neuf millions de francs suisses à certains ayants droit. Une paille aux yeux des milliers de personnes qui s'estimaient spoliées. Les établissements bancaires annoncèrent cependant que le dossier était définitivement bouclé.

Arthur Neumann n'avait jamais eu l'occasion de confier à son fils le nom de la banque ou du banquier. Ni, bien sûr, les numéros du compte et du coffre. Tous les papiers de son père ayant été détruits, Walter n'avait pu produire les pièces et les preuves requises par les banques. Chacune avait exigé mille francs suisses [2] pour entamer une recherche. Toutes avaient répondu par des fins de non-recevoir.

En 1987, la banque Julius Baer lui avait froidement

1. Surnom des banquiers.
2. 1 franc suisse = 4,25 francs français.

répondu que le nom de Neumann ne figurait pas dans ses archives. « La loi suisse, précisait-elle, n'oblige les banques à conserver leurs fichiers que pendant dix ans. »

La polémique avait rebondi en 1995, époque où Lisa avait pris conscience de l'énormité des faits. Les établissements financiers helvètes n'avaient pas honnêtement appliqué la loi de 1962 : ils avaient escamoté les comptes ouverts par des prête-noms, ainsi que les comptes anonymes, tel celui des Neumann.

L'A.S.B., Association suisse des banquiers, rejetait ces accusations avec véhémence et affirmait « n'être en possession d'aucun élément nouveau qui lui permettrait de rouvrir le dossier ». Ces fonds juifs, « *peanuts*[1] ! » s'était exclamé un certain Studer, président de l'Union de Banques suisses, le premier groupe bancaire du pays. Là-dessus, tout soudain, l'A.S.B. avait créé une centrale de recherche, dirigée par un médiateur. Lisa avait lu dans le cahier de Walter :

Me suis mis en rapport avec lui. Pas d'argent, pas de Suisse. Mais un progrès. Celui-ci ne m'a demandé que cent francs.

En 1996, ça s'était corsé. A la demande du Congrès juif mondial qui avançait une revendication de plusieurs milliards de dollars, l'A.S.B. avait fini par opposer une estimation d'un peu plus de trente-huit millions de francs helvètes, retrouvés sur sept cent soixante-quinze comptes. Mais aucun n'appartenait aux Neumann.

Après que les Anglais et les Américains eurent montré les dents, la Suisse, à la fois indignée et tremblant pour sa réputation, avait enfin accepté de chercher à voir clair dans son passé.

« A une allure de tortue », soupira Lisa. Et de pouffer ! Elle se souvint de Stefan Meier, à l'institut du Bleuey, racontant l'une de ces blagues idiotes, sur les Bernois si lents, qui font hurler de rire les adolescents.

1. Mot anglais (« cacahuètes »), autrement dit : trois fois rien !

Le Zurichois collectionnait alors les histoires sur les Bâlois, les Fribourgeois, les Vaudois, les Appenzellois...

L'esprit embrumé, elle finit par s'endormir.

L'hôtesse la réveilla pour le petit-déjeuner. Le chocolatier était déjà occupé à fourrer un petit pain avec une plaquette de beurre. Il se mit à bombarder Lisa de questions. Resterait-elle longtemps à Zurich ? Affaires ? Tourisme ?

Elle n'allait tout de même pas lui annoncer qu'elle soupçonnait un ancien SS, un criminel surnommé « Wilhelm Tell », d'avoir enlevé son père. Saisie d'une brusque inspiration, elle lança la conversation sur Guillaume Tell. Intarissable sur le héros national, le brave homme fit un crochet par le lac des Quatre-Cantons.

– Ces quatre cantons, ce sont les cantons primitifs, précisa-t-il avec sa lourdeur inhérente, Uri, Schwyz et Unterwalden. Mais Unterwalden, c'est pas un canton, c'est les deux demi-cantons d'Obwald et de Nidwald...

L'oreille distraite, Lisa laissa le brave chocolatier – qu'elle avait interrogé ! – s'empêtrer dans les vingt-six cantons de la Confédération, chacun ne jurant que par les lois de sa capitale.

Le commandant de bord annonça enfin l'atterrissage imminent et signala qu'on distinguait la chaîne des Alpes. Lisa se pencha vers le hublot. Au-dessus d'une mer de nuages, le soleil levant fardait les pics enneigés d'un rose délicat. C'était grandiose.

Puis Zurich apparut. Très verte, traversée par deux cours d'eau, la ville enserrait le bout du lac qui portait son nom. L'avion se posa près d'une forêt. Un chemin de terre longeait la piste. Revêtu d'une combinaison kaki et d'un gilet orange fluo, un homme à stature d'ours y empilait des bûches rondes et régulières.

V

C'était excitant d'être vêtue de neuf, du slip au ruban qui noue les cheveux...

L'agitation s'était emparée de Lisa dès l'atterrissage : elle était enfin à pied d'œuvre ! Ayant passé la douane sans encombre, elle s'était engouffrée dans un taxi. Moins d'une demi-heure plus tard, le chauffeur avait atteint le lac, obliqué en face du débarcadère, longé le vaste jardin de l'hôtel Baur au Lac et s'était arrêté en souplesse dans la cour de marbre blanc. Des serveurs dressaient les tables sur la terrasse déjà ensoleillée. Lisa avait franchi le seuil à colonnes, foulé l'épaisse moquette, et c'est alors que son étourderie lui avait sauté aux yeux : elle avait oublié, à l'aéroport, de récupérer sa valise sur le tapis des bagages.

Elle était donc vêtue de neuf. Les escarpins de toile, un peu justes, ne manqueraient pas de s'élargir. Quant à l'eau de toilette, verte et légère, elle dynamiserait son énergie. Lisa se promit d'en retenir le nom même si, en matière de parfums, elle n'était guère fidèle. Elle aimait changer, mélanger, quitter, retrouver...

Des retrouvailles, justement, l'attendaient : comment Stefan, l'ami lié à des souvenirs délicieux, avait-il évolué depuis leur amourette au Bleuey ?

Aujourd'hui, c'était un avocat renommé. Sur un coup de tête, Lisa l'avait appelé l'avant-veille pour lui demander s'il voulait bien l'aider à retrouver l'ancien SS Arnold Schuler qui, peut-être, était à l'origine de la disparition de Walter. Il avait réclamé un temps de réflexion et, quelques heures plus tard, avait accepté. « En principe », avait-il précisé. Stefan pouvait-il encore changer d'avis ?

A l'époque, le règlement du collège leur interdisait de se rencontrer seuls mais, au cours de danse, il était son cavalier préféré. Son regard attentif, chaud et velouté, faisait fondre Lisa. C'était pour Stefan qu'elle s'appliquait à apprendre le français, la langue d'enseignement. Ensuite, afin de conserver et enrichir cet acquis, elle avait pris l'habitude de lire des romans venus de France, comme *La Bicyclette bleue* de Régine Deforges, qu'elle dévorait.

Le collège dominait le lac Léman. Stefan, seul élève originaire de Suisse alémanique, avait été envoyé dans cet établissement pour rester proche de ses grands-parents maternels, des Genevois. Un cancer avait emporté sa mère quand il était petit.

L'hiver, l'institut émigrait dans les chalets en bois de Gstaad, la station chic du Saanenland. Skieuse moyenne, Lisa verdissait dans le vestiaire en voyant la blonde Valérie se chausser pour partir avec l'équipe de Stefan. Dans la file d'attente des remontées mécaniques, son oreille guettait la voix à l'accent zurichois.

A la fin de la saison, le hasard les avait réunis dans le train de Montreux, où Stefan se rendait pour participer à une compétition cycliste. Trajet sublime. Mais les neiges n'étaient-elles si blanches, les forêts si sombres, les prairies si vertes et les cascades si cristallines que parce que la présence de chacun exaltait l'autre ? Ou le paysage était-il réellement fantastique ? Aujourd'hui encore, la question restait sans réponse.

Sur le quai de la gare de Montreux, Walter et le grand-père de Stefan s'étaient salués, avaient échangé des impressions positives sur l'enseignement dispensé au collège, puis on s'était séparé. Le soleil s'était couché. Lisa avait retenu ses larmes. Les yeux de Stefan luisaient comme des braises. Ils ne s'étaient jamais revus.

Il faisait à Zurich un temps délicieusement doux qui invitait à la détente sur l'une ou l'autre terrasse des cafés, un agrément inconnu à Hong Kong. Concurrencés par le carillon des tramways, des musiciens jouaient ici du violon, ailleurs de la flûte andine. Les tilleuls de la Bahnhofstrasse, l'une des artères les plus luxueuses du monde, lui donnaient un air presque champêtre. Dans les vitrines, chaque objet ou vêtement était présenté avec la délicatesse due aux œuvres d'art.

Une cloche d'église sonna quatre coups : il restait une demi-heure à Lisa avant son rendez-vous au cabinet de Stefan, cinq immeubles plus loin. Elle aperçut le café-bar Sprüngli et s'en approcha en humant un bouquet d'odeurs irrésistibles. L'un des tabourets plantés autour du bar en fer à cheval, qui occupait les trois quarts de l'espace, se libéra. Lisa s'y précipita, et jeta un regard circulaire. « Propre, solide, fonctionnel », jugea-t-elle. Des moules à kouglofs et à lapin de Pâques décoraient la cloison. On était prié de débrancher son téléphone mobile. Sage précaution, car le percolateur, les couverts de métal et la caisse enregistreuse ne lésinaient pas sur les décibels. Le mouvement perpétuel des employées, joint au roulement des consommateurs, évoquait une fourmilière.

– *Grüezi*, salua une serveuse replète. *Was wänd si* [1] ?

– Un espresso, répondit Lisa en français, sans avoir vraiment compris la question.

– Volontiers.

Lisa sourit. Elle aimait entendre cette réponse mécanique qui, aux quatre coins de la Suisse, dans les quatre langues officielles ainsi qu'en schwyzerdütsch [2], revenait avec le même entrain et le même balancement de tête. La sempiternelle capsule de Kaffeesahne, « crème à café », accompagna le café mousseux et

1. En schwyzerdütsch : « Bonjour. Que voulez-vous ? »

2. Dialecte rocailleux, dérivé de l'allemand, qui a prévalu en Suisse jusqu'à la fin du XIXe siècle. Les langues officielles sont l'allemand, le français, l'italien et le romanche.

fumant, que Lisa préférait noir. Les autres fois, il faudrait commander un « espresso nature ».

Assise d'une seule fesse sur le tabouret, un pied à terre, elle caressa d'un œil satisfait la robe noire et fluide qui courait jusqu'à la cheville. Deux larges bretelles en V, croisées dans le dos, dénudaient joliment les épaules.

Little big city[1] : le slogan adopté par Zurich décrivait parfaitement la ville. Les banques prestigieuses ainsi que les marques internationales de vêtements, chaussures, linge de maison, porcelaine ou mobilier siégeaient dans cette Bahnhofstrasse qu'on pouvait parcourir en un quart d'heure, de la gare au lac. Entre deux trams, Lisa distinguait en face d'elle l'étonnant magasin Grieder où, tandis qu'un employé de l'hôtel Baur au Lac était parti chercher sa valise à l'aéroport, elle avait pris plaisir à composer sa tenue du jour.

– Tu es somptueuse, dit Stefan en l'accueillant dans son bureau.

Flattée, Lisa lui rendit son sourire. Stefan, moins grand que dans son souvenir – il ne devait pas dépasser 1,75 mètre, sa taille à elle –, était mince et musclé dans son élégant costume de toile anthracite. Sur le fond bleu électrique de sa cravate, les éléphants noirs signaient ce mélange de classique et de moderne qui, autrefois, lui avait plu. Elle retrouva le regard de braise qu'elle avait aimé.

– Viens, assieds-toi !

Il désigna un canapé de cuir, près d'une table basse où attendaient un bloc de papier et un stylo. La sonnerie du téléphone retentit.

– Excuse-moi !

Stefan passa derrière son bureau, décrocha et s'assit après avoir identifié, avec surprise, son interlocuteur.

En découvrant que Meier, le nom de Stefan, ne figurait pas dans la raison sociale du cabinet d'avocats Von

1. Anglais : « petite grande ville ».

Arx Dreyfus & Partner, Lisa s'était inquiétée. Son ami serait-il à la hauteur de la tâche qu'elle entendait lui fixer ? N'avait-elle pas cédé à la facilité en s'adressant à lui ? Mais la pièce d'accueil, puis la taille du bureau personnel de Stefan, les trois téléphones à portée de main, l'avaient rassurée.

Le mobilier était design, dans une alliance de poirier et de bois teinté en noir. Pas un grain de poussière, pas un objet, pas un dossier ne traînaient. Au mur, un immense tableau abstrait reprenait les couleurs du tapis, bleu profond, bordé de cactus. Un bouquet de bambous prospérait au pied d'une fenêtre. Lisa s'aperçut soudain que Stefan parlait un excellent anglais. Pour un diplômé de Harvard, cela n'avait rien d'extraordinaire mais tous deux n'avaient jamais utilisé que le français, la langue de leur rencontre.

La conversation se prolongeait.

– Tu as bien fait d'appeler, déclara Stefan en souriant, les yeux dans le vague. Je me demandais ce que tu devenais. Ça m'a fait plaisir de t'entendre. Promis, on se voit très vite et je vais m'occuper de toi. Bien sûr que tu peux compter sur moi ! Je me réjouis...

Une femme ! Ce ne pouvait être qu'une femme.

Lisa devint blême. Une inexplicable jalousie lui tordait l'estomac. Pour un rien, elle serait repartie. D'ailleurs, elle allait repartir. Elle écrasa sa cigarette dans le cendrier avant de se lever. Mais Stefan raccrocha. Puis il ouvrit la porte et lança qu'il souhaitait n'être plus dérangé.

– Maintenant, raconte-moi tout, dit-il, plaçant un fauteuil bien en face de Lisa.

Une heure plus tard, ils dévalaient les deux étages et débouchaient sur la Bahnhofstrasse grouillante de touristes et d'employés de bureau.

– On traverse, indiqua Stefan.

Les années avaient affermi son visage. Tout en avançant, Lisa tourna la tête pour voir son profil. Il lui attrapa le bras et la retint avec force. Une Porsche rouge la frôla. Pendant quelques secondes, le cœur battant, elle savoura l'étau de cette main qui, ensemble, l'apaisait et l'électrisait.

A l'angle de deux ruelles, Stefan poussa la porte d'un café aux petites fenêtres de verre coloré. Des cartes de desserts décoraient les tables. Elles proposaient des coupes de glaces et de fruits, nappées de chocolat chaud ou de crème Chantilly.

– Que prends-tu ? demanda Stefan.

– Un whisky.

Il sourit et commanda pour lui un Pepita orange. Depuis qu'ils avaient quitté son bureau, il était resté quasiment muet, et semblait réfléchir. Quand les boissons furent servies, il leva son verre.

– A notre succès ! A nos succès, plutôt !

Ainsi Lisa apprit-elle qu'il acceptait définitivement de l'aider à rechercher Arnold Schuler et les biens d'Arthur Neumann.

Elle évoqua aussitôt la question des honoraires et, mettant la main à son sac, offrit de lui verser une provision. Il remercia et déclina la proposition. Son cabinet adresserait à Lisa la facture pour l'ouverture du dossier, et on verrait ensuite. Elle insista, il refusa en fronçant les sourcils.

Peut-être, songea-t-elle, avait-il à cœur de ne pas accréditer la déplorable image des Suisses qui s'était imposée ces derniers mois dans les milieux internationaux : celle de gens qui, après s'être présentés comme les citoyens les plus convenables du monde, les apôtres de la rigueur, se révélaient épris d'argent au point d'avoir profité de l'œuvre abjecte des nazis pour s'engraisser sur le dos des morts et des survivants.

– Quand tu auras retrouvé ce qui nous appartient, précisa Lisa, sache que mon père souhaite faire don de l'argent à des œuvres humanitaires de son choix. Seuls les objets et les bijoux du patrimoine familial l'intéressent. En raison de leur « valeur sentimentale », tu comprends ?

Il hocha la tête.

– Connais-tu la date de naissance de ton grand-père ?

– Non.

– Il est né à Vienne, m'as-tu dit.

Elle acquiesça.

– Il faut commencer par obtenir l'extrait d'état civil certifiant sa date de naissance, la seule pièce justificative dont nous pouvons disposer... Je sais que certains n'ont pas hésité à réclamer les certificats de décès de gens disparus à Auschwitz, ajouta-t-il avec gêne et réprobation... Sais-tu si ton grand-père avait plusieurs prénoms ?

– Non. Pourquoi ?

– Pour protéger leurs clients, les banquiers ouvraient des comptes et des coffres numérotés ou portant des noms codés. Afin de garder leur appellation en mémoire, on utilisait souvent des dates de naissance, d'autres prénoms... Le déposant et le dépositaire étaient seuls à connaître l'identité ainsi dissimulée... Je vais aussi réclamer les extraits concernant ta grand-mère et ton père. Pourvu que les Autrichiens répondent vite.

– Et en attendant ? s'inquiéta Lisa.

– J'aurais besoin d'une copie de ton livret de famille pour fournir une preuve de la relation familiale entre Arthur Neumann et toi.

– L'un de mes frères s'en occupera. Et en attendant ? répéta Lisa.

Stefan sortit un carnet et un stylo de sa poche.

– On va commencer par le nazi. Redonne-moi ses noms.

– Il est né Wilfried Keller, et vit en Suisse sous l'identité d'Arnold Schuler. Il a aussi un surnom... (se souvenant soudain du discours enflammé du chocolatier à propos de Guillaume Tell, Lisa craignit de choquer le patriotisme de Stefan) mais... mais... je l'ai oublié.

Lisa se sentait à la fois légère et fatiguée quand elle reprit le chemin de l'hôtel. Le décalage horaire n'en était pas la seule cause.

Stefan devait s'absenter tout le lendemain. Tôt le matin, il quitterait son domicile sans passer par le bureau, et ne reviendrait que très tard. Une journée morte pour Lisa.

« Et ce soir ? avait-elle questionné. Tu ne peux plus rien faire ? » Il n'était que six heures. « Je regrette, avait répondu Stefan avec gentillesse, mais il est trop tard... Je ne te l'ai pas encore dit : j'ai une petite fille, Nina. Elle a trois ans. Je ne vis pas avec sa mère et j'ai promis de la garder ce soir. Je dois acheter son dîner et, à Zurich, tous les magasins sans exception ferment à dix-huit heures trente. Il faut aussi que je passe prendre mon vélo au cabinet. »

Ayant appelé la serveuse, il avait demandé combien il devait (« *Tzamme ? – Ja, bitte. – Elf füfefüfzg, bitte*[1]. ») et avait quitté prestement Lisa, promettant de l'appeler le surlendemain, jeudi.

Elle était restée, comme assommée, sur sa chaise. Puis elle s'était ressaisie et, oubliant la différence de fuseaux horaires, avait téléphoné à Jonathan, furieux d'être réveillé en pleine nuit, pour qu'il s'occupe de la copie du livret familial.

Quelle révélation l'avait le plus perturbée ? La paternité de Stefan ou l'heure de fermeture des magasins ? Difficile de savoir. A Hong Kong, des commerces accueillaient les clients jusqu'à l'aube et fermaient lorsque d'autres ouvraient. Quant au fait d'être dépendant d'un enfant, Lisa ignorait ce que cela signifiait.

Elle entra dans la confiserie Sprüngli. Les serveuses, vêtues de blanc et bleu clair, auraient pu passer pour des nurses ou des dames de compagnie. Lisa fit le plein de chocolat et regagna l'hôtel.

– *Good evening, Mrs Nelson*, dit le portier en lui

1. « Ensemble ? – Oui, s'il vous plaît. – Onze cinquante-cinq, s'il vous plaît. »

remettant sa clé ornée d'un pompon en passementerie bleu cobalt.

Sa valise avait été retrouvée. Si Lisa souhaitait de l'aide, elle pouvait appeler la femme de chambre en appuyant sur la touche appropriée. Elle remercia et alla acheter des journaux au kiosque de l'hôtel. Dans l'ascenseur, le miroir lui renvoya le reflet d'un visage en papier mâché.

Stefan était beaucoup moins séduisant que dans son souvenir, pensa-t-elle en tartinant des œufs de saumon sur un toast. Après avoir pris une douche et s'être enveloppée dans le peignoir à l'écusson du Baur au Lac, elle avait commandé un dîner léger.

Posée sur le porte-bagages, sa valise fermée la narguait. Trop fatiguée pour déballer ses effets, Lisa répugnait à appeler la femme de chambre. « Peu romantique, se dit-elle en songeant encore à Stefan. Trop suisse, peut-être. » L'esprit vide, le corps engourdi, elle attrapa les journaux, s'étendit sur le lit et tenta de préparer un programme pour le lendemain.

Le festival de jazz de Montreux battait son plein. Ça ne devait pas être très loin, Montreux. En Suisse, rien n'était loin. Le guitariste Jimmie Vaughan se produirait en soirée. Lisa aurait préféré entendre Ray Charles, oh oui, Ray Charles ! – elle fredonna *Georgia* – mais hélas, le *genius* n'était attendu que le 19 juillet.

Pour sa Fondation de jeunes talents, elle pourrait peut-être dénicher des artistes au festival de la Cité dans les rues du vieux Lausanne. Il y avait aussi un festival de clowns à Loèche-les-Bains. Les Mummenschanz y présentaient un spectacle de masques muets qui mélangeait théâtre, pantomime, danse, magie, marionnettes, mais pas avant le 12 juillet.

Elle allait refermer *Le Nouveau Quotidien* quand ses yeux tombèrent sur une annonce.

Guillaume, Tell qu'en lui-même depuis 1912

Le bailli Gessler va encore mourir des mains de Guillaume Tell. Jusqu'au 6 septembre, vingt et une représentations des « Jeux de Tell » se tiendront à Interlaken (BE[1]). Ils sont joués en plein air depuis 1912 d'après la pièce de théâtre de Friedrich Schiller. Quelque 30 000 spectateurs sont attendus. Interprétés plus de mille fois, les « Jeux de Tell » attirent chaque été un public nombreux : 28 000 personnes y ont assisté l'an dernier, 34 000 en 1995. La tribune couverte offre 2 270 places.

Il n'y a pas que les spectateurs qui soient fidèles : Walter Balmer est Gessler depuis 500 représentations. Certains figurants ont déjà pris part à plus de 750 représentations. Les « Jeux » ne mobilisent pas moins de deux cents acteurs et divers animaux. La pièce a été jouée de 1912 à 1914, puis de 1931 à 1939, et enfin depuis 1947 jusqu'à aujourd'hui.

« Jeux de Tell », prélocation pour les places couvertes et renseignements : tél. 033/8223722, fax 033/8225733.

L'office du tourisme d'Interlaken organise des arrangements avec nuitées.

L'idée d'un « arrangement avec nuitée » la fit sourire. Dortoir dans un chalet ? Pas vraiment son style. Walter – elle vit son père lui faire un clin d'œil – lui avait légué son goût pour le luxe et l'élégance.

1. Canton de Berne.

VI

La sonnerie du téléphone la réveilla. Elle s'était endormie en peignoir, laissant glisser *La Semaine à Zurich* sur le drap. Sept heures.

– Lisa ?

– Oui...

– Stefan à l'appareil.

L'affaire compliquée qui devait l'éloigner ce jour l'obligeait en fait à se rendre à Château-d'Oex...

– Là où le collège nous avait emmenés en excursion quand nous étions allés voir comment se construisent ces chalets ravissants ?

C'était en effet tout près de Gstaad, et Stefan avait pensé que Lisa aimerait peut-être revoir cet endroit. Il avait prévu de quitter Zurich à huit heures et, si elle le voulait...

– Bien sûr que je veux !

– Alors rendez-vous en bas de ton hôtel dans une heure.

– *Okay*.

Elle fila dans la salle de bains, prit une douche express, happa un toast froid qui traînait sur le plateau du dîner, croqua du chocolat, renversa son sac sur la moquette pour trouver la clé de sa valise, en extirpa un jean et un chemisier, se fit monter un café, brossa ses cheveux, se maquilla en quelques gestes, et déboula dans le hall à huit heures tapantes.

Stefan l'attendait, calé dans un fauteuil, fumant la pipe et lisant des journaux. Sa chemisette anthracite lui allait bien. Il se leva d'un bond et embrassa Lisa. Elle vit une petite Golf garée dans la cour.

– C'est ta voiture ?

– Non, je l'ai louée pour la journée.

– Tu n'en as pas ?

– Si, exactement la même. J'évite de l'utiliser pour mes déplacements personnels. Un problème d'assurance.

Il fallait au moins deux heures et demie – mais on traversait quasiment toute la Suisse – pour atteindre Château-d'Oex, petite capitale montagnarde du pays d'Enhaut, dans le canton de Vaud.

Dès les premiers kilomètres, Lisa, secouée, comprit qu'elle entreprenait le voyage le plus cahoteux de sa vie. Ce modèle réduit n'avait donc pas d'amortisseurs ? Elle se garda cependant de toute remarque. D'autres sujets la tarabustaient.

– Ta fille a bien dîné ? questionna-t-elle pour rompre le silence.

– Très bien, je te remercie. Elle a toujours bon appétit. C'est un plaisir de la voir manger, dit Stefan avec un sourire plein de tendresse.

De fil en aiguille, Lisa finit par apprendre que Nina était l'enfant d'une danseuse russe, Tatiana, rencontrée au Music-Hall Terrasse où elle travaillait. La liaison n'avait pas duré longtemps, assez cependant pour que naisse un bébé.

– Comment t'es-tu lié avec une danseuse ? insista Lisa.

– Je vais souvent au Music-Hall. Il y a un grand bar, et les filles viennent boire un verre après le spectacle. On se retrouve entre juges et avocats, il y a aussi des banquiers, des brokers... Ici, à Zurich, le barreau et la romance sont très liés au monde de la nuit.

Lisa rit sous cape. Elle n'imaginait vraiment pas les magistrats hongkongais, avec leur perruque grise à deux pans tombant le long du jabot – sorte de serpillière épaisse que l'on attendait avec intérêt de voir décorer la tête des hommes de robe chinois ! – fréquentant des danseuses nues au vu et au su de l'élite locale.

– Chacun ici a sa vie diurne et sa vie nocturne, ajouta Stefan avec sérieux.

– Quand dormez-vous ?

– Le week-end.

– Et en ce moment, s'entendit interroger Lisa – elle s'était pourtant juré de rester discrète ! –, tu as une autre amie ?

– Plusieurs, répondit Stefan avec simplicité. Je n'ai jamais souhaité me lier durablement.

Pourquoi ce pincement au cœur ? Lisa n'avait-elle pas quitté Bob, et sa vie consacrée au golf et à l'automobile, parce qu'elle voulait pouvoir aimer plusieurs êtres et plusieurs choses à la fois, ne refuser ni les passions ni les coups de cœur ? C'était ça, vivre ! « Qu'est-ce qui te prend, Lisa ? » s'admonesta-t-elle.

Bon conducteur, Stefan tirait le meilleur de sa voiture, laquelle, reconnut Lisa, avait d'excellentes reprises. Sur l'autoroute, il ne dépassait pas les 120 kilomètres-heure autorisés ; pourtant elle éprouvait la même griserie qu'en hors-bord. En raison de l'espace infini, sans doute. A Hong Kong, les voitures tournaient en rond et dépassaient rarement l'allure d'une carriole.

Pendant quelques minutes, ils roulèrent de conserve avec un train qui disparut dans une vallée, réapparut sur un pont, s'engouffra dans un tunnel. Comme au Luna-Park.

Quelle vie menait-on dans les vastes fermes nichées entre deux vallons, dans les vieux châteaux soudés aux pitons rocheux ? Qui avait planté au sommet des collines ces arbres solitaires chargés de dispenser leur ombre fraîche ? Quelles semailles germaient sous la casquette des paysans placidement installés au volant de leurs engins motorisés ? Quels espoirs nourrissaient les enfants enthousiastes qui souriaient à l'arrière des cars en agitant la main jusqu'à ce qu'on leur réponde ?

Les questions se bousculaient à l'esprit de Lisa, mais le plus grand mystère, c'était Stefan. Un homme à découvrir. Un homme différent de ceux qu'elle connaissait. Se distinguait-il des autres citoyens de son pays, ou était-il un pur produit de la singularité helvétique ?

– Tu te déplaces souvent pour ton travail ?

– Rarement. Jamais aussi loin, en tout cas.

– Alors pourquoi aujourd'hui ?

– Une histoire rocambolesque !

Il était l'avocat de Mme Weber, une Zurichoise fortunée, bientôt centenaire, sans héritier direct, qui vivait dans un *home* [1] et ne se déplaçait qu'en chaise roulante. Celle-ci ayant subitement disparu malgré son handicap, le clan familial avait demandé à Stefan de lancer un avis de recherche.

Une quinzaine de jours plus tard, un habitant de Château-d'Oex signalait aux gendarmes l'étrange attirail de fusils et pistolets dont s'affublait un malabar vêtu à la Rambo, descendu à l'Auberge de la Chouette. Les pandores découvrirent que celui-ci, grimé de noir et accompagné de deux gros chiens, jouait les gardiens de nuit dans un chalet proche, perché sur une crête, généralement loué à des vacanciers. Cette maison était pour l'heure habitée par une très vieille dame. Elle venait chaque jour déjeuner à l'auberge en compagnie du malabar, d'une jeune femme qui se disait son infirmière et d'un étrange jeune homme aux yeux pâles, à l'accent d'Europe de l'Est, toujours en complet-cravate, qui prétendait être son secrétaire particulier et physiothérapeute.

Comme le signalement de cette vieille dame correspondait à celui de la riche Zurichoise, la famille avait demandé à Stefan d'enquêter sur place. S'il s'agissait de Mme Weber, se trouvait-elle là-bas de son plein gré, ou séquestrée ? Il avait d'abord refusé cette mission

1. Résidence pour personnes âgées.

incongrue puis s'était décidé, reconnaissant qu'il était la seule personne avec laquelle Mme Weber pourrait tenter de communiquer, si elle le souhaitait.

Tout en écoutant Stefan, Lisa déchiffrait les noms inscrits sur les panneaux. Souvent, elle n'y comprenait rien.

– Ce « Genf » signalé en gros, ça se trouve dans quel pays ?

Stefan rit de bon cœur. Genf était le nom allemand de Genève. Soudain, Lisa sursauta.

– Tiens, Interlaken ! Est-ce qu'on va y passer ?

– Non, pourquoi ?

– C'est là que se déroulent les Jeux de Tell, non ?

– Exactement. Est-ce à dire que tu t'intéresses à notre héros national ?

– Euh... oui... Est-il vraiment celui qu'on dit ? Rebelle et courageux ?

Stefan haussa légèrement les épaules, façon d'exprimer son propre scepticisme. Des historiens contestaient l'existence du personnage fondateur du mythe suisse, mais des artistes l'avaient accréditée, et cela ne leur avait pas porté bonheur. Friedrich Schiller mourut à quarante-six ans, juste après avoir terminé son drame peu conforme aux données historiques ; et Rossini qui, à trente-sept ans, avait composé trente-sept opéras quand il créa l'œuvre dont le livret s'inspirait de la pièce de Schiller, mourut trente-neuf ans plus tard sans avoir rien écrit d'autre. Mais – s'enflamma Stefan – il ne fallait pas prendre à la légère le message d'indépendance, de révolte et de liberté que l'arbalétrier incarnait avec force.

Lisa se félicita d'avoir tu le surnom d'Arnold Schuler.

– Nous avons le choix entre deux routes de longueur quasiment égale, expliqua Stefan quand ils arrivèrent à proximité de Berne. Je te propose de prendre l'une à l'aller, l'autre au retour. Comme ça tu verras un peu le pays.

– Excellente idée ! approuva Lisa en allumant une cigarette.

Pressé d'être à pied d'œuvre, Stefan laissa pour le retour l'itinéraire qui passait par Gstaad, ce qui permettrait de s'y arrêter. Grâce à un téléphone mobile, qu'il nommait son « Natel », il appela deux fois son assistant pour des compléments d'information.

– Dommage que je ne puisse pas te faire visiter Fribourg, regretta-t-il, quand l'autoroute les conduisit à hauteur de la ville où cohabitaient les langues et les cultures romandes et alémaniques.

Stefan conta ses années d'université dans la vieille cité catholique qui, en des temps anciens, avait refusé d'être assimilée au canton protestant de Vaud. La ville haute, juchée sur son promontoire de falaises, dominait la Sarine, cours d'eau marquant la frontière ethnique et linguistique entre les deux régions.

L'énorme territoire de l'Empire du Milieu n'était-il pas moins divisé que celui de la petite Confédération helvétique ? Vues de loin, en tout cas, les barrières cantonales semblaient plus infranchissables que la Muraille de Chine.

Lisa froissa son paquet de cigarettes vide en une boule qu'elle se retint, à la dernière seconde, de jeter par la fenêtre. La Suisse se voulait un pays « propre ». Le regard désapprobateur de Stefan ne lui avait pas échappé.

– Tu adorerais le spectacle nocturne de la ville basse, poursuivit-il. On en donne un nouveau chaque été, dans la forêt, à la lumière des chandelles. C'est magique. Cette année, il est dédié au petit peuple de la forêt.

– De quel petit peuple s'agit-il ?

– Les gnomes, les lutins, les fées, les trolls, répondit Stefan en la regardant allumer sa nouvelle cigarette. Il n'y en a pas chez toi ?

– Chez moi, il y a des dragons, se vanta Lisa. Et des

gros ! Il suffirait d'un seul pour engloutir toutes tes créatures.

Elle rejeta la fumée avec force. Une phrase de Stefan lui trottait dans l'esprit : « La vieille cité catholique qui avait refusé d'être assimilée au canton protestant de Vaud. »

– Au fait, de quelle religion es-tu ?

Etait-ce une impression, ou le visage de Stefan s'empourpra-t-il ? On aurait dit que les mots refusaient de passer. Il ouvrit et referma la bouche à plusieurs reprises, tel un poisson qui manque d'oxygène.

– Ma mère était juive, dit-il enfin. Mon père est né d'un protestant et d'une catholique. Nous n'avons jamais pratiqué de religion particulière.

– Ta mère était juive ! s'exclama Lisa, qui n'en revenait pas.

– Mon père m'a raconté que son mariage avec ma mère a mécontenté les deux familles. Mes grands-parents maternels s'appelaient Meyer, avec un y, alors que le nom paternel s'écrit avec un i. Ma mère n'avait donc quasiment pas changé de nom. « Tu coupes juste ta racine », lui avait dit son père.

Stefan poussa un profond soupir puis avoua, d'un ton grave et bas :

– Voilà pourquoi j'ai accepté de t'aider. Jusqu'à présent, je ne m'étais pas préoccupé de mon origine mais, maintenant que tant d'histoires ressortent et que je commence à saisir combien les juifs ont été persécutés pendant la dernière guerre, j'ai envie de réagir, à la mesure de mes moyens.

Lisa se rapprocha de Stefan et déposa un baiser sur sa joue. Il avait la peau infiniment douce.

Un quart d'heure plus tard, sa disposition d'esprit envers son compagnon avait changé de tournure. « Stefan est-il particulièrement chauvin, ou le patriotisme excessif est-il inhérent à la mentalité suisse ? » s'interrogeait-elle. A l'instar du chocolatier rencontré dans l'avion, Stefan était si avide de faire valoir les beautés de son pays qu'il devenait lassant.

– La Mecque de l'élevage ! annonça-t-il comme ils arrivaient à Bulle. Le marché-concours de taureaux attire même des éleveurs américains.

Il ralentit en abordant l'un des nombreux ronds-points qui constellaient l'artère principale.

– Savoir s'il n'y a pas des histoires de pots-de-vin là-dessous, maugréa Stefan. Je n'accuse personne d'ici, mais ailleurs ça s'est vu... La ville de Bulle vient de construire un nouveau centre, Espace Gruyère, poursuivit-il, qui est d'une conception très originale. Le ring de présentation des animaux se transforme en patinoire pendant l'hiver.

– Que vient faire le gruyère dans ta patinoire pour taureaux ? ironisa-t-elle en cherchant son briquet dans son bric-à-brac.

– *La* Gruyère, releva-t-il.

– Je croyais que « gruyère » était du genre masculin.

– Tu fumes vraiment trop, Lisa... *La* Gruyère, c'est le nom de la région où on fabrique le gruyère. Le vrai.

Un cours s'ensuivit. Le château de la petite cité fortifiée de Gruyères (avec un *s* final), dont les fondations dataient du XIIe siècle, était le joyau de la région de la Gruyère (sans *s*). Et cætera, et cætera, sans oublier la maison de la Chalamala qui... Le vrai gruyère était compact, sans trou, et il ne fallait surtout pas le confondre avec l'emmenthal, sorte de passoire que ces béotiens de Français avaient le culot de nommer « gruyère ».

Lisa chercha le repos en embrassant du regard les vastes champs de maïs. Des fleurs inconnues à Hong Kong égayaient les talus. Au loin paissaient des vaches blanches à taches noires, qui faisaient tintinnabuler leurs cloches.

Cycliste passionné, Stefan mentionna que Château-d'Oex accueillerait en septembre les championnats du monde de VTT[1]. Les Suisses seraient probablement

1. Vélo tout terrain.

obligés de s'incliner devant les vététistes français, dominateurs incontestés de la discipline.

L'Auberge de la Chouette ressemblait à une maison de poupée suisse, entièrement construite en bois. Des bouquets champêtres coloraient les trois tables rustiques. Un banc courait le long du mur. Les vieilles fourches accrochées aux poutres du plafond avaient dû remuer des tonnes de foin. L'une des fenêtres s'ouvrait sur une vallée sinuant entre des montagnes plantées de conifères.

Après une conversation à bâtons rompus avec le robuste propriétaire de l'auberge, Stefan avait conclu que la vieille dame logée dans la maison louée avait toutes les chances d'être celle qu'il recherchait. Il ne restait qu'à attendre son apparition pour s'en assurer. L'aubergiste avait entendu le malabar lui assener : « Vous êtes milliardaire, vous avez nonante-sept[1] ans, vous n'avez plus besoin de votre fric. »

Lisa et Stefan avaient déjeuné de larges portions de gruyère accompagnées d'une « salade mélangée » et d'épaisses tranches de pain paysan. « Un régal ! » avait affirmé Lisa. Elle ne se lassait pas de regarder avec une égale curiosité les paysans silencieux aux longues moustaches, en pantalon de velours et gilet, à galoches boueuses, venus prendre un « déci[2] » de fendant au comptoir. Ils vidaient leurs verres, s'essuyaient la bouche d'un coup de manche, puis leurs gros doigts burinés soutiraient des pièces à leur petit porte-monnaie, et ils repartaient. L'aubergiste avait reconnu qu'ils étaient d'ordinaire, en l'absence d'étrangers, un peu plus causants, mais « pas trop ».

Le temps passait et Stefan commençait de s'impatienter. « *Elle* ne viendra plus aujourd'hui », avait conclu le bistrotier comme la pendule sonnait deux coups. Serviable, il avait alors envoyé sa gamine porter dans la maison louée des biscuits à l'anis que son

1. Quatre-vingt-dix-sept.
2. Décilitre.

épouse avait confectionnés le jour même. A la petite qui les lui avait remis en main propre, la vieille dame avait confié qu'elle avait été fatiguée, mais qu'elle prendrait son déjeuner le lendemain à l'auberge.

Après une courte hésitation, Stefan se résolut à rester sur place. Lisa, elle, préférait prendre le train pour retourner à Zurich. Il la conduirait à Zweisimmen, où elle l'inviterait à dîner. Changement à Spiez, et elle arriverait autour de minuit. Le lendemain, elle louerait une voiture et gagnerait Regensberg, le village indiqué sur la carte de visite d'Arnold Schuler, à une vingtaine de kilomètres de Zurich. Stefan le lui avait localisé sur un plan.

Comme ils disposaient de quelques heures, ils s'élancèrent vers la montagne, empruntant une étroite route en lacets que bordait un ravin vertigineux.

– Tu devrais klaxonner dans les tournants, ne put s'empêcher de conseiller Lisa.

– Bien que ce ne soit pas interdit, on préfère l'éviter. Les voitures qui descendent doivent céder le passage à celles qui montent. Voilà tout.

A cet instant retentirent les trois premières notes de l'ouverture de *Guillaume Tell* !

– Un car postal, annonça placidement Stefan, qui se rangea aussitôt sur un refuge aménagé dans la roche, laissant le large véhicule jaune vif, orné d'un disque frappé d'un cor, dévaler la route étroite en toute quiétude.

Ils se promenèrent dans un hameau, entre de vieux chalets aux balcons fleuris, ornés de frises, d'épigraphes et parfois de peintures. L'un avait été construit en 1875. Les chèvres, peu farouches, avaient pris possession de la rue. Fumant sa pipe à fourneau ciselé, un berger circulait avec son tabouret à traire fixé dans son dos par des lanières. Un peu plus haut vers l'alpage, le vent leur porta la puanteur suffocante des bouses de vache, puis le parfum enivrant des plantes sauvages. Ils entrèrent dans la fromagerie. Là, incommodée par l'odeur aigre et la pénombre, ne comprenant pas qu'il ne servait à rien de se bagarrer contre les mouches, Lisa s'était entendue murmurer :

– Et si je restais moi aussi jusqu'à demain !

Elle apercevait, à travers les vapeurs acidulées, le fromager accomplir les gestes séculaires qu'il reproduisait avec méthode chaque jour de l'été, levé bien avant l'aurore. Penché au-dessus de la « chaudière » bouillonnante, un énorme chaudron où il avait fait chauffer le lait, l'homme recueillait le caillé à l'aide d'une toile. Un armailli[1] en gilet à manches courtes et au revers brodé d'edelweiss comme sa petite toque ronde venait charger sur sa tête, l'une après l'autre, les meules qu'il rangeait sur un traîneau auquel était attelé un cheval. Dans la cour, une fillette tournait la baratte, un chien aboyait, des poules caquetaient, l'eau gazouillait à la fontaine creusée dans un tronc d'arbre. Le temps avait un parfum d'éternité.

– Je serais très heureux, répondit Stefan en lui prenant le bras, si tu restais avec moi.

En pénétrant dans Gstaad, distant d'une vingtaine de kilomètres de Château-d'Oex, Lisa nota que la langue allemande avait repris ses droits. Des lettres gothiques chantournées décoraient des inscriptions aussi transparentes, pour elle, que des textes chinois.

Stefan lui montra la gare avec un sourire complice. Elle n'avait pas changé depuis que, durant leurs années d'études, ils étaient montés à bord du MOB[2] panoramique. Les chauffeurs en livrée du Palace Hotel – ce château à tourelles qui semblait sorti d'un film de Walt Disney – et du Grand Hotel Park, gigantesque quadruple chalet, bavardaient devant leurs limousines, casquette à la main, en attendant l'arrivée d'un train.

Ils se garèrent devant le café-restaurant Zum Post, dont Stefan conservait un souvenir sympathique, et ils

1. Berger.
2. Le Montreux-Oberland bernois.

entrèrent. D'un côté, huit hommes du cru, à l'odeur forte, formaient deux tables de jass : ils tiraient sur des mégots charbonneux, notant leurs points sur des ardoises. A l'autre bout de la salle, une longue table réunissait une dizaine de silhouettes bronzées, parfumées, parées de bijoux, vêtues par les meilleurs faiseurs de Paris, Rome ou Londres. Ayant décidé de s'adonner à une *Bratwurst*[1]*-party*, ce beau monde réclamait à grand bruit beaucoup d'oignons et des *Röschti*[2] bien grillés.

La serveuse en minijupe noire portait un diadème de dentelle blanche et, sur son ventre arrondi, un petit tablier assorti. Elle leur désigna la seule table libre, près du groupe élégant.

– Assieds-toi, dit Stefan à Lisa. Je vais téléphoner dans un hôtel pour retenir nos chambres.

Il posa les clés de la Golf sur la nappe rouge avant de disparaître.

Les minutes s'écoulèrent. Stefan ne revenait pas. La cabine téléphonique était-elle occupée ? A moins, songea Lisa avec un brin de satisfaction, qu'il ne décommande l'amie qu'il aurait dû rencontrer ce soir. Mais quel temps ça prenait !

Elle se souvint des journaux que Stefan lisait le matin même, et qu'il avait lancés sur la banquette arrière. Munie des clés de la voiture, elle partit les chercher. A son retour, Stefan n'avait toujours pas reparu.

Sa connaissance de l'allemand était sommaire. Impossible de déchiffrer les pages denses de la *Neue Zürcher Zeitung*, à peine animées ici et là par une photo en noir et blanc ou par une publicité pour montres et bijoux. En revanche, le *Tages Anzeiger*, avec ses reportages en couleurs, était plus humain. A l'appui de gigantesques photos, les supermarchés vantaient sur des pages entières le prix modique de leurs rôtis de

1. Saucisse de veau grillée.
2. Galettes de pommes de terre.

porc, patates et salamis. Il y avait aussi une page Forum, consacrée à l'opinion des lecteurs.

Lisa la parcourut machinalement, tentant de déchiffrer les motifs de colère ou de contentement de la population suisse. Mais les mots restèrent vides de sens jusqu'à ce qu'un article, reproduisant une lettre, l'hypnotise. Il était signé : ARNOLD SCHULER.

VII

– Allons plutôt nous promener, si tu as envie de fumer, dit Stefan. L'odeur du tabac est désagréable dans une chambre à coucher.

– Comme tu veux.

Il prit sa pipe, et ils descendirent l'escalier de bois de l'Alpenrose. Au-dehors, le ciel nocturne semblait s'être préparé pour une leçon de cosmographie. L'air embaumait. Un vent doux balançait l'enseigne de la charmante « hostellerie ». Lisa frissonna. Elle accusait encore la fatigue du décalage horaire. Stefan lui posa sur les épaules le pull qu'il avait emporté. La douceur du lainage gris, discret, révélait un excellent cachemire. « La véritable élégance », songea Lisa.

La raison de son absence prolongée, tandis qu'elle attendait dans la salle du café-restaurant Zum Post, était qu'il avait téléphoné dans toute la région pour trouver deux chambres dans un même hôtel. Peine perdue. Le proche Festival de musique classique de Gstaad, l'événement mondain de la saison, avait achevé de remplir la station et ses alentours. Finalement, Stefan était revenu proposer ce choix à Lisa : « Ou bien deux chambres dans des hôtels éloignés d'une dizaine de kilomètres, et d'un confort très moyen, ou bien une seule grande chambre, comprenant un lit et un divan, dans un bel hôtel, l'Alpenrose. La direction vient d'enregistrer un désistement. »

D'instinct, Lisa avait choisi le « bel hôtel »... et donc la chambre commune.

Dès l'entrée de l'Alpenrose, à Schönried, l'atmosphère chaleureuse du salon l'avait happée. Des flammes dansaient sur les bûches entrecroisées dans la cheminée centrale. D'énormes azalées rouge vif, dans des bassines de cuivre, se détachaient sur les cloisons tapissées de bois blond. Un antique cheval à bascule, à la robe émaillée d'étoiles, contemplait avec nostalgie les splendides découpages noirs et symétriques sur fond blanc, suspendus aux murs. Ils contaient la chasse et les travaux des champs, les maisonnettes aux coffres emplis de linge odorant, la montée à l'alpage ou bien la « désalpe » en file indienne, quand les vaches aux cornes fleuries, astiquées jusqu'au bout de la queue, font carillonner leur cloche le long du chemin qui, à la fin de l'été, les ramène à l'étable.

Dans la chambre au crépi blanc, Lisa s'était soudain sentie très nue d'arriver sans bagage. La pièce était heureusement divisée en deux par un assemblage de poutres verticales auquel s'appuyaient le lit d'un côté et le divan de l'autre. Nerveuse, Lisa avait tiré son paquet de cigarettes, et Stefan lui avait alors proposé une promenade nocturne.

Pensif, il marchait à sa gauche, une main dans une poche, tenant sa pipe allumée de l'autre.

– Tu n'as pas froid ? s'inquiéta-t-elle, emmitouflée dans le cachemire.

– Non, merci. Ça va très bien... La lettre d'Arnold Schuler nous fait souffrir, mais elle confirme que c'est un très sale bonhomme et, de plus, elle donne la preuve qu'il se trouve actuellement en Suisse. Ce qui va faciliter le travail.

Cette lettre, il fallait la digérer.

Au restaurant Zum Post, l'histoire des chambres avait empli de confusion l'esprit de Lisa. A peine Stefan était-il reparti vers la cabine téléphonique, pour confirmer la réservation à l'hostellerie Alpenrose, qu'elle avait regretté la perspective de leur cohabitation. Deux chambres, c'était quand même mieux. Elle avait voulu s'élancer à la suite de Stefan pour le lui signifier, mais une force irrésistible l'avait maintenue vissée à sa chaise. A son retour, il l'avait interrogée avec chaleur et curiosité sur sa vie à Hong Kong, son passé avec Bob, la regardant parler et observant ses gestes comme si, soudain, il la découvrait.

Elle avait notamment expliqué les raisons de son divorce. Bob n'avait pas été un mauvais époux, mais la vie avec lui signifiait le renoncement à ses aspirations personnelles. Son mari s'était mal accommodé de son indépendance d'esprit. Elle gardait cependant le nom de Bob Nelson en signe d'affection, car d'agréables souvenirs les liaient. Ils saisissaient n'importe quel prétexte pour quitter Hong Kong où l'on souffrait vite de claustrophobie. Ainsi Lisa avait-elle plusieurs fois accompagné Bob à Bâle, au Salon mondial de l'horlogerie et de la bijouterie ; elle aimait choisir avec lui les montres qu'il importerait pour Nelson Watch and Jewellery Co.

Au dessert – du *Strudel* aux pommes –, Stefan et Lisa en étaient venus à parler de Walter, qui se serait damné pour cette pâtisserie. C'est alors que Lisa s'était aperçue de sa négligence : elle n'avait pas signalé à Stefan sa découverte de la signature d'Arnold Schuler dans le *Tages Anzeiger*.

Stefan avait traduit la lettre, blêmissant à mesure qu'il avançait. Lisa, depuis, l'avait tellement mâchonnée qu'elle la savait par cœur.

Voilà plusieurs années que le Front patriotique démontre que les juifs sont et resteront un corps étranger. Les Suisses n'ont pas voulu écouter nos mises en garde, et voilà le résultat : les juifs veulent nous plumer jusqu'à l'os.

Juifs, vous avez provoqué la Seconde Guerre mondiale parce que vous avez cherché à dominer le monde et à tout manipuler. Aujourd'hui, c'est le même phénomène, encore aggravé. Un bon conseil : faites preuve de retenue.

Sinon il pourrait vous en coûter une deuxième Nuit de cristal. Un meilleur conseil : foutez le camp. Dommage qu'Adolf n'ait pas eu loisir de terminer son œuvre.

Meilleures salutations.

P.-S. J'envoie copie de cette lettre au Conseil fédéral, au conseiller national Blocher, à la radio et à la télévision[1].

– Schuler est un authentique salaud, il sera nazi jusqu'à sa mort, nota Stefan, comme en écho aux pensées de Lisa, alors qu'ils traversaient un petit pont enjambant un torrent – on l'entendait rouler sur les cailloux. Le malheur, c'est qu'il y a des tas de gens en Suisse, dans tous les cantons, qui ne demandent qu'à renouer avec ce genre d'idées.

Un vertige saisit Lisa. Elle se retint au parapet.

– Tu es fatiguée ? interrogea Stefan. Veux-tu que nous rentrions ?

– Non, non, continuons.

Elle aspira une grosse bouffée d'air, et repartit.

– Je ne pensais pas qu'il puisse encore y avoir des antisémites dans un pays comme la Suisse, dit-elle après quelques pas. Je la prenais pour une terre d'accueil et d'asile, pour la gardienne du droit humanitaire. Je l'admirais d'avoir créé la Croix-Rouge, et j'ai toujours entendu dire que l'association observait une ligne d'action inspirée des valeurs helvétiques.

– Ce qui est vrai. Henri Dunant était animé par un idéal authentique quand il a lancé la Croix-Rouge, mais tout le monde n'a pas son élévation d'esprit... Je peux m'en rendre compte mieux que quiconque. Comme les

1. L'auteur s'est inspiré d'une lettre réelle, reprise par Shelley Kästner dans sa lecture-spectacle *L'Antisémitisme ou l'Envie d'être abject*. « Les textes du spectacle, écrit Serge Michel dans *Le Nouveau Quotidien* du 16 juin 1997, [choisis] parmi six cents lettres adressées aux journaux *Tages Anzeiger, Blick, Berner Zeitung, Basler Zeitung* et *Neue Zürcher Zeitung*... ont été publiés... Quant au *Blick*, il a mis à la disposition de la comédienne des lettres particulièrement ordurières qu'il a refusé de passer. »

gens de mon entourage professionnel ignorent mes attaches juives, les antisémites ne craignent pas de s'exprimer librement devant moi.

– De quand date l'antisémitisme suisse ?

Les juifs, apprit Lisa, n'avaient été reconnus comme citoyens à part entière qu'en 1866, sous la pression de la France. Jusqu'à cette date, seuls les Suisses de confession chrétienne jouissaient des droits politiques, et l'émancipation totale des israélites n'avait été inscrite dans la loi qu'en 1874. Pour autant, les juifs suisses ne furent pas considérés comme de vrais Suisses.

L'antisémitisme qui, sous une forme plus ou moins larvée, avait donc continué de baigner une large couche de la population, s'était réactivé sous l'influence nazie et avait en partie inspiré la politique officielle. Les frontistes d'extrême droite s'exprimaient ouvertement dans des publications virulentes. A Payerne, dans le canton de Vaud, un commis de boucherie, intoxiqué par leur propagande, avait même assassiné un marchand de bétail pour la seule raison qu'il était juif[1].

Lorsque Stefan s'attaquait à un problème, Lisa s'en aperçut, il rongeait jusqu'à la dernière fibre comestible, à l'image d'un chien qui se serait emparé d'un os délectable.

En 1933, lors des premières persécutions nazies, poursuivit-il, les autorités suisses refusèrent d'accorder le statut de réfugié politique aux juifs allemands. En conséquence, la communauté juive dut prendre en charge leurs frais d'hébergement, alors que les autorités fédérales ne demandaient ni aux Suisses catholiques ni aux protestants de financer l'accueil d'autres réfugiés fuyant le nazisme. Des ténors de la classe politique, agitant à tout propos le spectre judéo-bolchevique, mettaient le pays en garde contre « l'enjuivement » de la société.

1. Voir *Le Crime nazi de Payerne, 1942*, de Jacques Pilet, éditions P. M. Favre, 1977.

Puis en 1938, après l'Anschluss [1], voyant que des milliers de juifs autrichiens se présentaient à la frontière, Berne avait demandé au Reich qu'un signe distinctif, un grand « J », soit apposé sur le passeport des juifs allemands afin de les distinguer des non-juifs. Ce tampon avait permis aux douaniers de refouler quarante mille personnes alors que, dès la fin de 1942, la Croix-Rouge et les autorités suisses avaient été averties du processus d'extermination mis en place dans les camps. Nombre de ces malheureux trouvèrent la mort à Auschwitz.

C'était pour le tampon « J », cette « aberration inexcusable », que, lors des cérémonies marquant, en 1995, le cinquantième anniversaire de la fin de la guerre, Kaspar Villiger, le président de la Confédération, avait présenté « les excuses du pays à la communauté juive » et déclaré que « le gouvernement regrettait profondément cette erreur ».

Il n'empêchait que, quelques jours plus tôt, le secrétaire général de l'Association suisse des banquiers avait expliqué que les plaintes de descendants des victimes juives relatives aux fonds déposés dans les banques suisses « ne correspondaient à aucun fondement juridique ». Un an plus tard, sous la pression internationale, les banquiers avaient dû, à leur corps défendant, changer leur fusil d'épaule. Mais cette concession restait mal acceptée par un certain nombre. Aussi, quand le président Jean-Pascal Delamuraz, fin 1996...

– Le président n'était plus le même qu'en 1995 ? interrogea Lisa.

– Il change au 1er janvier de chaque année. Le Conseil fédéral se compose de sept conseillers qui, chacun à son tour, prennent la présidence de la Confédération. Cette année, c'est Arnold Koller.

Que les noms se ressemblaient, en Suisse ! Arnold Koller, aux oreilles de Lisa, c'était si voisin d'Arnold

1. Annexion de l'Autriche par le Reich allemand.

Schuler ! « Attention aux confusions ! » se dit-elle. Et d'observer :

– Un an, c'est très court. N'est-il pas difficile, pour un chef d'Etat, d'accomplir des choses notables en si peu de temps ?

– Si, bien sûr. Mais ça empêche qu'il prenne goût au pouvoir, et ça garantit la démocratie. En fait, il a surtout un rôle de représentation, parce que les décisions sont prises de façon collégiale. Je te décrirai une autre fois le fonctionnement de notre système électoral. La Suisse est la seule démocratie populaire dans le monde... Nous parlions du conseiller fédéral, Jean-Pascal Delamuraz... Eh bien, à la fin de son mandat, il a accusé les organisations juives internationales de « chantage » et de vouloir « rançonner » la Suisse. Cette déclaration a fait le jeu des antisémites. Depuis, ces gens-là s'expriment publiquement – la preuve, Arnold Schuler ! –, ce qu'ils n'osaient pas faire auparavant, et ils vont jusqu'à dénoncer « un complot juif qui viserait à détruire la place financière suisse ». Le restaurant kascher de Zurich a été maculé de croix gammées.

Lisa se sentait barbouillée. Elle voulut rentrer, et ils firent demi-tour.

– Depuis quelques jours, ils se démènent de plus belle, reprit Stefan. Le Conseil fédéral a créé un Fonds spécial en faveur des victimes de l'Holocauste et de la Shoah dans le besoin...

– Pourquoi les deux noms ?

– La Shoah, c'est pour les juifs, et l'Holocauste...

– Pour les Tziganes, les communistes, les résistants, les homosexuels...

– Exactement. Il y a trois jours, à sa première séance, la direction du Fonds a débloqué une première tranche de subsides pour les victimes les plus nécessiteuses. C'est ce qui a dû faire réagir Schuler.

Ils avaient atteint les abords de l'Alpenrose. Une clientèle huppée regagnait Porsche, Jaguar et Ferrari garées sur le parking. Les mines ravies témoignaient de l'excellence de la table.

– Veux-tu aller seule dans la chambre ? interrogea Stefan. Tu te mettras tranquillement au lit. Je monterai ensuite.

La proposition ne manquait pas de délicatesse. Lisa préféra cependant ne pas rompre la complicité douloureuse qui s'était installée entre eux. Ayant amené Stefan à reconnaître les torts d'une patrie qu'il adulait, elle appréhendait de l'abandonner dans la défaite qu'elle avait provoquée. Et puis elle savait pouvoir se débrouiller pour que la bienséance soit sauve.

Comme ils s'avançaient, un grand diable dégingandé en veste verte et nœud papillon, aux cheveux de chaume, leur ouvrit la porte.

– Vous n'êtes pas Martin ? demanda Stefan.

– Si.

– Je suis Stefan Meier.

– *Ach Du, Stefi !* dit l'autre, en lui donnant une grande claque sur l'épaule. *Ich hätte Dich nicht erkennt*[1].

Une dizaine d'années auparavant, Stefan et son père avaient séjourné une semaine à l'Alpenrose. A l'époque, l'établissement était plus modeste. Les paysans s'asseyaient encore à la table de la petite salle de café et, le soir, les élégants de Gstaad débarquaient pour savourer la cuisine du patron. Martin, un Hollandais, venait d'être engagé comme serveur. Stefan et lui avaient sympathisé. Ensuite, ils avaient échangé deux ou trois cartes postales. Martin expliqua qu'il était à présent maître d'hôtel, après une interruption d'une année, avec l'appui des patrons, pour faire le tour du monde.

– On s'assied pour boire un verre, Lisa ? Tu te joins à nous, Martin ?

Chacun accepta chaleureusement.

– Ce sont toujours les mêmes patrons ? demanda Stefan à Martin, qui avait apporté un alcool de prune au parfum subtil.

1. « Ah, c'est toi, Stefi ! Je ne t'aurais pas reconnu. »

– Oui. Enfin, non, parce que le patron, Freddy, est mort en... l'année où tu es venu, deux mois après.

– Il était pourtant jeune !

– Cinquante ans.

– Je me souviens qu'il avait un âne.

– Eh bien, tu sais pas, l'âne il a poussé un grand cri, il s'est couché et il est mort une heure après le patron.

– Incroyable ! s'exclamèrent en chœur Lisa et Stefan.

Des étincelles pailletèrent le regard qu'ils échangèrent.

– Et comment s'est débrouillée Monika ? reprit Stefan. Elle s'appelle bien Monika, la femme de Freddy ? (Martin acquiesça.) Ils avaient quatre enfants, non ?

– Oui, quatre. L'aîné, Michel, n'avait même pas quinze ans. Le vieux papa de Freddy, qui s'était arrêté de travailler, s'est aussitôt remis aux fourneaux. Il ne fallait pas que le restaurant ferme, sinon c'était fichu. Michel est parti faire son apprentissage en France et, quand il est revenu, le grand-père a pris sa retraite définitive. Il ne l'avait pas volée. Michel a ensuite épousé Carole, qui a bien aidé Monika, et ils se sont lancés dans les transformations...

– Formidable ! apprécia Stefan en jetant un coup d'œil circulaire.

– ... et maintenant, c'est le succès !

Tandis que Stefan et Martin étaient à leurs retrouvailles, Lisa ne pouvait s'empêcher d'écouter ce qui se disait autour du guéridon voisin. Deux couples, l'un jeune, l'autre plus âgé, s'exprimaient avec un fort accent vaudois.

– C'est comme des petits enfants, maintenant, qui reçoivent des punitions, dit celui qui devait être le père. Le seul qui a eu raison, c'est Delamuraz.

– Ils veulent nous couler, jura le plus jeune, qui fulminait.

– C'est qui, « ils » ? interrogea son épouse.

– Les juifs et les Américains, répondit le père. C'est

une sale histoire. Y en a qui sont en train de se sucrer et de profiter de la situation... Le gouvernement suisse s'est montré trop faible. Il n'aurait pas dû se laisser faire. Ce n'est pas aux autres de faire la justice ici.

– Et pourquoi ils se manifestent seulement maintenant ? interrogea le fils avec force. Quand on t'a pris quelque chose, tu n'attends pas cinquante ans pour demander justice, tu viens tout de suite, non ?

– En tout cas moi, je ne me sens pas du tout concernée, dit la mère. Moi j'étais à l'école avec des juifs, on n'a jamais fait de différence.

– Au lieu de calmer les esprits, conclut le père en s'extirpant de son fauteuil, ça produit de nouveau de la haine.

Sur ces mots définitifs, le quatuor s'éloigna en file indienne.

Lisa fut heureuse de constater que Stefan n'avait rien entendu. Une heure plus tôt, sans les explications qu'il lui avait fournies, elle n'aurait rien compris de cette conversation. Martin était reparti, appelé par ses obligations. Quittant sa rêverie, Stefan sourit à Lisa, la regarda.

– Tu portes un très beau collier. (Il le détailla.) Magnifique. Il me rappelle quelque chose, mais je ne sais plus quoi.

– Un tableau de Klimt ?

– Je ne crois pas... je ne sais plus. (Il passa sa main sur son front.) Ça me reviendra. Pourquoi un tableau de Klimt ?

Lisa conta l'histoire du bijou. A Vienne, Arthur Neumann et son épouse Lisa, les parents de Walter, aimaient passionnément l'œuvre du peintre autrichien Gustav Klimt. En particulier la toile représentant *Judith*, où un large collier enserrait le cou de l'héroïne biblique qui trancha la tête du terrifiant Holopherne. A l'occasion d'un anniversaire de mariage, Arthur Neumann avait commandé au meilleur joaillier viennois la réplique du motif central – quatre saphirs enchâssés dans les angles d'un carré d'or froissé, cerné d'un bord guilloché – afin qu'il puisse être porté en pendentif, tenu aux quatre coins par des chaînes courtes qui se rejoignaient sur le fermoir. Les grands-parents avaient été assassinés par les nazis, Arthur à Dachau et Lisa dans un train. C'est en leur mémoire que Walter avait souhaité offrir une copie du collier à sa fille. Muni d'une reproduction de *Judith,* ainsi que l'avait fait son père quelques dizaines d'années auparavant, il était allé à son tour chez un joaillier réputé de Hong Kong. Lisa confia aussi son vœu de ne plus quitter ce bijou, ni jour ni nuit, tant que son père n'aurait pas été retrouvé. Ses yeux pleuraient de fatigue.

– Il est temps que tu ailles dormir, dit Stefan avec tendresse.

Ils montèrent l'escalier dans un silence pesant. L'air de la chambre, que le soleil avait chauffée toute la journée, était étouffant. Stefan alla s'asseoir sur le divan, sortit un dossier de sa serviette et se mit à griffonner des notes. Lisa se dirigea vers la fenêtre, l'ouvrit sur le parfum délicieux d'une plante grimpante.

Le sommet des montagnes se fondait dans le ciel étoilé. Piquées sur le village qui s'étageait en pente douce, les lumières des maisons brûlaient comme autant d'âmes. Une paix majestueuse régnait. « Comment des gens peuvent-ils nourrir des sentiments tellement ignobles, se demanda Lisa, alors qu'ils vivent sur une terre si belle et si paisible ? »

Deux mains saisirent sa taille et un baiser, sur sa nuque, lui électrisa le corps. Elle virevolta. Sa bouche rencontra les lèvres brûlantes de Stefan. Soudés l'un à l'autre, ils se laissèrent glisser sur le tapis. Il caressa longtemps ses cheveux, son visage, puis ses seins qui palpitaient, ses reins qui se creusaient. En dehors d'eux, le monde cessa d'exister.

VIII

Arnold Schuler tisonna les bûches dans la cheminée, prit sur le bar qui délimitait l'espace de la cuisine la bouteille de pinot noir du Valais qu'il avait débouchée, la boule de pain dans sa corbeille, l'assiette de pâté de campagne, les cornichons aigres-doux, les petits oignons au vinaigre et posa le tout sur la table installée devant la fenêtre d'où, à travers le rideau épais, voyant sans être vu, il aimait à surveiller l'arrêt du bus 593 dont le terminus se trouvait, de l'autre côté de la rue, en contrebas du mur de la vieille cité, juste en face de sa maison.

Une belle journée venait de s'écouler. Il avait revu son vieil ami Rudolf, de passage à Zurich. Tous deux avaient évoqué des souvenirs du passé et il lui avait montré avec fierté, dans la page Forum du *Tages Anzeiger* du jour, sa lettre, avec la signature bien en évidence.

L'homme s'assit, posa le journal près de son assiette et, tout en commençant à manger, la relut avec satisfaction. Elle était vraiment bien tournée.

Il fut heureux d'avoir pensé à en envoyer une copie au conseiller national Blocher, manière de lui faire savoir qu'il était son soutien fidèle. Le patron d'Ems-Chemie était en tout point un génie. Il trouvait chaque année une nouvelle combine pour protéger ses actionnaires des percepteurs. Voilà pourquoi lui, Schuler, avait placé là une bonne part de son capital, et le reste dans le groupe BZ de Martin Ebner[1], qui ne se débrouillait pas trop mal non plus. Ebner et Blocher étaient d'ailleurs très liés. Tous deux étaient de fins renards. En rachetant les titres d'Ems-Chemie pour son propre portefeuille, Christoph Blocher était devenu milliardaire en sept ans. De plus, sans son franc-parler, la Suisse serait aux mains des juifs.

Un crissement de pneus... C'était le bus de 20 h 40. Gina, la Ritale dont la vue le mettait hors de lui, en descendit. Le sac Jelmoli, qu'elle portait négligemment pour donner l'illusion qu'elle avait été faire des courses à Zurich, ne trompait personne. Elle avait passé l'après-midi chez son cuisinier de Dielsdorf, qui avait son jour de repos. Fulminant de rage, Schuler lampa une rasade de vin puis, légèrement apaisé, revint à ses pensées.

Quand, sous la pression cosmopolite, les autorités avaient décidé d'autoriser des historiens à entreprendre des recherches dans les banques afin de « faire toute la lumière » sur les avoirs déposés en Suisse, tous l'avaient bouclée, sauf un Argovien[2] du parti de Blocher, qui avait eu le bon sens de demander « s'il était vraiment justifié d'autoriser les chercheurs à fouiller dans des documents privés ».

Maintenant les gens ne s'en souvenaient plus tellement mais, au début, quand Koller avait créé le Fonds spécial, il était prévu que le financement incomberait à la Confédération. Un comble ! Il y avait eu une seule personne pour s'opposer à ces poules mouillées du Conseil fédéral et faire entendre la voix de la sagesse : Blocher ! Du reste, il avait eu gain de cause puisque seules les grosses banques, et quelques industries qu'on

1. Fin 1997, le financier Martin Ebner défraya la chronique (et créa un débat sur le civisme) en déplaçant subitement son siège social zurichois dans le canton de Schwyz, ce qui lui permit d'échapper à un impôt de plusieurs dizaines de millions de francs suisses.

2. Habitant du canton d'Argovie.

avait réussi à culpabiliser, mettraient la main au porte-monnaie. Dieu soit loué, Ems-Chemie n'avait rien donné.

« Les gens savent bien qu'il a raison, Blocher ! » tonna Schuler. Ils étaient plus d'un millier, accourus de toute la Suisse alémanique à sa conférence de presse à Zurich – et si les Romands et les Tessinois avaient compris l'allemand, sûr qu'ils seraient venus aussi ! En plus, il avait bien fait rire, campé sur ses mollets, la mâchoire tendue en avant, quand il avait dit que les conseillers fédéraux se conduisaient, face au sénateur D'Amato[1], comme des poules devant l'arrivée d'un renard dans un poulailler ! Rien de plus vrai.

On n'allait tout de même pas laisser un Alfonse D'Amato, manipulé par la juiverie américaine, faire la loi en Suisse !

Et à Berne, en juin, ils étaient mille cinq cents à être venus écouter Blocher dans le Kursaal. Schuler n'aurait manqué le show pour rien au monde. Cette fois-là, Blocher avait fusillé Eizenstat[2], fallait voir comment ! Quel culot il avait, quand même, cet Américain qui se permettait de pondre un rapport où il attaquait la souveraineté de la Suisse, prétendait que ses transactions financières avec l'Allemagne avaient prolongé la guerre, et jugeait sa neutralité « immorale » ! Blocher avait aussi réglé son compte à Jean-François Bergier. Réclamer vingt millions de plus pour son équipe d'historiens qui fouillaient dans les archives, alors qu'ils n'avaient pas encore accouché d'une ligne, c'était un scandale ! Et pour qui, tout ça ? Pour les juifs.

Schuler ricana. Des petits imbéciles, ces gymna-

1. « Bête noire de la Suisse » (*Journal de Genève*, 10 novembre 1996), le sénateur américain Alfonse D'Amato, défenseur des intérêts juifs dans le contexte des avoirs en déshérence, se dépense en attaques contre les banques et la classe politique suisses.

2. L'Américain Stuart Eizenstat, sous-secrétaire d'Etat au Commerce international, directeur d'un rapport tirant les conclusions d'une enquête menée par une commission de fonctionnaires et d'historiens de l'administration.

siens[1] bernois qui perdaient leur temps à récolter des sous ! Débiles, ces églises qui avaient lancé des collectes « pour les victimes de l'Holocauste » ! Quant à ce Fonds spécial, décidément, il ne le digérait pas. Dix-sept millions de francs – et ces dix-sept millions n'étaient qu'un début ! – avaient déjà été débloqués en faveur de survivants nécessiteux qui vivaient en Europe de l'Est et dans l'ancienne Union soviétique. Environ soixante mille personnes. Soixante mille personnes de trop sur cette terre. Seule consolation : il avait réagi en exprimant clairement le fond de sa pensée : *Dommage qu'Adolf n'ait pas eu loisir de terminer son œuvre.*

Après l'école, Schuler avait commencé un apprentissage auprès d'un ébéniste d'art. Mais comme son patron le chicanait à longueur de journée, il était entré dans la police autrichienne qui, en mars 1938, avait rallié le parti nazi. Dès lors, il avait aidé Adolf de son mieux. Ses meilleurs scores dataient du temps où, jeune sous-officier de la Waffen-SS, il était devenu chef de kommando à Dachau. Mais quoi, qu'est-ce que représentaient quelques centaines de *Stücke*[2] en moins, face aux millions de ces poux qui parasitaient la terre ? Faut dire qu'il s'amusait bien, quand il tirait sur les boîtes de conserve posées sur la tête des juifs. Ils chiaient de peur dans leur froc, ces porcs. L'idée lui était venue en se souvenant de l'histoire de Guillaume Tell.

Il vida son verre, se leva pour redonner vigueur au feu, passa du côté cuisine d'où il rapporta un vacherin bien à point. La pâte souple s'écoula dès qu'il en préleva une cuillerée.

Magnifique, ce vacherin ! Hélas ! il ne restait plus assez de vin pour lui faire honneur. On n'allait tout de même pas se laisser abattre !

1. Elèves du gymnase, l'établissement secondaire.
2. « Pièces », « éléments ». Mot qui, dans le vocabulaire nazi, servait à désigner les individus déportés.

Il ouvrit la porte palière, descendit un étage, vérifia si, au premier, les lumières étaient éteintes, fit de même au rez-de-chaussée, veillant à laisser allumée l'enseigne de la galerie « Safari », puis il s'engagea dans l'escalier de la cave.

Revenu avec une bouteille à la main, il s'assit devant la table pour reprendre son souffle. Il avait beau faire des exercices tous les matins, l'âge était là. Mais, pour un octogénaire, il n'avait pas à se plaindre.

Il prit dans sa poche le couteau rouge à croix blanche dont il ne se séparait jamais, découpa la capsule d'aluminium avec la grande lame, dégagea le tire-bouchon.

Ce couteau était le témoin de presque toute sa vie. Son père l'avait rapporté de Suisse – un présage – pour le lui offrir quand il était entré en apprentissage chez l'ébéniste de Dornbirn et qu'il s'appelait encore Wilfried Keller. Devant ses camarades autrichiens ébahis, il déployait le poinçon, l'ouvre-boîtes, le tournevis ! La vie était belle alors. Il jouait de la cithare et gagnait les concours junior de tir à l'arbalète. L'hiver, on skiait dans le Vorarlberg. L'été, on disputait des matches de foot : c'est ainsi, quand ils s'étaient mesurés à une équipe suisse, qu'il avait connu Rudolf. Il ne se doutait pas qu'un jour le Saint-Gallois lui sauverait la vie.

Ils en avaient parlé aujourd'hui encore, avec Rudi, de ces parties de foot. Chaque équipe arborait son fanion national. Mais qu'elles soient l'une autrichienne et l'autre suisse n'avait aucune importance. Le foot comptait par-dessus tout. Et puis la contrebande à laquelle ils s'étaient livrés ! Ils passaient en Suisse des sacs entiers de marks en argent et les vendaient avec un profit de treize pour cent. Il suffisait – quand même, ce n'était pas si simple que ça ! – de traverser à pied le vieux Rhin, un bras presque tari qui formait la frontière. Ensuite il fallait ramper parmi les buissons. Quelle gloire ils tiraient de leurs exploits !

Son regard s'arrêta sur le journal. En première page,

la nouvelle s'étalait sur cinq colonnes : « La communauté juive de Zurich claque la porte de l'U.B.S.[1], et confie la gestion de ses fonds au Crédit Suisse. » Evidemment, au Crédit Suisse ! C'était le président de cette banque qui, le premier, avait eu la riche idée de créer le Fonds spécial. Tout ça, c'étaient combine et compagnie ! N'empêche que ça devait être un rude coup pour l'U.B.S., parce que les juifs de Zurich, ils avaient sûrement un gros paquet de fric. C'était un mystère, ça, chez les juifs. Ils se débrouillaient toujours pour rouler sur l'or. A croire qu'ils le fabriquaient. L'or, les diamants, ça les connaissait. Ils en avaient des kilos, au bon vieux temps. A cette époque-là, quelqu'un pouvait subsister toute une vie rien qu'avec un kilo d'or.

Schuler ricana encore. S'il avait un regret, c'était de ne pas leur en avoir pris assez. Après Dachau, il avait été muté à Mauthausen. Finalement, son avenir s'était joué dans cette petite ville d'Autriche. Quand venait son amie de Linz, ils allaient se promener le long du Danube, ou bien il lui gagnait le gros lot à la baraque de tir forain. Au camp de Mauthausen – il n'avait jamais connu la raison de cette affectation bizarre –, son rôle consistait à photographier les détenus à leur arrivée, à développer les clichés qu'il rangeait ensuite dans leurs dossiers. Il avait vite appris et la photo, finalement, ça l'avait passionné.

Il n'avait pas chômé, là-bas. Dans les carrières de granit, les gens tombaient comme des mouches. Pour les remplacer, on en faisait venir des convois entiers. C'était en 1940, peu après ses débuts au camp, qu'on avait construit le premier four crématoire parce que le service d'incinération de Steyr n'y suffisait plus.

A force, il avait fini par connaître les hommes, à reconnaître ceux qu'on pouvait acheter. Marek, la petite gouape du ghetto de Varsovie, il l'avait tout de suite repéré. Toujours à fouiner, avec ses yeux en bou-

1. Union de Banques suisses.

tons de bottine et son nez en bec d'oiseau. Il en avait fait son indic pour découvrir qui avait planqué du fric, de l'or ou des pierres en Suisse. Y avait pas plus doué que Marek. En échange, il suffisait de lui donner du saucisson, des godasses ou de vieilles fripes.

Sans Gustav, il ne s'en serait pas si bien tiré. Gustav, qui travaillait à l'administration du camp, s'y connaissait comme personne en paperasserie. A eux deux, ils extorquaient aux déportés l'adresse de leur banque et leur numéro de compte. Ils rédigeaient une lettre demandant aux banquiers de transférer les fonds en question à Mauthausen, tantôt au crédit de Gustav, tantôt au sien, et ils la faisaient signer aux détenus. C'était pas plus compliqué que ça. Un seul avait préféré crever plutôt que de lâcher le morceau.

Il gloussa. D'autres que lui s'étaient montrés tout aussi malins. Des avocats suisses n'avaient-ils pas procuré la nationalité helvétique à des juifs en échange de sommes colossales ?

Euphorique, Schuler eut envie de musique ! Son choix se porta sur son CD favori, le *Guillaume Tell* de Rossini. Il écouta l'ouverture avec extase, accompagnant les instruments de sa voix. Puis le moulin à souvenirs reprit le dessus.

A la fin de la guerre, ayant entendu que les Américains approchaient, Gustav et lui avaient préféré s'évader du camp. Chacun avait emporté un pistolet, des munitions, une carte détaillée du pays, un sac à dos avec une couverture et des boîtes de conserve, une musette pleine d'alliances, de dents et de plombages en or. Mais ils avaient bientôt jugé préférable de se séparer, et il n'avait plus jamais revu Gustav. Son copain s'en était-il tiré ? Vivait-il encore ?

Pendant des semaines, il s'était caché dans la forêt, dormant le jour, marchant la nuit, troquant des miettes de son or contre du pain, l'hospitalité dans les granges ou un bout de chemin en carriole. Quand il était arrivé chez lui, à Hohenems, sa mère lui avait dit : « On ne peut pas te garder ici. Il y a trop de gens qui te connaissent et qui pourraient te dénoncer. »

Il était reparti, il avait marché à travers champs jusqu'au vieux Rhin qui serpente le long de Diepoldsau, comme il le faisait avant la guerre avec Rudi, et là, un peu à droite du poste de douane, à l'endroit où il y avait un bosquet d'aulnes, il avait traversé jambes nues, ses chaussures et son pantalon sous le bras.

Un cafetier de Diepoldsau, lui aussi footballeur, avait accepté de l'héberger moyennant son aide, car son serveur, un ailier droit, venait de se casser la jambe. Il s'était coupé les cheveux, avait chaussé des bésicles et laissé pousser sa barbe entière, ce qui le faisait ressembler à un juif – ce détestable souvenir pileux, lui toujours impeccablement rasé, fit courir des frissons le long de ses vertèbres –, en attendant que le cafetier puisse atteindre Rudi. Lui qui avait toujours salué le monde par un « *Grüss Gott* », avait alors appris à dire « *Grüezi* ». Il savait cependant n'avoir jamais entièrement perdu son accent du Vorarlberg, qui réapparaissait surtout quand il s'énervait.

Quelques semaines après, grâce à la complicité d'un employé de mairie, Rudi avait pu lui faire établir des papiers au nom d'un handicapé mental, seul au monde, qui venait de casser sa pipe dans un asile. Ainsi était-il devenu Arnold Schuler. C'était encore Rudi qui avait organisé le transfert de sa cagnotte, placée à la banque de Mauthausen, vers un nouveau compte en Suisse. Par amitié, pas pour le profit, mais en acceptant volontiers les alliances et les dents en or qui restaient dans la musette.

Schuler se sentait à présent plus suisse qu'autrichien. Il s'en était rendu compte la veille, énervé qu'il était parce que les Autrichiens avaient battu les Suisses aux championnats d'arbalète de Brienz. C'était le monde à l'envers. Comme si le bailli Gessler avait fichu une dérouillée à Guillaume Tell. Il avait partagé son indignation avec Rudolf, l'ami qui lui avait communiqué sa passion pour le héros helvète. Ensemble, ils prenaient part aux diverses manifestations qui célébraient Tell ici ou là. Comme chaque année, Rudi l'avait invité chez lui, à Thoune, pour la dernière semaine de septembre, à l'occasion de l'Ausschiesset[1].

Ainsi pourvu d'une identité protectrice, il avait traîné quelques années. D'abord à Lugano, petite ville du Tessin, riviera dont d'autres anciens SS appréciaient le climat méridional et les palmiers. Il y avait rencontré l'ancien chef tailleur d'Hitler, un Suisse nommé Scherrer. On disait que le parti nazi lui avait versé près de 300 000 francs suisses entre 1941 et 1943.

Mais bientôt lui avaient manqué les montagnes, le ski et la neige de sa jeunesse. Il avait alors déménagé à Davos, dans les Grisons. Là-bas aussi, il avait trouvé de la famille, des gens qui collectionnaient les virées bien arrosées. Hélas, quand il s'enivrait, il devenait irascible, provoquait des scandales et faisait des révélations qui, si elles étaient arrivées aux oreilles d'individus mal intentionnés, auraient pu lui être néfastes. Du coup, les autres commencèrent à se méfier de lui.

C'est à Saint-Moritz qu'il avait rencontré Franz, un soir où des jockeys en casaque disputaient une course de chevaux sur le lac gelé.

Il débarrassa la table, chargea le petit lave-vaisselle et balaya les miettes.

Franz était un jeune photographe très doué, introduit dans le monde des célébrités. Il leur dérobait des clichés formidables, mais se montrait piètre négociateur. Depuis, tous deux s'étaient associés.

Marié et installé à Zurich, Franz y retournerait à la fin de la saison. Schuler, qui s'ennuyait, avait justement décidé de s'installer près d'une grande ville. Pourquoi pas Zurich ? Après avoir écrémé le canton, il avait déni-

1. Fête annuelle instaurée au XVIe siècle, liée à des concours de jeunes arbalétriers.

ché ce petit village en altitude, à la fois isolé et touristique, qui servait ses projets.

La tour médiévale et les vieilles maisons à colombages perchées sur la colline, le panorama sur la plaine et la chaîne des Alpes constituaient, le dimanche, un but d'excursion idéal pour des familles entières de Zurichois et d'Argoviens. Au début, les communications étaient un peu longuettes mais, désormais, un trajet de trente-quatre minutes – bus 593, changement à Dielsdorf, puis le train – le propulsait au centre de Zurich, soit au cœur de l'Europe. Son Opel bien entretenue, dans le garage contigu à la galerie, le dépannait dans les cas particuliers.

C'était une chance d'avoir visité le village alors que se construisait cet immeuble de trois étages au crépi ocre, juste en face de l'arrêt du bus. Schuler avait acheté toute une montée d'escalier, où aucun étranger ne s'introduisait jamais. Pas même le facteur : il avait installé une boîte aux lettres accessible de l'extérieur.

Au rez-de-chaussée, il avait ouvert la galerie « Safari ». Dans la première pièce, donnant sur la rue, il exposait ses propres photos de fleurs, paysages, animaux qu'il vendait aux touristes du dimanche. Leurs entrées et sorties justifiaient l'activité de la boutique. Des initiés, amateurs de prises de vue érotiques, demandaient à entrer dans la deuxième pièce. La troisième était la plus secrète. Il écoulait là, y compris par correspondance, des costumes, insignes, casquettes et dagues d'officiers SS. Sa marchandise provenait principalement de Los Angeles.

L'appartement du premier étage était réservé à la mise en valeur des scoops rapportés par Franz et les deux paparazzi que, fatigué à présent, celui-ci envoyait courir le monde. Ils en voulaient, ces jeunes gars, et ils n'avaient pas froid aux yeux. Ils recrutaient leurs indics parmi les barmen et les concierges d'hôtel, voire les agents immobiliers. L'escalade, le guet, l'embuscade, rien ne les rebutait. La patience, ils le savaient, payait mieux que le talent. Equipé d'un fax et d'un scanner, Schuler négociait pour leur compte avec le monde entier.

Il passa un dernier coup d'éponge sur l'évier, prit un cure-dents, se versa un fond de Williamine[1], ranima le feu et revint s'installer devant la petite table où s'étalait le journal, qu'il feuilleta.

« Diana doit être félicitée, et non pas critiquée, pour son courageux et précieux travail humanitaire », lut-il. Cette déclaration d'un ministre britannique défendait la princesse de Galles pour son combat contre les mines antipersonnel, que des élus conservateurs n'appréciaient pas.

La rage le reprit. C'était à cause de Diana que son précieux équilibre avait failli capoter. Dans un restaurant, l'un des paparazzi de Franz avait réussi à photographier la princesse qui semblait s'abandonner contre l'épaule d'un médecin pakistanais. Cette photo-là, il avait espéré la vendre 150 000 dollars à Walter Neumann. Elle lui avait aussi soufflé l'idée d'en préparer tout un lot sur la famille royale britannique en prévision du retour de Hong Kong à la Chine. Se rendre sur place, avait-il pensé, lui permettrait de gagner plus gros. Il avait obtenu d'un concierge du Peninsula qu'on lui réserve une chambre avec vue sur la baie afin de pouvoir photographier les feux d'artifice. Un beau programme, que ce sinistre juif avait gâché en reconnaissant son visage. Mais ses réflexes restaient vifs, et il s'en était bien tiré.

Il bâilla à s'en décrocher la mâchoire, se leva pesamment puis, comme chaque soir, contempla sa collection privée d'insignes et de croix gammées – il chérissait le grand macaron des jeux Olympiques de 1936 à Berlin et la médaille à l'effigie de Hermann Goering –, caressa d'un œil attendri son poignard suisse dont une image

1. Alcool de poire.

de Tell ornait le fourreau, éteignit les lumières et passa dans la chambre à coucher.

Sa dernière pensée, avant de s'endormir, fut pour Walter Neumann. La carcasse du ploutocrate circoncis nourrissait à présent les poissons du delta de la Rivière des Perles.

IX

Lisa soupira, oppressée. Walter n'avait toujours pas donné signe de vie, et l'enquête piétinait. Elle venait de l'apprendre en parlant longuement au téléphone avec sa mère. Il lui avait fallu se montrer optimiste pour redonner courage à Muriel, et puis aussi la rassurer, car elle s'inquiétait pour sa fille.

Ayant rangé le téléphone dans son sac, Lisa poursuivit sa promenade dans la rue centrale de Château-d'Oex. Dès midi, Stefan s'était attablé à l'Auberge de la Chouette. Pensant qu'il serait plus à l'aise pour mener son enquête, Lisa lui avait proposé de le laisser seul.

Deux montgolfières à stries multicolores se balançaient dans le ciel bleu. Sur des placards publicitaires, Lisa découvrit que Château-d'Oex, « centre alpin international de ballons à air chaud », proposait des « vols passagers ». C'était tentant, mais il eût fallu plus de temps.

Luisante et pomponnée, la vache aux pis roses et aux yeux doux se pavanait en superstar. Des théières, des chopes et des caquelons à fondue empruntaient son anatomie. Des paillassons et des tapis de bain copiaient sa robe. Elle s'affichait sur des bretelles, des chaussettes, des casquettes. Sa silhouette dorée ornait des agendas, des répertoires, des porte-monnaie. Son pelage se façonnait en escarcelles, sacs à dos, porte-clés. Les magasins de souvenirs proposaient des dizaines de cloches attachées chacune à son collier de cuir aux franges rouge et vert. Des enfants promenaient, voltigeant au bout d'une ficelle, des ballons surmontés d'une paire de cornes.

La salade au gruyère que Lisa commanda dans le jardinet du café « Va Chérie » lui fut servie sur un set de papier reproduisant l'un de ces fameux découpages noirs, vus à l'Alpenrose, une tradition de la région ; on y voyait les bêtes helvètes grimper bravement vers les hauts pâturages.

Le chien de la maison, un boudin beigeasse à poil long, vint s'allonger près du pied de Lisa, comme s'il lui appartenait. Un chat tigré prenait le soleil sur la rambarde de bois. Des oiseaux s'égosillaient dans le tilleul qui ombrageait le jardinet. Un bout de pré, derrière la maison, hébergeait des poules et un clapier. La vie animale, ici, accompagnait en permanence celle des humains.

Lisa se souvint de l'oiseau à long bec, aux ailes cendrées, planant sur la vallée juste à la hauteur de la fenêtre ouverte, ce matin. « Une cigogne ! » s'était-elle écriée. Stefan, qui la tenait contre lui, avait éclaté de rire, et elle avait senti les muscles du corps vigoureux jouer le long de son dos.

Il s'était aussitôt fait pardonner son attitude moqueuse par un baiser très, très doux. « Les cigognes sont blanches, avec un bec rouge, lui avait-il appris tendrement. Ça, c'est une grue... Regarde l'écureuil, en bas ! » Un éclair roux traversait le pré. Lisa avait vu ondoyer son panache sur un tronc d'arbre, puis il avait disparu, la laissant émerveillée. A son tour, après s'être annoncé d'un coup de sifflet strident, le fameux MOB panoramique avait joyeusement filé sous leur nez.

Comme on frappait à la porte pour apporter le petit-déjeuner, Lisa s'était sauvée dans la salle de bains.

Thé pour elle, café pour lui. Jus d'orange et kiwis. Corbeille aux pains variés. Confitures de cerises noires, d'oranges douces-amères, de fraises et rhubarbe, miel doré... dont Stefan avait inspecté l'étiquette avec grand sérieux. « Il faut se méfier du miel étranger, l'avait-il avertie. Le miel suisse est plus sûr. » La raison en était – il avait trouvé un nouvel os à ronger ! – qu'on avait découvert des traces de streptomycine, un antibiotique, dans du miel importé, principalement mexicain. La substance atteignait 0,8 milligramme par kilo, alors que l'Office fédéral de la santé publique n'acceptait pas plus de 0,01 milligramme par kilo. Mélangée à la nourriture des abeilles, la streptomycine les protégeait de diverses maladies ; mais, avait déclaré Stefan avec fierté, elle était interdite en Suisse.

« J'ai bien choisi mon avocat », s'était félicitée Lisa.

Tout en dégustant sa salade au gruyère, accompagnée de pain de campagne et d'un carafon de dézaley, un délicieux vin blanc conseillé par la serveuse, Lisa déroulait ses souvenirs récents. « Tu es belle au réveil », avait dit Stefan en la caressant. Elle était enroulée dans un chiffonnement de drap. Il avait déjà pris sa douche et s'était rasé. « Ton collier est encore plus impressionnant sur ton corps nu », avait-il ajouté.

Elle tenta d'analyser ce qui se passait entre eux. Une attirance sexuelle, sans doute aucun. Mais Lisa se savait incapable de faire l'amour sans aimer. Donc, de son côté, les choses étaient claires. Quant à Stefan, qu'éprouvait-il ? Les hommes étaient réputés ne pas s'encombrer de ces complications cérébrales. N'avait-il d'ailleurs pas clairement énoncé qu'il avait « plusieurs » amies ?

Lisa se rembrunit. Le désir soudain de tout plaquer, de prendre un taxi et de retourner à Hong Kong la saisit. Elle appela la serveuse. Qui ne l'entendit pas. « Et Arnold Schuler ? l'interpella sa voix intérieure. Tu ne vas tout de même pas quitter la Suisse sans lui avoir réglé son compte ! »

Et puis, et puis, s'interrogea Lisa, se pouvait-il que Stefan fût si tendre – elle avait failli employer l'adjectif « amoureux » – avec chacune de ses amies ? « J'aime quand tu déplies ton corps de libellule », avait-il avoué lorsqu'elle s'était levée de sa chaise pour chercher un paquet de cigarettes. Avait-il d'aussi jolies trouvailles pour les autres ? Quoi qu'il en soit, cela faisait – elle consulta sa montre – deux heures qu'ils s'étaient séparés. Un temps qui frisait l'éternité.

Elle se jeta dans ses bras quand il vint la retrouver, et il la berça longuement en lui embrassant le front, les yeux, les cheveux. Puis ils montèrent dans la voiture et retournèrent vers Zurich.

A l'Auberge de la Chouette, Stefan s'était entretenu avec le voisin de la maison louée. Celui-ci avait révélé que l'étrange individu aux yeux pâles et à l'accent d'Europe de l'Est qui, auprès de certains, s'était prétendu le secrétaire particulier et physiothérapeute de la vieille dame, lui avait servi une autre version. Elle aurait été une comtesse belge très riche et lui, son neveu, serait venu lui tenir compagnie pour écrire sa thèse au calme. « Bizarre, avait observé le voisin, un thésard qui ne quitte jamais son complet-cravate. »

La vieille petite dame était enfin apparue dans sa chaise roulante. Avec sa capeline à fleurs, son sac en croco, ses chaînes d'or et son tailleur de soie brochée, elle semblait sortir d'un film des années 30.

– Elle m'a vu, raconta Stefan. Je la fixais, mais elle n'a pas baissé les yeux. Comme si elle me parlait en silence. Après quelques secondes, elle s'est installée et a commandé son repas. Aucun doute, c'est bien elle. Il faut que j'avertisse la police... Et toi, qu'as-tu fait ?

– J'ai pensé à toi, s'entendit-elle avouer.

– Moi aussi, j'ai pensé à toi.

Il prit sa main, tout en gardant les yeux fixés sur la route.

– Pour ce que tu sais, ajouta-t-il presque timidement... et puis à cause d'un article que j'ai lu dans le journal. Je suis très agacé par l'accumulation des gaffes de l'U.B.S.

Hanspeter Häni, le médiateur des banques, venait d'annoncer la découverte de vingt-huit cas, soit une somme d'environ dix-sept millions de francs, dont un compte représentant à lui seul près de huit millions !

– *Peanuts !* grinça Stefan, rappelant le mot méprisant de M. Studer, président de l'U.B.S.

Le Congrès juif mondial estimait insuffisant cet effort d'identification. Il y avait aussi eu cette histoire, plus que désagréable, avec Christoph Meili, et le même Studer...

– De quoi s'agit-il ? Qui est Christoph Meili ?

Au cours d'une ronde en janvier dernier, le gardien de nuit Christoph Meili, âgé de vingt-neuf ans, avait découvert que l'U.B.S. faisait broyer de pleins chariots d'archives datant du temps d'Hitler, relatives à des ventes forcées à Berlin. Une violation flagrante de l'engagement des banques suisses à ne pas détruire les archives de l'époque nazie !

Le gardien avait subtilisé des documents, les avait remis à la Communauté israélite de Zurich, qui les avait ensuite transmis à la police. Après ouverture et conclusion d'une enquête, l'U.B.S. reconnaissait avoir commis une « faute qu'elle regrettait profondément ». La Communauté avait accusé la banque d'escroquerie et de dissimulation d'actes, tandis que M. Studer licenciait Meili, lançait contre lui une enquête pénale pour « violation du secret bancaire » et, lors d'une émission de télévision, déclarait le suspecter de n'avoir pas agi « pour des motifs honorables ».

– Que voulait-il signifier ?

– Je ne sais pas exactement. C'était peut-être une façon d'insinuer que Meili aurait été manipulé par les organisations juives, qu'il serait devenu leur agent secret, ou qu'il aurait agi dans l'espoir d'une forte récompense, à moins qu'il n'ait recherché la publicité pour son propre compte. Studer estimait que l'employé aurait dû faire discrètement part de sa découverte aux dirigeants de la banque.

Concentré sur la progression difficile et laborieuse d'une caravane qu'il entendait dépasser, Stefan arrêta son récit.

– Qu'est-il arrivé à Meili ? interrogea Lisa, quand le véhicule fut derrière eux.

– Son avocat a déposé une plainte contre Studer pour atteinte à l'honneur, et une organisation juive américaine lui a offert cinquante mille francs pour subvenir à ses frais de justice, ainsi qu'un chandelier en or, une... Comment ça s'appelle, en hébreu ?

– Une menorah.

– C'est ça. Cet argent, Meili n'en a, paraît-il, pas vu un centime. Fin avril, il a émigré aux Etats-Unis avec sa femme et ses deux enfants. Certains le tiennent pour un héros qui a sauvé l'honneur de la Suisse, et d'autres pour un criminel. Il avait reçu des lettres anonymes avec menaces de mort du genre : « Tu es fini ! On va liquider toute la clique des Meili ! » Là-dessus, comme si ça ne suffisait pas, le président d'honneur de l'U.B.S. a donné à la presse américaine une longue interview au ton antisémite. La banque a pris ses distances avec l'homme, mais le mal était fait.

Les yeux ronds, Lisa regarda Stefan. Elle ne comprenait rien aux Suisses. Ou plutôt, elle commençait à comprendre qu'il y avait plusieurs catégories de Suisses : les braves gens ; les banquiers cyniques, mus par la seule volonté d'accroître leurs réserves d'or, qui manipulaient le gouvernement et l'opinion civile ; enfin un petit noyau d'étriqués, d'imbéciles sans cœur, qui tombaient dans leur panneau.

Stefan avait dû surprendre son expression.

– Je n'invente malheureusement rien, se défendit-il.

Il déposa Lisa en fin d'après-midi à son hôtel. Elle se doucha, se changea. Quand il revint la chercher, elle apparut en amazone, veste cavalière à même la peau et jodhpurs de soie sauvage vert anis.

– Tu es éblouissante ! Je ne me sens absolument pas digne de toi, ajouta-t-il après un regard critique sur sa propre tenue.

Il avait rendu la voiture, était passé au bureau, avait

acheté chez un traiteur leur dîner qu'il portait avec précaution. Une fine sueur perlait à ses tempes.

– Je t'aime comme tu es, répondit-elle avec un sourire.

L'intervention du concierge – *Good evening, Mrs Nelson !* – et son regard inquisiteur l'empêchèrent de se serrer contre Stefan.

Bürkliplatz, la foule des excursionnistes noircissait le débarcadère où les bateaux s'emplissaient et se vidaient. Des cygnes barbotaient. Un envol de mouettes accompagnait le départ du *Rapperswill* illuminé.

– Qui était Rapperswill ?

Stefan sourit.

– Personne. C'est une petite ville médiévale sur la rive nord du lac. On l'appelle « la cité des roses ». Un jardin en possède six mille variétés. Il y a aussi un vieux château, un parc avec des biches. Tu devrais aller y faire un tour, demain. Je suis sûr que ça te plairait beaucoup.

Lisa fit une grimace. Stefan pensait-il vraiment qu'elle était venue pour faire du tourisme ? Elle préféra se taire et tourna ses yeux vers le lac, qu'elle ne se lassait pas de regarder. Un bateau allait accoster. Le *Limmat*. Zurich n'aimait rien tant, semblait-il, que se contempler et s'autocélébrer.

Fuyant la bousculade estivale, Lisa et Stefan traversèrent en silence le Quaibrücke[1]. A droite s'évasait le lac, à gauche s'enfuyait la Limmat. Tout à son bonheur, un couple d'amoureux heurta Lisa. Elle aurait voulu, elle aussi, comme elle l'avait fait à Château-d'Oex, blottir sa main dans celle de Stefan ou prendre son bras. Mais elle le sentait distant et se souvint que Zurich était une petite ville : Me Meier, avocat connu, devait veiller à sa renommée. N'avait-elle pas eu tort de choisir un ami pour traquer Arnold Schuler, et d'accepter qu'ils

1. *Brücke* signifie « pont ».

deviennent amants ? Cela l'obligeait à une gymnastique mentale fatigante. Elle soupira, prit une cigarette.

– Tu fumes trop, Lisa. Tu t'abîmes la santé.

Il tourna vers elle le fin visage aux yeux de braise qu'elle aimait. Elle répondit par un sourire triste.

– Ici, expliqua-t-il d'un ton qu'elle devina volontairement enjoué, nous sommes sur la rive droite de la Limmat. Là, l'Opéra ! Et juste devant, cette grande pelouse ronde, c'est la Sechseläutenplatz. Viens, on va écouter !

Un guide alémanique du cru s'adressait à des touristes francophones. Son charabia et son accent provoquaient l'hilarité de deux jeunes puristes peu charitables que les autres, sérieux comme des papes, regardaient avec réprobation.

– Le Sächsilüüte...

Lisa lança un regard interrogatif vers Stefan.

– Sechseläuten, en schwyzerdütsch.

– ... est la fête du printemps zurichois, se vanta le guide. Chaque premier lundi après le 16 avril, exactement à six heures, alors on brûle le böög. Le böög, il est le symbole de l'hiver. C'est un bonhomme de neige qu'on a fabriqué avec de la ouate et qu'on a mis des pétards dedans, qui est brûlé par le feu et alors qui se fait sauter en l'air. Alors les cavaliers des zünft, ils dansent autour du feu. Les zünft, c'est les corporations. A l'origine, il y avait seulement des artisans. Maintenant il y a aussi des quartiers de Zurich et plus seulement des artisans, mais aussi des politiciens, des hommes d'affaires, des professeurs, tous dans leur costume historique. Ils défilent en cortège le lundi après-midi et alors les spectateurs leur jettent volontiers des fleurs. C'est seulement à six heures qu'on entend de nouveau une fois les cloches sonner, et alors c'est pour ça que ça s'appelle comme ça, conclut le guide avec fierté.

– *Sechs* signifie « six », dit Stefan en entraînant Lisa, et *läuten*, c'est « sonner ». Je me souviens d'une fois, à la fin des années huitante[1], des jeunes s'étaient battus avec la police au sujet d'un local que la ville leur avait donné puis repris, parce qu'on y avait trouvé de la drogue. Il y a eu des barricades, des affrontements. Le jour de la fête, les notables en costumes des zünft ont tellement paniqué à l'idée que les jeunes pourraient profiter du cortège pour faire une manifestation, qu'ils ont défilé au pas de course et sont arrivés une heure trop tôt sur la Sechseläutenplatz. C'était vraiment embarrassant.

L'air sérieux de Stefan provoqua chez Lisa un fou rire qu'elle ne put contenir.

Quelques minutes plus tard, ils atteignaient la Trittli-gasse, une ruelle typique et romantique, à l'instant où ses lanternes s'allumaient. Des escaliers s'étageaient sur la partie droite de la rue pavée, laissant la gauche en pente raide. Stefan s'arrêta devant une maison ocre, aux fenêtres à petits carreaux et aux volets de bois vert sapin. Sur le linteau, une inscription ancienne, « *Zu schwarzen Linde* », annonçait le tilleul noir qui, dans la cour, montait la garde devant une pelouse fleurie.

Au pied de l'arbre, assise sur un banc, attendait une femme à la chevelure imposante, blond vénitien, qui balançait ses jambes gainées de résille noire. Accroupie, une fillette à nattes dorées tournait le dos, absorbée par son jeu.

– Nina, appela la femme tout en dévisageant Lisa d'un regard dur. *Da kommt Vati*[2].

Stefan avait sursauté.

– *Was machst Du denn hier*[3] ? demanda-t-il d'un ton courroucé.

Une discussion animée s'ensuivit. Gênée, Lisa s'avança vers le jardin, percevant à peine le remue-ménage d'oiseaux dans un épais buisson à prunelles

1. Les années quatre-vingt.
2. « Voilà ton papa. »
3. « Que fais-tu ici ? »

rouges. A nouveau le lancinant désir de tout plaquer et de repartir au plus vite vers Hong Kong.

– Lisa, tu viens ?

Elle se retourna. Stefan tenait la petite par la main. La mère avait disparu.

– Ce soir, Tatiana doit remplacer une danseuse qui est tombée malade, et la baby-sitter qu'elle appelle d'habitude est partie en vacances.

– Je vais te laisser.

Trouverait-elle encore ce soir un avion pour Hong Kong ?

– Pas question. Nina a déjà dîné, je la couche, et le reste de la soirée nous appartient. Viens ! ordonna-t-il, en examinant d'un air contrarié les fenêtres des étages.

Stefan habitait un appartement en soupente, au troisième et dernier étage de la maison. On entrait directement dans le séjour, peu mais joliment meublé, au parquet de bois couvert de tapis à motifs noirs et blancs. Il n'y avait qu'à craquer une allumette pour allumer le feu dans la cheminée.

– Visite, suggéra Stefan. Fais comme chez toi.

Le lit et la table de nuit occupaient presque toute la largeur de l'étroite chambre à coucher. Celle-ci donnait sur la salle de bains à baignoire-sabot, ainsi que sur une toute petite pièce qui contenait un lit d'enfant, une table et deux chaises bleues minuscules, des poupées et des peluches. Dans la cuisine bien agencée, une porte s'ouvrait sur une terrasse clôturée par un grillage envahi de plantes grimpantes : là, un banc, une table et deux chaises formaient une salle à manger d'été. Au-delà d'un enchevêtrement de vieux toits se distinguaient le lac et les montagnes.

– C'est vraiment charmant ! admira Lisa.

– Assieds-toi pendant que je m'occupe de Nina. Je n'en ai pas pour longtemps. Il faut juste lui raconter une histoire en la déshabillant, et elle s'endort.

Il revint en effet peu après, avec une nappe et des serviettes en papier.

– Je peux t'aider ?

– Non, merci. C'est tellement petit chez moi qu'on se gêne quand on travaille à deux.

Il avait acheté des assiettes garnies – tranches de saumon froid et variété de salades – avec des petits pains tout ronds. Il déboucha une bouteille de vin blanc.

– Du stäfner slevner, un vin des rives du lac. A ta santé !

– A la tienne !

– A nous deux ! ajouta-t-il.

Elle éclata de rire.

– Il ne me semble pas qu'il y ait beaucoup de place pour nous deux, dans ta vie !

L'air déconfit de Stefan lui parut si touchant que, spontanément, elle lui caressa la joue. Il poussa un grand soupir, et entreprit sa confession.

Cela faisait bientôt cinq ans qu'il connaissait Tatiana. Issue d'une famille d'aristocrates russes ruinés, parlant l'allemand et plusieurs langues slaves, elle étudiait l'histoire de l'art à Moscou quand elle avait rencontré un homme sympathique, qui prétendit posséder un magasin d'antiquités bien situé à Zurich. Celui-ci lui avait proposé de le seconder pour un salaire mirifique, et elle s'était retrouvée danseuse dans un cabaret, avec de maigres mensualités. Au premier geste de révolte, son « protecteur » l'avait menacée de montrer les photos du spectacle à ses parents. Elle ne s'y était pas résolue...

Grâce à l'intervention de Stefan, l'homme avait cessé de tourmenter Tatiana.

– Je lui ai aussitôt conseillé de chercher un autre moyen de gagner sa vie, dit-il en remplissant le verre de Lisa. Ses tentatives, vraies ou fausses, ont échoué. Peu de temps après, elle m'annonçait qu'elle était enceinte. Tu devines que je n'ai pas sauté de joie, mais je ne me suis pas senti le droit de l'inciter à interrompre sa grossesse.

Son sens du devoir avait ensuite commandé à Stefan

d'épouser la « jeune fille » : le mariage aurait eu lieu après la naissance de l'enfant si, à quelque temps de là, alors qu'il était sorti très tard du bureau, Stefan n'avait aperçu Tatiana, Bahnhofstrasse, absorbée dans une conversation galante dont l'issue ne faisait aucun doute. Il les avait suivis, elle et son compagnon, jusqu'à un hôtel d'une rue voisine, Bleicherweg.

– Bahnhofstrasse ?

– Oui. A Zurich, les dames de petite vertu exercent leur métier quasiment au pied des grandes banques. Ces dernières, épaulées par les magasins de luxe, ont déposé des recours, mais le tribunal administratif a débouté tout le monde sous prétexte que le quartier de la finance, étant désert la nuit, se prête parfaitement à l'amour tarifé. J'ai un copain, ajouta-t-il en riant, un anarchiste, qui trouve ça normal. Il dit que là où il n'y a pas de morale le jour, il ne peut y en avoir la nuit !

Pour revenir à Tatiana, elle avait prétendu traverser des jours très sombres, et promis de ne plus recommencer. Mais Stefan, profondément choqué, s'était senti délié de sa promesse de mariage et avait annulé leur projet.

– Tu ne l'aimais donc plus ?

Il fixa Lisa.

– Je ne l'ai jamais aimée, et je suis certain que, pour réussir à se faire épouser, elle a arrêté de prendre la pilule dès que nous nous sommes connus.

Depuis leur rupture, Tatiana faisait de constantes tentatives pour l'amener à revenir sur sa décision.

– Encore tout à l'heure, ajouta-t-il, Nina m'a tenu un petit discours, manifestement appris par cœur, disant qu'elle voudrait, comme ses copains et ses copines, trouver un papa chaque soir à la maison et qu'elle serait malheureuse tant que nous ne serions pas réunis, sa mère et moi.

Lisa froissa son paquet de cigarettes vide, et se leva pour aller en chercher un autre dans son sac, laissé au milieu du séjour. Stefan avait acheté des tartes aux framboises pour le dessert. Elle partirait juste après.

Mais il l'entoura de ses bras, la plaqua contre le mur et appliqua tendrement ses lèvres entre ses seins.

– Voilà ce dont j'ai envie depuis que je t'ai vue dans cette veste.

Elle tenta de résister, et puis fondit sous les baisers.

« Dans quels draps me suis-je fourrée ? » songea-t-elle.

X

« Déjà vendredi ! s'irrita Lisa en s'éveillant dans sa chambre du Baur au Lac. Il ne s'est rien passé jusqu'ici, j'ai perdu mon temps, tout est trop lent. Aujourd'hui, il faut à tout prix que j'avance. Mais comment ? »

Cette nuit, quand ils s'étaient quittés, Stefan avait assuré qu'il suivait la filière Arnold Schuler et qu'il donnerait à Lisa des informations probantes en fin d'après-midi. Rendez-vous avait été pris à dix-sept heures trente dans son bureau. Jusque-là, il fallait faire confiance à « maître Meier » et s'interdire toute démarche intempestive.

A quoi s'employer, donc, pour occuper cette journée qui s'annonçait vide ? Les certificats réclamés auprès des services viennois n'étant pas encore arrivés, Lisa ne pouvait rien entreprendre pour rechercher le compte et le coffre d'Arthur Neumann...

Si elle tentait, malgré tout ? Si elle expliquait au médiateur des banques – ce serait juste un tout petit mensonge – qu'elle avait accompli *exprès* le voyage de Hong Kong ! Ne réussirait-elle pas à l'attendrir, ce monsieur... comment s'appelait-il, déjà ?... Hanspeter Häni ? Lisa ne pourrait-elle obtenir qu'il se penche sur son cas ? Son charme lui ouvrait souvent des portes.

Sa décision prise, il lui restait à trouver l'homme. Se souvenant d'avoir vu ce nom écrit de la main paternelle, Lisa se mit à feuilleter le cahier de Walter et découvrit les coordonnées de M. Häni jetées en travers d'une page.

Le cœur battant, elle composa aussitôt le numéro de téléphone, et entendit un message enregistré, en allemand. De rage, elle plaqua violemment le combiné sur son socle, marcha de long en large en mordillant ses doigts, alluma une cigarette, décrocha le récepteur et appuya sur la touche « bis ».

En écoutant avec attention le message qui passait en boucle, Lisa finit par saisir que la voix lui conseillait de se reporter à l'annuaire téléphonique. La réception – *Good morning, Mrs Nelson !* – lui apprit qu'elle disposait d'un exemplaire dans le tiroir de son bureau. Après deux cigarettes, elle repéra le numéro recherché. Lequel correspondait exactement à celui qu'elle avait composé !

Lorsque Lisa, ayant consulté le réceptionniste, comprit qu'il fallait supprimer un chiffre pour obtenir les communications locales, une demi-heure s'était écoulée. Elle composa enfin le bon numéro... et entendit alors le signal indiquant que la ligne était occupée. Elle bouillait.

Dans la salle de bains en marbre noir équipée d'un téléphone, Lisa réitéra ses appels tout en se préparant. Sans succès... Elle résolut de se présenter en personne au bureau du médiateur. Vêtue d'une robe de zéphyr bayadère, elle s'engouffra dans l'ascenseur, réclama un plan au portier – *Good morning, Mrs Nelson ! What a nice day, isn't it ?* – et partit d'un bon pas. L'air était délicieusement doux. Dans le sillage de gros bateaux, les mouettes ricochaient sur l'écume des vagues.

Pour aller Seestrasse, il suffisait de longer le General Guisan-Quai, puis de... Comme par un fait exprès, chaque pas plongeait Lisa dans un passé qui la dépassait. L'Europe entière semblait sous le coup d'une indigestion à retardement. La France déterrait les cadavres de Vichy et ici, en Suisse, des trublions tentaient de déboulonner le général Henri Guisan du socle où sa belle stature l'avait hissé. Pas blanc-bleu, affirmait-on, ce colonel qui, fin août 1939, s'était vu confier le commandement des armées et avait ainsi gagné le képi de général[1] !

La veille, Stefan avait tracé en quelques mots le portrait du militaire, admiratif de la discipline hitlérienne, qui galvanisait les troupes tout en inspirant une immense confiance aux civils.

Avec l'entrée en guerre de l'Italie, expliqua-t-il, et l'armistice franco-allemand de juin 1940, la Suisse se retrouva encerclée par les puissances de l'Axe. Le 25 juillet, le général Guisan avait réuni les officiers supérieurs sur la prairie du Grütli, « berceau de notre liberté ». « La prairie du quoi ? » avait demandé Lisa. « Du Grütli, avait riposté Stefan en fronçant le sourcil. On t'en a sûrement parlé, au Bleuey. »

Didactique, il avait rappelé la suzeraineté des Habsbourg, dont l'intransigeance avait – ou aurait – provoqué la révolte de Guillaume Tell. « Encore lui ! » avait songé Lisa, se félicitant une fois de plus d'avoir caché à Stefan le surnom d'Arnold Schuler. Un jour de 1291, trois Suisses originaires des cantons d'Uri, de Schwyz et d'Unterwald, maltraités par les seigneurs, s'étaient réunis dans la prairie du Grütli, au bord du lac des Quatre-Cantons. Là, ils avaient juré de devenir des hommes libres et de s'entraider. Ainsi était née la Confédération helvétique.

Dans le même esprit, le général Guisan avait invité les officiers supérieurs à écouter l'appel mystérieux qui montait de la prairie, et exhorté les Suisses à « résister jusqu'à la mort ». Il avait également révélé le plan du « Réduit national », qui consistait à rassembler les troupes militaires au cœur de la Suisse, dans les hautes montagnes des Alpes. Libre alors à Hitler, s'il le souhaitait, de franchir les frontières, et de venir se frotter au hérisson suisse.

1. La nomination d'un général, et d'un seul, n'intervient en Suisse qu'en temps de guerre. Celle du général Guisan a eu lieu en raison de la concentration de troupes militaires près de la frontière ouest de la Suisse, ce qui faisait craindre pour sa neutralité.

« Avec le recul, avait ajouté Stefan, certains ont suggéré que cette tactique était un moyen déguisé de redémarrer l'économie. Dégarnir les frontières, cela revenait à démobiliser cent cinquante mille hommes. Cette main-d'œuvre toute trouvée pouvait alors se remettre au travail, y compris dans les industries d'armement qui exportaient vers l'Allemagne. » Lisa avait bondi. « Des usines d'armement ont travaillé pour les nazis ? » Il avait hoché la tête. « On échangeait. » Puis, contrefaisant l'attitude d'un camelot : « C'était donnant, donnant. Je te vends des montres, des canons et des obus, tu me donnes du charbon de Pologne, de l'essence de Roumanie, des patates de Poméranie, un peu de cuivre, un peu de fer, et le reste en or... Il fallait bien vivre, avait-il ajouté. Il y a eu aussi des échanges avec les Alliés. Rester neutre ne signifiait pas qu'on allait se laisser mourir à petit feu parce que l'Europe était en flammes. Mais là où je ne marche plus, c'est quand j'apprends qu'un homme comme Henry Guisan Junior, le fils du commandant de l'armée, s'est enrichi en vendant des baraquements de bois à l'Allemagne. Il les envoyait aux Waffen-SS de Dachau et d'Oranienburg sans se poser l'ombre d'une question. On savait pourtant ce que signifiaient ces noms. Le général n'a pas pu ignorer ce trafic puisque son fils, profitant de ses relations nazies, lui avait fait présenter un général SS. Tout cela à l'insu du Conseil fédéral ! Qui finit par le découvrir et passer un savon au Père de la Patrie... On lui a rappelé que la politique extérieure n'était pas son job. Ses défenseurs disent qu'il avait espéré dissuader Hitler d'envahir la Suisse, mais... »

Ensuite, Stefan avait évoqué l'appui donné par le général au Conseil fédéral, en août 1942, pour fermer le territoire suisse aux juifs. On craignait que les « réfugiés raciaux » ne prennent le « travail des Suisses ». « Contre les raisons venant du cœur, avait lancé le général, il faut avant tout tenir compte de la sécurité du pays. » L'armée avait alors renforcé la surveillance de la frontière, envoyant ainsi hommes, femmes et enfants juifs vers Auschwitz.

Quelle boue ! Et qui contrastait tellement avec les eaux limpides du lac et les rues si propres où des distributeurs vert pomme fournissaient aux amis des chiens le matériel permettant à leurs compagnons de satisfaire leurs besoins sans souiller la voie publique !

Lisa vérifia qu'elle se trouvait bien au numéro 7 de la Seestrasse. C'était une porte discrète, dans un alignement d'immeubles grisâtres, encadrée par un salon de coiffure et un vendeur d'appareils photo. Juste à côté, une librairie « Judaïca ».

Arrivée au premier étage, Lisa entendit une porte se fermer plus haut. Un pas pesant descendit à sa rencontre. Les marches craquaient sous le tapis usé. Au tournant de l'escalier, dans l'éclairage faible, elle distingua la silhouette vêtue de jaune canari d'une femme plutôt forte, cramponnée à la rampe.

– Jé mé sens mal...

Elle s'affala devant Lisa qui, la retenant, l'empêcha de glisser plus avant et l'aida à s'asseoir. Elles auraient pu rouler toutes les deux. Lisa reprit son souffle.

– Ça va, madame ?

– Non, ça né va pas. J'ai besoin d'ine médicamènte... Dans ma sac.

Quelques gouttes d'un aérosol distillées sous la langue, et la dame en canari retrouva ses forces. Elle se redressa.

– Exquisez-moi.

– Ce n'est rien. Je vous accompagne en bas, dit Lisa en lui prenant le bras.

– Merci beaucoup, jé sérai plis tranquille. C'est ine vertige qui m'a fait ça.

Dans la rue, la femme mit sa main en visière.

– Pouvez-vous vénir avec moi jusqu'au là-bas, au café ?

– Bien sûr !

A la lumière du jour, Lisa observa sa compagne. La

soixantaine largement dépassée, elle était habillée, coiffée et maquillée avec soin. Un large bracelet en or enserrait son poignet.

Dans le café, elles s'assirent à une table près de la fenêtre grande ouverte et commandèrent du Passuger, une eau minérale gazeuse. Pendant le court chemin, Lisa avait appris que Mme Goldstein – elles s'étaient présentées – quittait justement le bureau du médiateur des banques.

Veuve sans enfants, vivant seule à Ouchy, près de Lausanne, elle était née à Varsovie. Son père possédait une fabrique de lainages qui employait cinq cents ouvriers. Un jour les Allemands étaient venus le chercher. En quittant sa femme, il lui avait glissé à l'oreille : « J'ai mis assez d'argent en Suisse pour toi et la petite. » Où et quand ? Mystère : ils n'en avaient jamais parlé. Le père de Mme Goldstein était mort à Auschwitz.

Après la guerre, un oncle, frère de sa mère, les avait toutes deux fait venir en Suisse. Etudiant en médecine à Lyon quand le conflit avait éclaté, il avait traversé le lac Léman grâce à un pêcheur suisse. Une chance folle : un autre passeur avait noyé une famille juive avec trois enfants pour garder l'or et les diamants.

Un deuxième oncle, frère du père, s'était rendu en 1938 en Palestine pour acheter des terrains. Revenu un an plus tard en Europe, il s'était engagé dans l'armée polonaise en France. En chemin vers le Sud, il avait été dénoncé par un Français, interné au camp du Vernet, en Ariège, puis livré à la Gestapo et, via Drancy, embarqué pour Auschwitz. Jugé apte au travail, il était mort dans une mine de Haute-Silésie.

– Est-ce que la fumée vous dérange ? interrogea Lisa.

– Pas di tout. Vous pouvez même m'offrir ine cigarette... Mais vous n'avez pas l'accent française. D'où êtes-vous ?

– De Hong Kong.

– Hong Kong ! J'ai toujours rêvé d'aller là-bas... Vous avez dé la famille ici ?

– Non. Mais j'aimerais connaître la suite de votre histoire, madame Goldstein.

En Israël, les terrains de valeur acquis par l'oncle paternel avaient été vendus aux enchères par la cour de Haïfa. Un choc pour Mme Goldstein. Même les Israéliens avaient profité de la Shoah pour s'emparer des biens ayant appartenu aux victimes des nazis.

A Varsovie, les Allemands avaient pillé les beaux meubles, les objets d'art et les collections philatéliques restés dans la maison familiale, puis les Polonais s'étaient approprié le terrain après l'incendie du ghetto.

Quant à l'Association suisse des banquiers, elle n'avait pas retrouvé trace du compte. Lorsque l'affaire des fonds juifs avait commencé à faire les grands titres de la presse, Mme Goldstein avait imaginé que son argent lui serait enfin rendu. Elle avait donc accompli les démarches nécessaires, mais elle avait reçu une note de regrets rédigée de la propre main de M. Häni, lui annonçant que sa demande était rejetée.

Elle s'était alors résolue à partir pour Zurich. Arrivée la veille, elle s'était présentée ce matin au bureau du médiateur. Lequel avait refusé de la recevoir.

– Ine sécrétaire m'a dit qu'ils sont sèlement cinq personnes pour cet énorme travail, et que M. Häni, il né peut pas récévoir toutes les gens qui ont des réclamations. C'est comme si j'avais été encore ine fois volée... Aucune argent né pourra rembourser cé qué j'ai souffert, ajouta Mme Goldstein, mais les profiteurs, ils doivent rédonner cé qu'ils ont pris.

– Jé m'appelle Malka, dit Mme Goldstein quand elles se séparèrent en s'embrassant, et ça mé féra plaisir si on peut sé révoir démain.

Remise de ses émotions, Malka s'était souvenue que son amie zurichoise l'attendait pour déjeuner. « *Zusammen ?* » avait interrogé le garçon quand elles l'avaient appelé pour régler leurs consommations. « *Ja !* » avait répondu Lisa en riant. « Jé suis très touchée dé votre gentillesse, avait dit Malka. Les jeunes, aujourd'hui, ils n'aiment pas s'occuper d'un vieux femme comme moi. »

Restée seule, Lisa retourna vers le bureau du médiateur. Il lui fallait tenter sa chance. Mais elle eut beau sonner et tambouriner contre la porte, personne ne répondit. Il ne lui était pas venu à l'esprit que Zurich respectait l'heure sacro-sainte du déjeuner.

Contrariée, elle repartit. Son esprit divaguait sans pouvoir se fixer. Walter, Stefan, Muriel, Arnold Schuler, Tatiana l'entraînaient dans des rondes sans issue. Elle se retrouva bientôt près du Baur au Lac, alla déjeuner d'une salade au Pavillon, la terrasse à l'ambiance méditerranéenne. Là-dessus, saisie d'une soudaine nostalgie de fraîcheur, elle passa prendre un bikini dans sa chambre – *Good afternoon, Mrs Nelson !* – et se dirigea vers un établissement de bains tout proche, au bord de la Limmat, qu'elle avait repéré sur son plan.

En pleine rivière, le *Frauenbad* était fixé sur des pilotis. Lisa poussa la porte sans s'intéresser à la signification du nom. Sur les planches, où flottaient des rideaux bleu et blanc, des belles et des moins belles offraient leur corps à la caresse du soleil. Au centre, clapotait l'eau aguicheuse. Lisa plongea.

Elle tordait ses cheveux sur l'échelle, revigorée, quand elle comprit enfin que l'établissement était réservé aux femmes. Le plus vieux des garçonnets présents ne devait pas dépasser six ou sept ans. En plein cœur de la ville, il régnait ici un calme extraordinaire. Une odeur apaisante montait des planches. Lisa s'étendit.

A quelques pas d'elle papotaient trois dames âgées, joyeuses. Heureuses, peut-être, de pouvoir se dénuder sans complexe. Deux ondines, bretelles du maillot baissées pour éviter les marques disgracieuses, prenaient un premier hâle. « Bronzées, elles iraient ailleurs », songea Lisa. Qui, à son tour, fit glisser la bretelle unique de son soutien-gorge asymétrique. La caresse du soleil lui rappela Stefan, fit monter son désir, et des regrets. Qu'il aurait été bon de pouvoir s'aimer tout simplement !

La peau cuisante, Lisa songea qu'elle n'avait pas ouvert un journal de la journée. Ses deux drogues, journaux et cigarettes, exerçaient une tyrannie constante. Elle sauta sur ses pieds, gagna les cabines. A la sortie, elle empocha une publicité modestement imprimée. Tous les jeudis soir, à 23 h 30, un bar nommé Xenix se rebaptisait Xenia et se fermait aux hommes.

Avec Lisa repartirent une mère et sa fille aux jupes tombant sous le mollet gainé d'un bas épais, aux chemisiers à manches longues et col boutonné. La mère cachait ses cheveux sous un foulard. « Des juives orthodoxes », devina Lisa. Existait-il une autre ville au monde où elles pourraient se baigner en plein air sans craindre l'offense des regards masculins ?

Comme il était encore trop tôt pour se rendre au bureau de Stefan, Lisa rôda dans la Bahnhofstrasse, croisa des mères de famille, des chiens affairés, des nymphettes provocantes, des messieurs lents et bedonnants, des jeunes filles vêtues en pasteurs anglicans, des yuppies branchés, des couples distingués, des Anglais fripés, des Japonais inquiets, des femmes plus que mûres croyant cacher leur âge sous une débauche de couleurs criardes, des dragueurs musclés, des banlieusards chargés de paquets, des boy-scouts astiqués, une dame à jabot vert sous un nez crochu, et battit en retraite sur le trottoir quand sonna le carillon indigné du tram.

Paradeplatz ; plantée devant un immeuble imposant, austère et fermé, Lisa contempla le siège social de l'U.B.S., le premier empire bancaire helvétique. Devant les vitrines plates, des manutentionnaires, des employés de commerce ou de modestes retraités s'arrêtaient pour déchiffrer avec avidité l'évolution de leurs actions. Tout un petit manège de surface. Mais qu'abritaient, sous le pavé, les caves profondes de l'U.B.S. ?

Que recelaient celles de la Schweizerischer Bankverein ou du Crédit Suisse, qui étalait sa splendeur architecturale rénovée pour, se flattait-on, un coût de plus de onze millions ? Lisa pivota sur elle-même. Que cachaient les voûtes gothiques de la Banque Leu, ou les chambres fortes de la Banque Julius Baer, qui occupait tout un pâté de maisons dont un côté donnait sur la Müntzplatz[1] ? Se pouvait-il que, sous le trottoir lisse, dorme une part de la fortune d'Arthur Neumann, ses objets d'art et le collier ?

Statufiée, Lisa observait le va-et-vient de gens effacés dans ces empires dressés en pleine zone piétonne. Aucune voiture ne s'arrêtait. La monnaie entrait par la porte, mais l'or et l'argent s'infiltraient par les souterrains auxquels, à l'arrière des édifices, accédaient les limousines.

Faisant le tour de l'U.B.S., Lisa découvrit la City. Des passerelles reliaient les immeubles de prestige à un ensemble de tours, de gratte-ciel, de vieux bâtiments aménagés. Là, au secret, palpitait le ventre de la Suisse.

Lisa revint dans la Bahnhofstrasse par un passage piéton. Au bout, un grand kiosque à journaux s'ouvrait sur la rue. Toutes les langues de la terre, jusqu'au turc, au serbo-croate, au tchèque, à l'albanais, y étaient représentées. Deux mots ressortaient des gros titres de la presse alémanique : *Gold* et *Geld*[2].

Sur la partie gauche du kiosque, une portion de vitrines contenait des couvertures ou des intérieurs de journaux affichant tous la même photo, en couleurs ou en noir et blanc, d'un homme assez fade et encore jeune, portant des lunettes. Intriguée, Lisa s'approcha et, sur les légendes, trouva répété le nom de Christoph Meili, le gardien de nuit qui avait découvert le broyage des archives de l'U.B.S. La première photo le montrait en chemise polo et survêtement, avec, sur le nez, de

1. Place de la Monnaie.
2. « Or » et « argent » (monnaie).

grands verres vissés à une paire de branches fantaisie. Sur la dernière, en costume sombre et cravate, il arborait de petites lunettes cerclées. Un Meili relooké par les Etats-Unis.

La kiosquière, une minuscule sauterelle grise en gilet de coton crocheté, sortit comme un diable de sa boîte et vint ranger des piles de journaux sous le nez de Lisa, qui demanda :

– Vous faites une exposition sur Meili ?

– Oui, une exposition, admit la sauterelle, l'air frondeur.

– Vous le connaissez ?

– Ça oui, alors ! Il travaillait ici. (Elle désigna l'U.B.S. du menton.) Tous les matins, il achetait le *Blick* et parfois un Ragusa.

*Par*fois un *Ra*gusa. Elle mettait l'accent tonique sur la première partie des mots.

– Un Ragusa ?

– C'est un bâton de chocolat fourré avec du praliné et des noisettes.

Elle en tendit un à Lisa.

– Je le prends. Combien vous dois-je ?

– Un franc septante, s'il vous plaît.

– *Wie spaat isch es, Lili* [1] *?* questionna une ménagère. Essoufflée, elle posa son cabas qu'un potiron menaçait de faire éclater.

– *S'isch genau füfi* [2]. Voyez-vous, dit-elle à Lisa en désignant à nouveau la banque, c'est ici qu'il travaillait, et là... (elle montra, de l'autre côté du kiosque, une annexe de l'U.B.S. voisinant avec un commerce de chaussures de luxe et signalée par un panneau), c'est là qu'il a trouvé les papiers qui attendaient d'être poubellisés. *Aber stolz, das war er scho echli !* Il était pas peu fier d'avoir fait ça.

Les poings sur les hanches, Lili redressa son nez

1. « Quelle heure est-il, Lili ? »
2. « Exactement cinq heures. »

pointu. Fouillant dans son porte-monnaie, la ménagère au cabas hocha la tête d'un air réjoui.

– Et maintenant, il est en Amérique, poursuivit la kiosquière en rectifiant ses piles de journaux un coup par-ci, un coup par-là. Il m'écrit parfois. Il lit le *Blick* sur Internet. Là-bas, on le considère. C'est un héros. Ici, M. Studer l'a roulé dans la boue, et il a mis la justice après lui. C'est une vraie honte.

– Veux-tu la moitié d'un Ragusa ? proposa Lisa à Stefan.

Il sourit avec gaieté. De son sac, elle tira une pochette de papier emplie à craquer – bâtons de Ragusa, marshmallows, bonbons mous en forme de grenouille – et choisit une barre qu'elle cassa en deux. Des miettes s'éparpillèrent sur le bureau. Lisa, confuse, attrapa un Kleenex.

– Non, rugit Stefan, tu vas tout tacher... Qu'est-ce qui t'a pris d'acheter ces confiseries ? questionna-t-il en actionnant un mini-aspirateur.

– Je veux essayer de fumer moins, confessa Lisa.

De l'autre côté du bureau, il lui adressa un sourire caressant.

– Qu'as-tu fait, aujourd'hui ?

Elle raconta en quelques mots ses rencontres avec Malka et Lili, son plongeon au Frauenbad. Stefan, qui l'écoutait en jouant avec l'emballage du Ragusa, s'écria soudain :

– Mais c'est du chocolat Camille Bloch !

– Et alors ?

– Rolf Bloch, le patron des chocolats Camille Bloch, est aussi le président des communautés israélites et surtout celui du comité qui distribue de l'argent aux victimes de l'Holocauste. J'ai vu une émission de télévision où il parlait des lettres antisémites qu'il trouve régulièrement dans son courrier. « Juifs dehors », et cætera. Je me souviens d'un type, président d'un mouvement humaniste, qui lui avait écrit : « Votre communauté devrait renoncer à cet argent et le mettre à la disposition du peuple suisse, qui traverse une grave crise économique. » Un autre l'avait averti qu'il n'achèterait plus de « chocolat juif » ! Le journaliste avait demandé à Bloch ce qu'il en pensait, et celui-ci avait répondu : « Dommage pour ce monsieur, parce que c'est le meilleur. »

Stefan ouvrit le dossier posé sur son bureau.

– Venons-en à Arnold Schuler.

Depuis Château-d'Oex, il avait appelé un détective, M. Stirnimann, le chargeant de filer l'ancien nazi dès mercredi matin, à la première heure. L'homme recherché habitait bien dans la localité de Regensberg, à l'adresse indiquée sur la carte de visite laissée à Walter. La galerie Safari, au rez-de-chaussée, témoignait de son activité.

Un peu avant onze heures, Schuler avait quitté sa maison, pris un bus jusqu'à Dielsdorf, puis le train pour Zurich. Là, il avait effectué des achats dans un magasin de matériel photographique. Il était ensuite retourné à la gare où il avait retrouvé, descendu du train d'Interlaken, un homme de son âge portant une petite valise. Tous deux, manifestement heureux de se revoir, s'étaient rendus à l'hôtel Saint-Gothard dans la Bahnhofstrasse.

Plongeant sans cesse sa main dans la pochette de confiseries, Lisa, tendue, gobait grenouille sur grenouille.

– Tu les allumes l'une à l'autre ? la taquina Stefan.

Elle haussa les épaules.

A l'hôtel Saint-Gothard, Schuler s'était installé dans le lobby en attendant que son ami prenne possession de sa chambre. Celui-ci était réapparu peu après, très énervé, sa valise à la main, disant qu'il n'avait pas l'habitude d'être logé dans un taudis où on ne disposait même pas d'une planche ou d'un tiroir pour ranger ses effets et où la chasse d'eau était visiblement affligée d'un rhume chronique. Le portier avait répondu qu'il s'agissait d'une erreur regrettable, et lui avait aussitôt attribué une autre chambre. Pour le même prix.

Cette fois, le client était revenu satisfait.

« Je vais te faire attendre encore un peu, avait-il dit à son ami. Il me faut une feuille de papier à lettres et une enveloppe. » Il les avait empochées. Tous deux avaient ensuite poussé la porte du café Saint-Gothard, une brasserie viennoise intégrée à l'hôtel. Leur déjeuner avait duré environ deux heures.

Après une promenade qui les avait menés à Lindenhof, et un arrêt pour boire une bière, ils étaient retournés vers la gare, où Schuler avait repris le train pour Dielsdorf et, vraisemblablement, le bus pour Regensberg.

– Pourquoi « vraisemblablement » ?

– Parce que M. Stirnimann a préféré s'attacher aux pas du voyageur. Celui-ci est sorti de la gare par la porte nord, a traversé la rue et s'est rendu, juste en face, dans le parc du Landesmuseum.

– Du quoi ?

– Du Musée national.

Là, il s'était installé sur un banc et, utilisant son agenda comme sous-main, avait écrit une lettre sur la feuille de papier à l'en-tête du Saint-Gothard. Peu après, il la postait. Qu'avait-il fait ensuite ? M. Stirnimann l'ignorait. Il avait préféré attendre la levée de la boîte pour récupérer le pli, expliquant au préposé qu'il craignait d'avoir omis d'indiquer son adresse au verso de l'enveloppe. Le véritable expéditeur avait bien inscrit ses coordonnées. Il s'agissait d'un certain Rudolf Steiger, domicilié à Thoune, dans le canton de Berne. Le train d'Interlaken s'arrêtait en effet dans cette ville.

Le portier de l'hôtel Saint-Gothard avait confirmé l'identité du voyageur. Renseignements pris, M. Stirnimann avait établi que Rudolf Steiger, né à Saint-Gall de mère valaisane et de père saint-gallois, avait été engagé en 1943 par la Croix-Rouge et basé pendant quelques années à la délégation permanente en Turquie. Avait suivi une longue période à Genève. Tardivement, Steiger avait épousé une veuve domiciliée à Thoune, ville où il s'était retiré et où, ayant accédé à la retraite, il poursuivait une activité bénévole pour la Croix-Rouge.

– En somme, un homme parfaitement honorable, conclut Stefan.

Lisa resta coite. Si Schuler était le criminel recherché, comment pouvait-il être l'ami d'un être irréprochable, qui avait consacré sa vie à la cause humanitaire ?

XI

« Si on allait se baigner demain après-midi ! » avait suggéré Lisa au dîner du vendredi soir, tandis qu'elle s'initiait au *Zürcher Chatzegschrei* [1] du restaurant rustique Alt Züri. Stefan avait hoché la tête. « Demain, il faut que je travaille pour toi. » Il y eut un silence, suivi d'une confidence : « Dans dix jours, je dois partir pour mon cours de répétition. » Surprise, Lisa lui avait demandé de quel instrument il jouait. Grand éclat de rire...

La Suisse se flattait de pouvoir mobiliser en vingt-quatre heures une armée de quatre cent mille hommes. A cette fin, chaque citoyen majeur devait effectuer, jusqu'à l'âge de cinquante ans, et pendant trois semaines bisannuelles [2], des périodes appelées « cours de répétition », consacrées au tir et à divers exercices en plein air. Stefan détenait chez lui un revolver, qu'il devait entretenir et graisser avec soin, ainsi que des munitions. Lisa fut estomaquée. « Quel genre de munitions ? – Juste des balles. Vingt-quatre balles dans une boîte de conserve. »

Rétrospectivement, elle avait frissonné à l'idée d'avoir frôlé des engins de mort dans le charmant appartement de la Trittli-gasse... et puis la révolte l'avait envahie : « Tu ne peux pas m'abandonner

1. Spécialité zurichoise : hachis de bœuf et de veau servi avec de la compote de pommes et des pâtes.

2. Annuelles jusqu'à une période récente. L'armée suisse avait alors un potentiel de six cent cinquante mille hommes.

comme ça ! Essaie d'annuler, ou de reporter... » Il avait ri de nouveau, tellement l'idée lui paraissait extravagante. Il appartenait à une troupe d'élite, les cyclistes. Il était lieutenant, un grade responsable. Il lui avait fallu freiner des quatre fers pour ne pas être élevé au rang de capitaine et devenir le chef d'une compagnie de cent cyclistes. Son grand-père s'était certainement retourné dans sa tombe en apprenant le refus de cette promotion, mais la section qu'il dirigeait en tant que lieutenant lui donnait déjà bien assez de tracas. Lisa s'était résignée.

A la sortie du restaurant situé dans le Niederdorf, le lieu des plaisirs zurichois où résonnaient toutes les musiques du monde, où s'inventaient toutes les tenues, où s'autorisaient tous les comportements, où se déhanchaient les péripatéticiennes – à deux ou trois cents mètres de la maison de Stefan ! –, Lisa s'enjoignit de profiter pleinement des moments heureux : le bonheur prendrait forcément fin dans dix jours.

Après s'être agacés de leurs différences, Stefan et elle s'en amusaient. Chacun reconnaissait en l'autre sa part manquante. Arrivée à Zurich pour un séjour d'une semaine, Lisa savait à présent que seul le retour de son père pourrait la rappeler à Hong Kong avant le départ de Stefan.

« Maître Meier » travaillait donc pour elle en ce samedi, la confinant dans l'attente. Et parce qu'elle acceptait d'attendre, Lisa reconnut la force de son amour.

A l'instant où elle se préparait à quitter sa chambre pour aller flâner au marché aux puces de Bürkliplatz, le téléphone sonna. C'était Malka.

– Voulez-vous vénir prendre lé thé avec moi et mon amie cet après-midi ? Jé vous invite tous les deux.

– Avec grand plaisir.

Ces dames se méfiaient du soleil. Par ce jour étouffant, rendez-vous avait été pris sous les parasols d'une brasserie à trois pas du Baur au Lac, sur le Bauschänzli planté d'arbres. Situé à un jet de pierre du Quaibrücke comme du Frauenbad, cet îlot artificiel et pentagonal, autrefois ouvrage de défense militaire, offrait ombre et fraîcheur à souhait.

Malka portait un ensemble fuchsia et son amie Hélène Rosenberg, grande maigre anguleuse, un modèle voisin vert pomme.

– Qu'est-ce qué vous prénez, Lisa. Di thé avec un pâtisserie ?

– Du thé, volontiers, mais c'est tout, merci.

– Comment, c'est tout ? s'indigna Malka. Vous avez peur dé grossir, mince comme vous ? Chez moi à la maison, on mange lé gâteau pour lé *shabbes*[1] après-midi. Croyez-moi, prénez ine gâteau au fromage, vous m'en direz des nouvelles.

Dès que Lisa eut cédé, Malka et Hélène reprirent une conversation qui les tenait en haleine depuis la veille : la culpabilité de la Suisse.

Née en France de parents polonais, Hélène Rosenberg raffolait de l'Ovomaltine, une boisson qui, pour elle, gardait le goût de l'enfance et de la liberté. Son père avait songé à fuir en Suisse dès la déclaration des hostilités : il y était parvenu grâce à un passeur exigeant mais honnête. A la petite fille épuisée et frigorifiée par la longue marche dans la montagne, les douaniers avaient offert une tasse d'Ovomaltine bien chaude...

– J'éprouve une gratitude infinie envers la Suisse, dit Hélène. Sans ce pays, ma famille et bien d'autres n'auraient pas survécu.

Dans un premier temps, Hélène et ses parents furent hébergés dans des camps de réfugiés, gérés par la Croix-Rouge... (les paupières de Lisa cillèrent)... puis on les sépara pour envoyer le père travailler à la construction d'une route.

– C'était son métier ?

– Non, il était ingénieur... et ne savait même pas

1. Shabbat, septième jour de la semaine.

manier une pelle. Ces travaux pénibles l'ont beaucoup fatigué, mais il pouvait venir nous voir à l'occasion de permissions.

– Alors, cette gâteau au fromage, s'inquiéta Malka qui surveillait Lisa, vous l'aimez ?

– Il est délicieux !

– Vous voyez ! triompha Malka. Moi jé sais cé qu'il est bon. Il faut toujours m'écouter.

Hélène reprit son récit. Sortie des camps de la Croix-Rouge, elle avait bénéficié, avec sa mère, d'une chambre meublée chez une famille de Winterthur. Et cela, jusqu'à la fin de la guerre.

– Dis grâce à qui vous avez véqui ! intervint Malka. Tes parents, ils n'avaient même pas l'argent pour acheter ine poulet. C'était ine miracle.

– Un vrai miracle, répéta Hélène. Ma mère et moi, nous avons été prises en charge par deux paroisses protestantes dont les fidèles nous parrainaient. Ils ne furent pas les seuls en Suisse. Ces gens étaient admirables. Ils trouvaient naturel de partager leurs biens pour que d'autres puissent vivre dignement. Ils ne nous ont jamais fait sentir que nous étions pauvres, ni que nous leur étions redevables. Ils étaient toujours modestes et chaleureux.

La longue dame à l'aspect sec essuya le bord de ses yeux rougis.

– Je n'oublierai pas, poursuivit-elle. Mes camarades de classe et les professeurs du gymnase m'ont traitée comme si j'étais née dans la région.

– Pourquoi ne parle-t-on pas plus souvent de ces gens qui se sont montrés si charitables ? interrogea Lisa.

– Il ne leur vient pas à l'esprit de se glorifier d'avoir agi ainsi. Ils trouvent ça normal.

Malka clappa, l'air réprobateur.

– Et aussi parce qu'ils en ont eu peur d'être attaqués par les antisémites ou même (on voyait la moutarde lui monter au nez) par la tribounal. Ti oublies ça, Hélène, qué les autorités ils pouvaient les condamner !

– C'est impossible de discuter avec toi, Malka ! s'énerva son amie. Tu es de mauvaise foi.

– Qu'ils mé rendent cé qu'ils m'ont volé, à moi et aux autres, et jé té joure que jé sérai dé bon foi. Qu'ils rendent à Estelle Sapir, à Gizella Weisshaus, à Greta Beer, à tout le monde ! Et qu'ils rendent tant qu'on vit encore. Nous sommes des vieux femmes, et il y en a aussi des vieilles hommes.

– Ces dames sont vos amies ?

– Non, elles vivent dans les Etats-Unis mais jé connais leurs noms parcé qu'elles sont vénues à Génève avec leur avocate. Et cette homme, il a bien dit qué les vrais responsables, cé sont les banques, et que les Suisses, les gens, ils n'ont rien di tout à voir avec ça.

Gizella Weisshaus, expliqua Hélène, était une rescapée installée à Brooklyn. Elle avait donné son nom à une plainte collective intégrant toutes les victimes du nazisme, y compris des non-juifs, des Tziganes et des homosexuels. L'avocat réclamait vingt milliards de dollars aux banques après calcul des intérêts.

– Et Estelle Sapir ! reprit Malka. Ti trouves ça bien, comme le douane s'est conduite ?

Hélène Rosenberg fit la grimace.

– Non, bien sûr.

– Raconte, Hélène, raconte l'histoire à Lisa, raconte !

Estelle Sapir était née à Varsovie dans les années 20. C'était la fille d'un riche banquier. Pour échapper aux nazis, sa famille s'était réfugiée à Paris, quelques mois seulement avant l'entrée des troupes allemandes. Les Sapir avaient alors gagné Avignon, puis tenté d'atteindre l'Espagne. Mais un passeur les avait remis aux autorités françaises, qui les avaient internés au camp de Rivesaltes.

– C'en est près dé Perpignan !

– Quelle importance, Malka ? Pour quelqu'un qui habite Hong Kong, Perpignan ou Rivesaltes, c'est pareil.

– Alors dis lé soud dé la France.

Hélène acquiesça et poursuivit. Hommes et femmes vivaient séparés, mais les gardes permirent à Estelle de parler un quart d'heure avec son père, à travers les barbelés, avant qu'il ne parte en convoi. « Ma fille, avait dit le père, essaie de survivre et raconte ce que tu as vu ! Souviens-toi que j'ai mis de l'argent en sécurité pour vous à Paris, à Londres et en Suisse. » Comme s'il pressentait qu'ils ne devaient plus jamais se revoir, le père avait fait répéter à sa fille les noms des villes suisses où se trouvaient les fonds.

A la Libération...

– Dis les noms des villes, Hélène !

– Qu'est-ce que ça peut faire, que ce soit une ville ou une autre ?

– Il faut dire les choses exactément comme ils sont. Ces villes, c'en était Génève, Bâle, Zurich et Lausanne ! Voilà.

A la Libération, donc, Estelle avait vingt-deux ans, une mère malade et aucune nouvelle de son père. Par chance, elle avait retrouvé des documents où celui-ci avait consigné les numéros de ses comptes. Elle les avait présentés aux établissements français et anglais, qui lui avaient rendu ses biens. Rien de tel en Suisse, où elle s'était rendue en 1946.

– Jé mé souviens très bien comment Mme Sapir, elle a raconté ça. Elle a dit : « J'avais ine dokimènte qué mon père il en avait déposé un somme à la Crédite Suisse dé Génève, et dans des autres banques à Bâle et à Zurich. J'avais tous les informations. »

Lisa se mordait les lèvres pour s'empêcher de rire. Elle apprit ensuite que, quand Estelle s'était présentée aux guichets helvétiques, notamment à ceux du Crédit Suisse, les banquiers lui avaient confirmé que les comptes existaient et qu'elle disposerait de l'argent contre la remise d'un certificat de décès de son père.

– Elle était ahirie, assommée, vous pouvez mé croire.

– J'imagine.

Au cours des dix années qui suivirent, Estelle était revenue trois fois en Suisse. Chaque fois, les banques l'avaient gratifiée de la même réponse.

– A chaque fois ! ponctua Malka, triomphante. C'en est vraiment des salopards. Elle s'en est tellement énervée qu'elle a dit : « A qui vous voulez qué jé la demande, la certificate ? A Himmler, à Hitler, à Eichmann ou à Mengele ? »

De guerre lasse et déprimée, Estelle Sapir avait abandonné. Disposant de mille dollars par mois, elle vivait désormais seule avec son chien dans un studio de Brooklyn.

– Qu'est-ce que ti racontes, Hélène ? Même pas à Brooklyn. Dans le banlieue, encore plis loin que Brooklyn. Moi j'ai été là-bas, chez mes cousins. Crois-moi, c'est horrible, là-bas. Ine véritable enfer... Et le douane, maintenant ! Raconte ce qui lui en est arrivé au douane, Hélène.

En 1996, un article sur la croisade du sénateur D'Amato l'avait encouragée à reprendre ses démarches, mais le Crédit Suisse lui avait annoncé que le compte avait été soldé en bonne et due forme. Par qui ? Estelle l'ignorait. A part elle, personne au monde n'en connaissait l'existence.

Elle était donc allée à Genève. Comme elle venait de passer la douane, deux hommes en uniforme l'avaient interpellée. Un problème de visa [1]. Ils l'avaient conduite dans un local, lui avaient demandé si c'était son « ami D'Amato » qui l'envoyait et quelles banques elle comptait visiter. Les fonctionnaires avaient ensuite dit « devoir appeler Berne ». Deux heures plus tard, ils l'avaient enfin prévenue qu'« un visa de quatre jours lui était accordé » et qu'il lui en coûterait cent quatre-vingts francs.

Scandalisée par ce qu'elle entendait, Lisa jouait machinalement avec son collier, qui attira l'attention émerveillée des deux amies.

1. Il n'en est pas réclamé aux citoyens américains.

A son tour, elle relata la disparition des biens de son grand-père.

– Encore ine ! triompha Malka. Ti vois, Hélène !

Mme Rosenberg hocha plusieurs fois la tête, l'air désespéré.

– Réfléchis, Malka ! Pour Estelle Sapir, je suis d'accord avec toi. Mais pour les autres... Comment veux-tu que les banques puissent retrouver des avoirs, alors que les comptes étaient désignés par des numéros tenus secrets et que les gens entraient en Suisse avec des faux papiers ? C'est comme aller dans un bois pour tenter de retrouver un trésor qui aurait été enterré il y a cinquante ans !

Malka, les yeux baissés, les lèvres serrées, s'efforça de se taire. Mais elles finirent par tomber d'accord. Des banquiers indélicats pouvaient très bien avoir vidé à leur profit les comptes des victimes disparues. Des avocats, des fiduciaires, des assurances, des prête-noms pouvaient aussi avoir falsifié des documents pour s'approprier les biens.

Dans l'assiette de Lisa, des moineaux sans scrupules se disputaient les dernières miettes du gâteau. A l'ombre des arbres, il fit gris, soudain.

Seul par ce samedi après-midi dans la longue enfilade de bureaux, Stefan avait décidé d'inspecter un carton d'archives laissées par Me Silber, fondateur du cabinet, à présent retraité et atteint d'un cancer. Au cours d'une longue conversation, il avait confié au vieil homme ses tracas concernant le dossier de Lisa et celui-ci lui avait signalé l'existence de ces papiers. « Ils t'en apprendront long sur les années 40, avait-il ajouté. Fais-en bon usage. »

L'air était étouffant. Stefan transpirait devant la fenêtre grande ouverte. Il s'était esclaffé lorsque Lisa avait manifesté son étonnement quant à l'absence d'air conditionné, mais il devait reconnaître, en son for intérieur, qu'elle n'avait pas tort. Seulement voilà : les Suisses s'enorgueillissaient de vivre avec modestie.

Composé de fonctionnaires discrets, le gouvernement de Berne donnait l'exemple. Investissant leur bureau aux aurores, les ministres y accueillaient leurs collaborateurs. Le président de la Confédération helvétique se voulait un citoyen comme les autres. A la fin de la journée, il prenait les transports en commun pour regagner un appartement banal où le mot d'ordre était : « simplicité ».

Lisa, si fine, si douce, avait débarqué dans la vie de Stefan avec la force d'un bulldozer, brisant la niche de béton, tapissée de certitudes, où il se croyait installé pour la vie. Dans les débris, il cherchait à reconstruire sa vision de la femme et de son pays.

Aucun des êtres féminins qu'il avait considérés comme ses égaux ne lui avait, jusqu'ici, inspiré de sentiment ou de désir. De celles qui suscitaient son admiration, Lisa était la première à le faire vibrer. Il revit en esprit leur entrée dans le restaurant Zum Post à Gstaad, où des membres de la jet-set occupaient une immense tablée. Lisa avait monopolisé les regards. « Elle fait rêver les hommes et pâlir les femmes », songea Stefan.

Face à elle, il défendait avec ardeur l'image de la Suisse mais, au fond, il n'en menait pas large. Puisque le pays entier formait le vœu de « faire toute la lumière », il irait jusqu'au bout. Il tirerait les leçons du passé avec énergie et droiture. Si tous les citoyens s'y mettaient, la Suisse sortirait purifiée de ces remugles qui la souillaient.

Cinq feuilles de papier pelure, constituant le double d'une lettre tapée à la machine et datée de 1946, le tirèrent de son rêve. L'en-tête et la signature avaient été noircis. Le menton appuyé sur son poing, Stefan déchiffra :

Cher Maître,

Suite à votre demande, je peux vous affirmer que tous les grands dirigeants des pays de l'Axe, ainsi que certains de leurs hommes de main, ont déposé des fonds en Suisse à des fins personnelles.

A ma connaissance, les dépôts allemands s'élevaient pour la seule ville de Bâle à plus de 114,5 millions de francs répartis dans vingt-quatre établissements financiers. On peut compter trois fois plus à Zurich, où la...

Le gribouillis devait cacher le nom d'une banque.

... aurait reçu cinq millions de francs suisses saisis à des juifs allemands.

Le mécanisme est très simple. L'anonymat des comptes à numéros est garanti, mais les clients allemands sont parfois inscrits sous les patronymes de citoyens suisses. Ouverts à l'origine en dollars, les comptes sont changés en francs suisses. Par la suite, la plupart des clients demandent l'équivalent en or des sommes entreposées. L'ensemble est finalement déposé dans des coffres.

Veuillez trouver en annexe la liste de 27 avocats suisses de Lucerne, Lugano et Zurich, avec leurs adresses et téléphones, s'étant occupés d'avoirs allemands. Je doute qu'ils vous répondent. Ainsi que les notaires, ils invoquent leur devoir de réserve vis-à-vis de leurs clients. D'un autre côté, j'ai eu connaissance de cas d'avocats qui ont vraisemblablement détourné au su des membres de familles juives les fortunes dont ils avaient la charge.

Le cœur battant, Stefan se précipita sur la liste des avocats zurichois, et l'éplucha. Plus aucun n'exerçait. Tous étaient retraités, voire décédés. Il reprit son écœurante et passionnante lecture.

M.K., l'employé de banque dont je vous ai parlé, est prêt à vous rencontrer. Il maintient que la police secrète du IIIe Reich a torturé des juifs et obtenu d'eux des procurations pour accéder à leurs comptes en Suisse. Munis de ces procurations, les agents de la Gestapo ont souvent franchi le Rhin pour faire transférer des fonds vers l'Allemagne. Les responsables bancaires étaient au courant mais se sont laissé impressionner par les agents allemands. M.K. dit se souvenir de retraits en espèces de 30.000, 70.000 ou 80.000 francs, ou de transferts scripturaux. Enfin, sa banque a été chargée de mettre en vente des bijoux, peintures et antiquités saisis en Allemagne par les nazis.

Il soutient aussi que, en l'absence de véritables instruments de contrôle bancaire, certains banquiers pourraient avoir fait disparaître toute trace d'argent juif dans leur établissement, soit de peur de passer pour leurs protecteurs, soit pour s'enrichir.

Par ailleurs, je tiens à votre disposition la liste d'entrepôts disséminés à travers la Suisse. Ils contiennent des valises et des caisses envoyées de toute l'Europe par des juifs qui préparaient leur exil. Il y aurait également des sacs et des paquets contenant des valeurs. Mais il est impossible de les examiner ou même de lire les indications sur les étiquettes, car les lois suisses interdisent de le faire en l'absence de leur propriétaire. Qui va hériter des biens non réclamés ?

Enfin, on pourrait utilement se pencher sur les activités de l'homme d'affaires zurichois Albert Lang. Comme vous le savez, les nazis ont minutieusement organisé l'exportation des bijoux des victimes de l'Holocauste en échange de devises. Les diamants et les parures étaient exportés par des négociants allemands concessionnaires dont l'un, Diamant-Kontor GmbH, à Berlin, traitait avec Albert Lang. J'essaie d'en savoir plus.

Votre dévoué

Ruisselant de sueur, Stefan alla passer de l'eau sur son visage, puis la laissa longuement couler à la saignée du coude et sur ses poignets. Il se souvenait que les fiduciaires, les avocats et les sociétés privées avaient annoncé jusqu'en 1964, au bureau des déclarations mis en place par la Confédération, un total de 670 053 francs présentés comme ayant été abandonnés par les victimes du nazisme. « Il n'existe pas un seul papier dans nos archives relatif au thème de l'argent juif », s'était récemment flatté le secrétaire de la Société suisse des avocats.

Stefan retourna dans son bureau, songeant aux rumeurs qui circulaient. Certains administrateurs de banques, restés muets, se seraient fortement enrichis. Quelle profession n'avait pas ses brebis galeuses ?

Comme pour confirmer ces doutes, il trouva une lettre, malheureusement isolée de son contexte, datée du 5 janvier 1959 :

Je souhaite porter à votre connaissance que L.A., Zurich, a détenu durant des années de grosses sommes d'argent qu'un juif de Vienne lui avait confiées. Ce juif a ensuite disparu pendant la guerre sans laisser d'héritier pour réclamer l'argent. Le susnommé, qui sous tous rapports demeure une personne très modeste, a fait l'acquisition d'un ameublement somptueux et coûteux.

Stefan accomplit un effort douloureux pour se plonger dans un dernier document. Daté de 1947, il était signé : Rosa Shapiro.

D'origine polonaise, je vis à New York. Mon frère célibataire est mort au camp de Mauthausen. Son ami, rescapé, m'a informée qu'il avait été auparavant contraint par un certain Wilhelm Tell, sous la menace de mort...

L'avocat relut, intrigué, puis indigné. Un Allemand aurait été baptisé Wilhelm Tell et, sous ce nom, se serait conduit de façon si barbare !

... de lui remettre une lettre par laquelle il demandait à sa banque de Lausanne, où il disposait d'un compte, de verser 3.000 francs or à ce « Wilhelm Tell ». J'ai demandé au Département d'Etat s'ils pouvaient m'aider à déterminer où se trouve le compte, si l'argent avait été versé et, au cas contraire, si je pouvais y accéder. Ils m'ont dit qu'ils ne pouvaient rien, à cause du secret bancaire suisse. Vous est-il possible de me venir en aide ?

Voir usurpé le nom du héros helvète avait mis Stefan dans une rage telle qu'il ne comprit quasiment rien à la lettre. Il la rangea néanmoins avec les deux autres, afin de les photocopier. La sonnerie du télécopieur, dans un bureau voisin, l'alerta.

Etait-ce la réponse du centre Simon-Wiesenthal à propos d'Arnold Schuler ? Stefan avait demandé si l'on connaissait un certain Wilfried Keller – le nom que, d'après le cahier de Walter Neumann, le gardien de camp portait en Allemagne – et si des témoignages l'avaient accusé. Il se précipita. Le fax, dont l'en-tête se déroulait lentement, émanait bien du centre Simon-Wiesenthal.

XII

Ils s'éveillèrent au même instant, enlacés dans le lit étroit. Le soleil était déjà haut. Stefan couvrit de baisers le visage et le corps de Lisa, puis bondit sur ses pieds.

– Tu vas voir comme c'est agréable de prendre le petit-déjeuner sur la terrasse.

Il n'avait pas menti. Sauf qu'il avait oublié les guêpes, attirées par la confiture et le miel des Alpes.

– Veux-tu aller te baigner aujourd'hui ? proposa Stefan.

Elle se félicita d'avoir glissé un bikini dans son sac avant de quitter le luxueux Baur au Lac pour... un week-end dans le perchoir de Stefan.

– Me baigner, me dorer au soleil et ne penser à rien d'autre qu'à toi et moi.

– Toi et moi... et Nina. C'est mon dimanche de garde, ajouta-t-il en regardant Lisa du coin de l'œil.

Elle feignit l'indifférence, alluma une cigarette. Mais elle ne résista pas longtemps :

– Je refuse de rencontrer Tatiana !

– *Okay,* dit Stefan, étrangement souriant. Alors, va m'attendre au café de l'Odéon.

Chemin faisant, toute à ses pensées, Lisa se tordit la cheville entre deux pavés disjoints. Arnold Schuler – elle ne savait plus comment l'appeler, Schuler ou Keller, noms si semblables ! – l'obnubilait. Le fax du centre Wiesenthal, arrivé la veille, signalait qu'un nouveau témoignage accusait en effet un certain Wilfried Keller de dizaines de meurtres. On continuait à rechercher l'ancien SS en Amérique du Sud.

Le plaignant, un artiste peintre et graveur reconnu, était un ancien interné de Dachau et de Mauthausen. Dans les deux camps, il avait croisé Wilfried Keller. Il affirmait posséder des croquis où figurait le Waffen-SS en action, ainsi que des portraits de ses compagnons, avec leurs noms. Le Centre effectuait une enquête pour retrouver ceux qui seraient encore en vie.

« Mauthausen, je n'en sais rien, avait répondu Lisa à une question de Stefan qui mentionnait le fax reçu. Mon père n'a connu que Dachau et n'a donc pas pu le rencontrer ailleurs. » Arnold Schuler était-il leur homme ? L'unique preuve tenait dans les lignes écrites par Walter : *Je me souviens que c'était un Autrichien du Vorarlberg. Ça s'entendait à son accent... Il me semble qu'il s'appelait Wilfried Keller.* « Ça colle ! s'était écrié Stefan. Ils précisent que Wilfried Keller est né à Hohenems, en Autriche. Et Hohenems se trouve justement dans le Vorarlberg, à la frontière suisse ! »

La terrasse de l'Odéon, célèbre café du Limmatquai où Lénine venait boire son filtre quotidien et d'où s'était fait chasser le scandaleux John Lennon, était bondée. Lisa désespérait de trouver une chaise quand elle s'entendit appeler. Elle se retourna et reconnut Serge Michel, le correspondant à Zurich du *Nouveau Quotidien,* qui noircissait les pages d'un cahier. Depuis qu'ils avaient été présentés par leur copine commune, la kiosquière Lili, Serge était devenu pour Lisa l'inépuisable chroniqueur des faits et gestes zurichois. Ils avaient beaucoup parlé de Christoph Meili, le célèbre gardien de nuit qui affrontait l'U.B.S. dans un duel digne de David et Goliath. Autre intérêt commun : les Ragusa, dont ils étaient des consommateurs effrénés. Il l'invita à s'asseoir près de lui.

– Vous travaillez ? demanda Lisa.

– Je prépare un article sur les bonnes adresses gays[1].

– *Les* adresses ? C'est une spécialité zurichoise ?

– Si l'on veut !

Zurich, expliqua le journaliste, avait hérité de la tradition de tolérance qui, à la fin du siècle dernier, caractérisait Berlin. Le premier magazine gay de Suisse avait été créé en 1932. Dix ans plus tard, le Code pénal renonçait à condamner l'homosexualité. Mais à la fin des années 60, comme des criminels infiltraient le milieu, la police avait multiplié les razzias dans les parcs et au Barfüsser, le plus ancien bar homo d'Europe. Il avait fallu attendre la fin des années 70 pour que se calme l'ardeur des agents, à laquelle allait bientôt succéder la peur du sida. Les hommes d'affaires et touristes homos de passage pouvaient descendre au Goldenes Schwert[2], un hôtel deux étoiles situé dans le quartier du Niederdorf.

– Qu'est-ce qui distingue cet hôtel des autres ?

– La décoration des chambres, les films proposés...

– Et l'Odéon fait aussi partie de vos bonnes adresses ?

– Un peu ! Regardez autour de vous. Tenez, vous voyez cet homme ?

– Lequel ?

– En bermudas noirs.

La sonnerie du téléphone mobile de Serge les interrompit. Il répondit.

– Ma femme... dit-il.

A Hong Kong, Lisa fréquentait plusieurs homosexuels. Un antiquaire, un journaliste, un couturier, un peintre. Depuis son divorce, ils étaient devenus ses meilleurs amis. Elle aimait leur élégance, leur distance, leur curiosité de la vie, leur indéfectible affection, leur fantaisie.

Elle observa donc l'homme indiqué par le journa-

1. Paru le 2 septembre 1997.
2. L'Epée d'or.

liste. Lunettes rondes et barbe soignée, veste sombre en lin, cravate et gilet impeccable. Ses bermudas laissaient apparaître des jambes aux mollets bronzés, poilus et musclés. Chaussé de somptueuses anglaises, il allait et venait, l'air de chercher quelqu'un. Au bout de sa main, pendait une serviette de manager en cuir fauve patiné. Une table se libérant, il s'assit, fouilla dans son cartable. Au lieu d'en sortir, comme on aurait pu s'y attendre à Zurich, un journal financier, il en extirpa un tricot de laine fine – on devinait le début d'une chaussette – et se mit aussitôt, sans perdre une miette des allées et venues, à faire valser les quatre aiguilles.

« Sans complexe », admira Lisa, subjuguée. Afin de ne pas se montrer trop indiscrète, elle tourna la tête pour mieux ramasser ses cheveux. Son regard accrocha, sur le trottoir d'en face, une enseigne au néon rose : « Terrasse ». Tout Zurich tenait dans un mouchoir de poche. Terrasse, c'était le music-hall où Stefan avait rencontré Tatiana. De superbes filles dénudées s'affichaient sur les grandes photos exposées dans les vitrines. La belle Russe y tenait sûrement sa place.

– Et là-bas, le type au téléphone, dit Serge en rangeant le sien, c'est Luca, le roi de l'Odéon.

Deux filles branchées, girafes platine montées sur des chaussures à semelles compensées, s'inclinèrent en passant devant l'Italien grassouillet. Mais il regardait ailleurs.

– Salut, chéri, tu ne dis pas bonjour ?

Il apostrophait un athlète aux courts cheveux décolorés, bardé de chaînes, qui cultivait le style « esclave numide » et se cachait sous des lunettes noires Versace.

– Luca revient de loin, reprit Serge. Il y a quatre ans, son médecin lui annonce par téléphone qu'il est séropositif. Le soir, oubliant les larmes et l'angoisse, Luca danse sur le comptoir de l'Odéon. Mais les choses se gâtent l'année suivante. Huit mois à l'hôpital. Après trois narcoses[1] complètes et l'ablation du pancréas, les médecins estiment qu'il ne passera pas Noël. Luca décide de se battre. Avec les forces qui lui restent, il charge un avocat de poursuivre les infirmières qui refusent de le toucher. Il gagne contre les infirmières, et contre la maladie ! Aujourd'hui il est sous trithérapie, et vit normalement. Le jour, il organise des défilés de mode et, la nuit, il devient Tara-la-Trash, la dragqueen la plus méchante et la plus drôle de Zurich. Faut l'entendre chanter *Carmen* dans la rue avec sa voix de soprano !

– J'avais d'abord pensé aller plus avant sur le lac pour te faire connaître la région, dit Stefan, mais j'ai eu la flemme de prendre la voiture.

Nina marchait entre eux, donnant une main à chacun. Stefan, baskets aux pieds, portait un gros sac et une bouée à tête de canard.

– Avec un peu de chance, il n'y aura pas trop de monde à l'Utoquai, poursuivit-il.

Venant de l'Odéon, ils avaient traversé la Sechseläutenplatz, contourné l'Opéra, et se frayaient un passage dans une sorte de condensé des peuples de la terre. Nina jacassait sans trêve. En schwyzerdütsch, évidemment.

– Qu'est-ce qu'elle dit ? demanda Lisa, qui commençait à se sentir exclue.

– Que son ours Teddy sait déjà nager, qu'il voulait venir avec nous mais que maman l'a puni parce qu'il a fait des bêtises.

– *Gscheet em rächt !*

– Elle a dit : Bien fait pour lui.

Le père demanda des éclaircissements sur l'affaire de l'ours.

– Pendant que maman ne regardait pas, traduisit-il, Teddy a donné ses boulettes de poisson au chat.

Stefan s'arrêta net et, s'accroupissant, regarda sa

1. Anesthésies.

fille droit dans les yeux. Etait-ce Teddy ou Nina qui avait donné les boulettes au chat ?

– Teddy, Teddy, Teddy ! chantonna Nina.

Puis, se jetant contre son père, la voix soudain enjôleuse :

– *Vati ! Verzelle s isch emal en böse wolf gsi !*

– Elle veut que je lui raconte l'histoire du méchant loup.

Au terme d'une négociation serrée, il obtint un sursis.

L'établissement de bains blanc se dressa bientôt devant eux, semblable à celui du Frauenbad, et chacun dut choisir son camp. Ils convinrent de se retrouver ensuite dans la section mixte.

Quand Lisa rejoignit le père et sa fille, elle s'aperçut que Nina portait son maillot à l'envers. Etonnée de ses propres gestes, elle prit doucement l'enfant et rhabilla le petit corps potelé.

– *S böse wolf, vati ! S böse wolf !* réclama encore Nina en sautillant sur place.

Elle était nettement la benjamine. Le public, des *young and beautiful people,* devait se composer en majorité de célibataires de vingt-cinq à quarante ans.

– On aurait dû aller à la plage de Tiefenbrunnen, à l'autre bout de la promenade du lac, regretta Stefan. Il n'y a pas grand-chose pour les enfants, ici.

– *S böse wolf, vati ! S böse wolf !*

Stefan sursauta.

– A propos de notre méchant loup à nous, c'est-à-dire d'Arnold Schuler, je me souviens tout à coup de faits intéressants ! As-tu entendu parler de Paul Grüninger ?

– Je ne crois pas.

Commandant de la police du canton de Saint-Gall, expliqua Stefan, le capitaine Paul Grüninger avait laissé entrer au moins trois mille réfugiés juifs en 1938.

– Légalement ?

– Non, bien sûr. Mais, un an plus tard, on a découvert ce qu'il faisait et il a été démis de ses fonctions pour avoir enfreint son devoir et falsifié des documents. On l'a aussi privé de ses droits à la retraite et gratifié d'une amende importante. Il est mort en 1972, et n'a été réhabilité qu'en... 1996 ! Même la conseillère fédérale Ruth Dreyfus – je t'en parlerai une autre fois –, dont le père était alors le président de la communauté juive de Saint-Gall, n'envisage pas que le gouvernement puisse aller jusqu'à reconnaître une erreur.

Stefan eut une grimace de contrariété.

– Si je pense à Grüninger, reprit-il, c'est parce que...

Il se redressa, tira un bloc et un crayon du sac...

– *Vati !* geignit Nina, proche des larmes. *Verzelle jetzt ! Verzelle s isch emal en böse wolf gsi !*

Il la cajola, l'embrassa, esquissa en quelques traits un gros loup face à une toute petite fille, lui donna le papier et, la gardant tout contre lui, commença un dessin pour Lisa.

– Voici le Rhin, qui forme la frontière entre l'Autriche et la Suisse. A droite, le Vorarlberg autrichien ; à gauche, le canton de Saint-Gall. A un certain endroit (il hachura une portion du parcours), le Rhin se dédouble. Le Vieux Rhin, un bras presque sec, coule ici, entre la ville de Hohenems où est né Arnold Schuler (il noircit un point en Autriche) et Diepoldsau, une commune suisse (il crayonna juste en face). C'est là que passaient les juifs allemands. Ensuite, des Saint-Gallois les secouraient et le capitaine Grüninger leur procurait des papiers. Eh bien, je me demande si Arnold Schuler n'a pas, justement, utilisé cette combine. Des nazis, cherchant à échapper aux Alliés, ont très bien pu emprunter cet itinéraire qui a sauvé des juifs et trouver des gens pour les aider à se refaire une identité. Pas les mêmes, évidemment.

Au tour de Lisa de sursauter.

– Le rapport de ton détective...

– Stirnimann.

– ... oui, Stirnimann, ne disait-il pas que l'ami de Schuler, Rodolphe...

– Rudolf. Rudolf Steiger.

– Je m'emmêle dans tous ces noms ! Stirnimann ne disait-il pas que Steiger était de Saint-Gall ?
– Tu as raison.

Lisa nageait le long du bord en poussant Nina qui se laissait flotter avec sa bouée à tête de canard. Soudain, un crawleur arriva comme une bombe, bouscula la petite et, s'en souciant comme d'une guigne, poursuivit sa démonstration à l'usage des demoiselles qui le contemplaient depuis les planches.

– *Bastard !* l'injuria Lisa.

Un tel sans-gêne ! Nina, qui avait bu la tasse, hoqueta pour reprendre son souffle, toussa et se mit à pleurer en réclamant son papa. Mais Stefan les avait abandonnées. Sous l'effet d'une inspiration subite jointe au prétexte qu'il avait fait trop peu de sport durant cette dernière semaine, il avait décidé de piquer un sprint jusqu'au bureau.

Désemparée, Lisa ramena la petite vers l'échelle. Elles quittèrent l'eau et s'installèrent sur les planches. Lisa sécha Nina, l'embrassa, la prit sur ses genoux. Cherchant son paquet de cigarettes dans son sac, elle trouva un restant de grenouille en gélatine verte : c'était plus qu'il n'en fallait pour faire renaître le sourire entre les nattes dorées. Enfin revint le souvenir de jeux muets : la bataille des mains, les grimaces toujours plus affreuses. Et la musique de comptines à mimer :

– *Humpty Dumpty sat on a Wall, had suddenly a great fall !*

Au bout d'un moment, Nina escalada Lisa, saisit son collier – peut-être le soleil faisait-il miroiter les saphirs – et, lovée contre elle, se mit à caresser la plaque d'or. Lisa l'entoura de ses bras, émue de sentir palpiter contre elle le petit corps confiant. Une quiétude inconnue la berçait.

Soudain, Nina leva la tête.

– *S böse wolf, vati ! S böse wolf !*

Stefan, essoufflé, incapable de parler, les enveloppait d'un regard chargé d'émotion.

– Quelle situation stupide ! dit Lisa en posant ses couverts d'argent sur l'assiette de porcelaine.

Elle alluma une cigarette.

Le serveur du restaurant français Rive Gauche, fleuron du Baur au Lac, s'approcha aussitôt, un cendrier à la main. Stefan lui jeta un regard noir.

– Il me tape sur les nerfs, celui-là, à tourner autour de nous comme une mouche... Tu fumes vraiment trop, Lisa !

– ...

– Nous sommes au cœur d'une situation absolument stupide, reprit-il. Mais tu es la seule à pouvoir décider.

A la fin de l'après-midi, ils s'étaient séparés pour que Stefan raccompagne Nina auprès de Tatiana. De mauvaise humeur, Lisa avait décrété : « Je retourne à l'hôtel. Viens m'y retrouver si tu souhaites dîner avec moi. »

D'un côté, elle dépensait dans cet établissement somptueux – sans en profiter pleinement – des sommes folles qui indignaient Stefan, d'un autre, elle ne se voyait pas emménager dans le perchoir de la Trittligasse. En raison de son exiguïté, et aussi par crainte des possibles apparitions de la tigresse nommée Tatiana.

Lisa signifia discrètement au maître d'hôtel de porter l'addition à son compte. Stefan tapotait des doigts sur la table. Absorbé dans ses pensées, il n'avait rien vu. Il tira son calepin de sa poche, gribouilla quelques mots.

– Plus j'y réfléchis, dit-il en rangeant le carnet, plus je suis persuadé que c'est ce type de la Croix-Rouge, Steiger, qui a aidé son pote autrichien Keller à devenir le citoyen suisse Schuler.

La lecture d'articles parus dans des quotidiens de l'été précédent l'avait mis cet après-midi sur une bonne piste. Grâce à Internet, il s'était connecté aux sites des journaux et avait obtenu tous les renseignements souhaités sur l'organisme humanitaire. Selon les services secrets américains, celui-ci aurait été infiltré à divers niveaux par des nazis au cours de la Seconde Guerre mondiale. Par ailleurs, de nombreuses voix condamnaient le C.I.C.R.[1] pour avoir choisi la politique du silence alors que des rapports révélaient l'extermination des juifs et des Tziganes. Les journaux précisaient encore qu'un certain Giuseppe Beretta, délégué de la Croix-Rouge et lié aux services secrets suisses, était impliqué dans un trafic de biens pillés à des juifs turcs disparus à Treblinka, le camp nazi de sinistre mémoire. Après la rupture des relations diplomatiques entre l'Allemagne et la Turquie, une division spéciale du consulat suisse d'Istanbul s'était chargée de mettre ces biens à l'abri pour le compte des Allemands. Afin de transférer les fonds de Turquie vers la Suisse, Beretta avait utilisé la valise diplomatique de l'organisation humanitaire. Il aurait ainsi passé des livres turques, des dollars et plus de dix mille pièces d'or.

Lorsque Beretta fut sommé de s'expliquer devant le C.I.C.R., après avoir été accusé d'espionnage et de trafic d'or par la police turque, le colonel-brigadier Roger Masson, chef des renseignements militaires helvétiques, était lui-même intervenu, le qualifiant d'« ami personnel ». Sa démarche, sur papier à en-tête de l'armée suisse, avait revêtu un caractère quasi officiel. « Il serait à mon avis regrettable, écrivait-il, que le C.I.C.R. perde l'un de ses meilleurs délégués, au moment où sa belle tâche internationale s'accroît de jour en jour. »

Or, le rapport que Stefan avait reçu du détective Stirnimann stipulait que Rudolf Steiger « avait été engagé en 1943 par la Croix-Rouge et basé pendant quelques années à la délégation permanente en Turquie »...

– Plus j'y pense, reprit Stefan, plus je me dis que Steiger a partagé les sentiments pronazis, voire les activités, du Beretta en question.

1. Comité international de la Croix-Rouge.

– C'est plus que probable. Quelle déception ! Pour moi, la Croix-Rouge, c'était l'emblème de la pureté absolue. Encore une illusion qui tombe... Quelle suite comptes-tu donner à notre affaire ?

– Aucune dans l'immédiat. J'attends les résultats de la recherche du centre Wiesenthal auprès de l'artiste qui a porté plainte contre Wilfried Keller. Ils vont lancer un appel à témoins, tenter de trouver des pièces à conviction, et procéder à l'identification de photos. D'habitude, ils passent leurs annonces dans les journaux israéliens et dans les petites publications en yiddish, allemand, russe et polonais. Pour ma part, je vais leur fournir des photos actuelles d'Arnold Schuler. Stirnimann a prévu d'en faire. Ce qui serait bien aussi, ce serait de trouver d'anciennes photos chez Schuler, datant de la fin des années 40, de préférence. On verrait mieux la ressemblance avec les croquis du peintre. Stirnimann ira fouiller chez lui – ce n'est pas très régulier, mais les dérogations aux règles sont pardonnées quand elles servent la justice et la vérité. C'est prévu. Ensuite, lorsque la corrélation sera établie, je me chargerai d'obtenir que la justice allemande demande l'extradition de Schuler. On pourra alors l'interroger sur les faits concernant ton père.

– Tout ça prendra combien de temps ?

Lisa sentait la rage cingler son cœur comme une pluie de mousson.

– Quelques semaines, si tout va bien. Ça peut aussi durer des mois ou des années.

Elle était près d'exploser. Avait-elle été assez naïve pour imaginer, en quittant Hong Kong, qu'elle pourrait faire arrêter Arnold Schuler en une huitaine de jours !

– Je peux repartir, en somme, réussit-elle à articuler.

Les traits de Stefan se creusèrent. Il la regarda fixement pendant quelques secondes, avec des yeux comme agrandis par la peur, ou par l'angoisse, elle ne savait trop, des yeux étranges.

– Mais non, mais non, Lisa. Tu oublies que tu attends les certificats de Vienne.

Il passa la main sur ses cheveux.

– Et alors ? (Elle souffla la fumée avec force.) Tu es mon avocat. Tu n'as pas besoin de moi. Nous pouvons communiquer par fax, par téléphone, par *e-mail.* En quoi ma présence pourrait-elle t'aider ?

– En rien, dit-il. Tu as raison.

Leurs regards s'affrontèrent, fulminant d'une fureur contenue.

Stefan rompit le silence d'une voix timide :

– Et pour moi ? Tu ne veux pas rester pour moi ?

XIII

Au-dehors, les abeilles bruissaient dans le soleil de fin d'après-midi. Assise sur un pouf, Lisa se parfuma de *Gianni Versace* – la toute première création du couturier portait simplement son nom. Machinalement, elle caressa les pans brisés du flacon, se souvenant du jour où elle se promenait aux alentours de la Sankt Peterskirche[1].

A l'heure où, émue par le son du guitariste installé au pied d'une vieille fontaine, elle avait acheté le parfum sur une impulsion, dans une boutique raffinée de la très chic et romantique Augustinerstrasse, le prince des couturiers Gianni Versace mourait à Miami de deux balles dans la tête devant le portail de son palais. Fauché comme un mafioso calabrais. Réputé ne vêtir et ne parfumer que des êtres très sensuels, il se voulait éveilleur de désir. Lady Di, la femme la plus copiée au monde, l'adorait.

Lisa se releva pour ne pas s'attarder sur la mort du couturier italien. Rôdant entre macadam et coussins de soie, cette fin tragique relançait des questions sur le sort de Walter. A Hong Kong, le commissaire Chu s'était montré si pessimiste que David souhaitait organiser une cérémonie en souvenir du chef de famille. Par l'intermédiaire de Jonathan, il avait demandé à Lisa de revenir au plus vite. Elle avait refusé net. « C'est pour les morts, ces cérémonies ! Ça s'appelle un enter-

1. Eglise Saint-Pierre.

rement. – Mais papa a disparu », avait répliqué Jonathan, déjà moins sûr de lui. « Il vit, avait-elle hurlé. Je sais qu'il vit. » Une heure plus tard, David avait lui-même appelé. « Tu t'aveugles, avait-il assené. Tu te conduis en petite fille gâtée qui prend ses désirs pour des réalités. Il serait temps que tu deviennes adulte. – La petite fille t'emmerde », avait-elle riposté avant de raccrocher.

Après coup, elle avait eu honte d'avoir si mal dominé sa colère, mais elle était satisfaite d'avoir su faire respecter son point de vue.

Il était temps de s'habiller. Lisa tira du placard une robe chinoise de soie fauve à col officier, toute simple. Elle grimaça en la voyant chiffonnée. Fatal, dans un espace aussi restreint. On était vendredi. Cela faisait donc cinq jours que, sur les recommandations de Stefan, elle avait emménagé à l'hôtel Sonnenhof et s'accommodait de la chambre gentillette à un seul téléphone, de la salle de bains austère et sans miroir-loupe électrique. « Tu pourras te faire un peu de cuisine, avait suggéré Stefan en désignant le coin kitchenette. Au moins le petit-déjeuner. Pour le peu que tu manges, c'est vraiment stupide de payer le prix du breakfast. » Elle l'avait regardé avec des yeux ronds.

Une rose unique ornait la mini-coiffeuse style Louis XV, l'air s'autoconditionnait et la moquette piquait la plante des pieds. « Mais on se fait à tout », songea Lisa en adressant un rire moqueur à son reflet, dans le miroir étroit. Elle devait reconnaître que ce studio ne manquait pas de charme. Il la dépaysait et, surtout, Stefan aimait l'y rejoindre. La fenêtre ouvrait sur un jardinet sauvage peuplé de chats.

Après un dernier coup d'œil critique, Lisa camoufla son collier : il ne convenait pas au genre de la robe. A peine se devinait-il à travers la fluidité opaque de la soie. Une paire de boucles d'oreilles suffirait à éclairer son visage.

A six heures pile, Lisa quitta sa chambre et retrouva Stefan dans la rue. Il l'attendait au volant de la Golf, luisante comme un sou neuf. Son air inquiet se dissipa quand il l'aperçut. « Habille-toi simplement, surtout n'en fais pas trop », avait-il recommandé.

– Comment dois-je appeler ton papa ? s'empressa-t-elle de questionner, à peine assise.

Elle craignait d'oublier, et de s'en trouver gênée par la suite.

– Monsieur Meier. Son prénom, c'est Ernst, mais... on n'est pas aux Etats-Unis, ici ! Il faut l'appeler monsieur Meier.

Stefan démarra en trombe.

– J'ai passé la journée au Kunsthaus [1], raconta Lisa, une minute plus tard, comme ils bifurquaient devant le grand immeuble géométrique. Passionnant. Je ne voulais pas quitter Zurich sans avoir vu les Giacometti et la collection Dada.

– Tu es sûre de vouloir repartir ?

– Que veux-tu que je fasse ici, pendant trois semaines ? T'attendre ?

Il lui semblait tout savoir de Zurich. Etendue sur son lit, il lui arrivait de parcourir en imagination la cité moyenâgeuse aux façades et balcons de bois peint, d'admirer la succession de ponts sur la Limmat. Le songe éveillé la conduisait du Grossmünster [2] – « prie et travaille », la devise d'Ulrich Zwingli [3], le prédicateur protestant dont la pensée imprégnait encore la vie zurichoise, y était gravée – au Fraumünster [4] où voisinaient les vitraux de Chagall et de Giacometti. Sous le porche, les yeux de Lisa parcouraient un verset de l'Evangile

1. Musée des Beaux-Arts.
2. Cathédrale.
3. Curé à Glaris, Ulrich Zwingli adhéra à la Réforme et, plus doctrinal que Luther, mit ses thèses en application quand il fut nommé, en 1523, à la cure du grand monastère de Zurich.
4. Couvent de moniales.

selon saint Matthieu : « J'étais étranger et vous m'avez recueilli. »

De là, elle sautait dans un magasin de souvenirs, s'amusait à écouter les coucous chanter les heures en jaillissant des pendules en forme de chalets, et à répertorier les différents modèles de couteaux rouges à croix blanche. Puis elle rejoignait le petit canal Am Schanzengraben, où cygnes et colverts voguaient avec sérénité, et l'enjambait sur le charmant Bären-Brüggli [1]. Elle traversait le Platzspitz, désormais rendu aux familles ; quelques années auparavant, s'imaginant enrayer le fléau de la drogue, les autorités y avaient parqué les toxicomanes, leur distribuant des soins gratuits et des seringues stériles tout en fermant les yeux sur le trafic d'héroïne et les morts subites. Elle longeait la Bahnhofstrasse dont elle connaissait chaque banque, chaque magasin ; au passage, elle taillait une bavette avec la kiosquière Lili, toutes deux se réjouissaient de la décision de la Chambre américaine des représentants d'accorder, à l'instar du Sénat, l'asile à Christoph Meili et à sa famille. Ensuite, elle se lançait dans la Langstrasse, haut lieu du cosmopolitisme où se perdait de temps à autre une balle ou un coup de poignard. Sur les pas de prêtres franciscains, elle se faufilait parmi les charcuteries turques, les bars espagnols, les agences de voyages yougoslaves, les sex-shops brésiliens, les restaurants asiatiques, italiens ou africains, levant les yeux vers les lofts d'artistes, scrutant les salons des coiffeurs dominicains, regardant discuter des philosophes ou vaquer des ménagères, croisant le regard masqué des prostituées...

– Pourquoi ne m'attendrais-tu pas ? répliqua Stefan. Trois semaines, c'est vite passé. En plus, j'aurai deux permissions et je pourrai revenir...

– Tu sais, je connais maintenant la ville comme ma poche. Je crains de m'ennuyer toute seule. Je préfère

1. Petit Pont aux Ours.

retourner à Hong Kong et regagner Zurich juste pour ton retour.

Ils avaient déjà eu cette discussion. Cet aller-retour était inutile, avait plaidé Stefan ; il entraînerait frais et fatigues que Lisa pouvait s'épargner en restant sur place ! Il lui avait même proposé d'habiter Trittli-gasse. En fait, il craignait qu'elle ne fût reprise par le tourbillon hongkongais et que son désir de le revoir ne soit plus assez impérieux pour la pousser à nouveau dans un avion. Aujourd'hui, Lisa jurait qu'elle reviendrait... Mais une fois qu'elle se serait habituée à la séparation ?

C'est pourquoi, ce matin, il l'avait appelée par surprise pour lui dire qu'il aimerait lui présenter son père, et que celui-ci les invitait à dîner. « Il t'aidera si tu restes à Zurich, avait affirmé Stefan. N'oublie pas qu'il a été banquier. Les certificats de Vienne ne vont plus tarder. »

Ils empruntèrent la rive orientale du lac. Pare-chocs contre pare-chocs.

– Tu vois pourquoi je préfère le vélo, dit Stefan.

La radio signala un bouchon jusqu'au centre de Küsnacht. C'était là, en pleine Goldene Küste [1], que se trouvait la demeure paternelle. Des voiliers, des barques munies d'avirons ou des hors-bord tirant des skieurs s'élançaient des pontons. La baie était aussi animée que celle de Hong Kong. A la différence que les bateaux, ici, circulaient uniquement pour le tourisme et les loisirs.

– Tu as vécu toute ta jeunesse dans cette maison ? questionna Lisa.

– Oui. Mon père l'a fait bâtir sur un terrain qu'il a acheté avant ma naissance. Il ne se doutait pas que cette banlieue deviendrait l'un des endroits les plus chics de Zurich. Aujourd'hui, tout l'establishment y réside. C'était pour plaire à ma mère, qui avait passé sa jeunesse les pieds dans l'eau du lac Léman. Elle

1. Côte dorée.

adorait se baigner, et lui adorait sa femme. Il aurait inventé n'importe quoi pour elle. Hélas, elle n'a pas pu en profiter longtemps.

– Il s'est remarié ?

– Jamais. Sa seule consolation aura été de lui avoir offert tout ce qu'elle désirait, et au-delà. Je pense qu'elle lui avait appris à dépenser. Mais après sa disparition, il a aussitôt renoué avec l'austérité et le sens de l'épargne que lui avait inculqués sa propre famille.

Stefan raconta son enfance. Son père achetait le strict nécessaire, toujours d'excellente qualité, rien de plus. Sa grand-mère paternelle tricotait pour les démunis. Le grand-père lui apprenait à considérer la patrie comme une mère à laquelle on devait vouer un amour éternel.

Des rayons dorés illuminaient la route.

– La grande question chez les milliardaires zurichois, dit Stefan, c'est de savoir sur quelle rive habiter. Celle d'en face, on l'appelle la Pfnuselküste, la Côte du rhume. Le soleil ne l'éclaire que le matin. A cette heure, la vue sur la Côte dorée est un spectacle magique alors que, tu vois, par effet de contre-jour, celle d'en face est toute grise. La Côte dorée fait cependant bien plus chic sur une carte de visite.

On devinait en effet des demeures somptueuses, plantées en marge d'immenses pelouses qui descendaient en pente douce vers le lac. Les garages, qui pouvaient abriter jusqu'à cinq voitures, donnaient sur la route. Y logeaient des Porsche Carrera, des Jaguar, des Saab, des Cadillac.

– Ils ne craignent pas les cambriolages ?

– Ils ont des systèmes de surveillance électronique très sophistiqués. Parfois des gardes du corps. Les chefs de famille ont tous été officiers de l'armée – sinon il est impossible en Suisse de faire une belle carrière – et eux, ou leurs veuves, gardent leur fusil à portée de main, quand ce n'est pas toute une collection d'armes à feu. En Suisse, la vente des armes est encore libre... Voilà, nous sommes arrivés.

La villa des Meier surprenait par sa relative modestie. Sous le toit de tuiles rouges, un lierre dru s'entortillait autour de la porte d'entrée et tapissait une partie de la façade. De hauts buissons camouflaient la plupart des fenêtres. Deux voitures de petit gabarit, une Opel et une Ford, étaient garées dans l'allée gravillonnée.

Un rideau frémit, celui de la cuisine peut-être. Quelqu'un surveillait.

Stefan se frappa la tête.

– J'ai oublié de te dire que nous ne serons pas seuls. Le vendredi après-midi, mon père joue au bridge avec des amis. Tantôt chez l'un, tantôt chez l'autre. Aujourd'hui, c'était son tour de recevoir, et il ne pouvait pas faire autrement que de les garder à dîner, selon leur habitude. Autre chose : ne parle pas de la disparition de ton père, évite de prononcer le nom d'Arnold Schuler devant qui que ce soit. Les réseaux zurichois sont très liés, et il suffirait d'un bavardage malencontreux pour tout faire échouer.

– Ton père n'est tout de même pas lié à d'anciens SS !

– On ne peut jurer de rien, on ne sait pas quel chemin peuvent emprunter les indiscrétions. Souviens-toi d'Elisabeth Kopp, une enfant de la Goldene Küste !

Première femme de Suisse à être élue au Conseil fédéral, Elisabeth Kopp avait dû renoncer au poste suprême en raison de faits survenus pendant qu'elle était ministre de la Justice : ayant appris dans le cadre de ses fonctions que la Shakarchi Trading, société zurichoise dont son mari était le vice-président, allait être accusée de blanchiment d'argent issu de la drogue, Elisabeth Kopp lui avait téléphoné pour l'enjoindre de démissionner, ce qui avait été fait dans la journée. Au terme d'un procès mené par « Monsieur Non-Lieu », le nom donné au juge dans certains milieux, Dame Kopp avait été acquittée... « Je n'ose dire blanchie, avait ajouté Stefan. Entre-temps, la presse helvétique s'en était donné à cœur joie ; elle avait fustigé le blanchiment des narco-dollars qui aboutissait au mouroir du Platzspitz ; avait étalé au grand jour les mœurs de M. Kopp – avocat d'affaires, il était fondateur de la Trans KB, qui avait mis sur la paille des milliers de petits épargnants, et avait la réputation de fesser ses secrétaires avec une baguette de bambou ; la presse avait aussi fait ses choux gras du passé familial de l'ancienne conseillère fédérale : dans les années 30, son père, devenu par la suite directeur de la Banque nationale suisse, avait financé des films de propagande national-socialiste. Un homme qui, par ailleurs, soulignaient certains, n'avait rien négligé pour cacher son origine juive.

– Bon, j'ai compris, dit Lisa. Motus et bouche cousue.

La porte s'ouvrit sur un homme souriant, cravaté, très blond, en blazer marine et pantalon beige. Deux sourcils minces soulevèrent la peau bronzée d'un grand front.

– Bonjour, madame Nelson ! s'écria M. Meier en emprisonnant la main de Lisa entre les deux siennes. Soyez la bienvenue chez nous.

Le pas un brin militaire, il la précéda dans le salon où deux messieurs et une dame étaient assis à une table de jeu. Des septuagénaires ? s'interrogea Lisa.

– Mme et M. Stöckli, présenta M. Meier. Et M. Blum.

– Oskar Blum, précisa celui-ci, engoncé dans une chemise dont le col ouvert remontait jusqu'au milieu de son crâne.

Chacun tendit une main sans lâcher l'éventail de cartes qu'il serrait dans l'autre.

– Nous sommes finis notre partie dans quelques instants, dit M. Meier. Excusez, madame Nelson, si j'ai oublié un peu le français.

– On oublie vite, dit Mme Stöckli, qui écrasait son petit fauteuil. Urs, *spil doch*[1] !

1. « A toi de jouer. »

Son mari, un homme maigre qui tripotait ses cartes avec des gestes étriqués, s'exécuta.

– Viens visiter, proposa Stefan.

Un piano blanc servait de support à la photographie d'une jeune femme ravissante, aux yeux clairs, dont l'ovale du visage était cerné de lourdes boucles brunes, qui n'était pas sans rappeler l'actrice Liz Taylor.

– Maman jouait très bien, dit Stefan qui surprit le regard de Lisa.

– Quel était son prénom ?

– Reine.

– La bien-nommée.

D'autres photos montraient, sous diverses couleurs, la jeune femme fantasque et adulée. Ici, elle figurait joue contre joue avec un petit garçon rêveur. Emue, Lisa prit tendrement le bras de Stefan. Il l'entraîna côté lac. Une terrasse vitrée formait une salle à manger d'été. A mi-pente, une gloriette se souvenait des bonheurs anciens. Une barque se frottait contre un petit ponton. Des canards à col vert se laissaient bercer par le clapotis des vagues.

– Je te laisse une seconde, je dois saluer Gertrud, dit Stefan.

Lisa était prévenue. Gertrud, la gouvernante de toujours, se considérait comme un membre de la famille. Stefan lui vouait d'ailleurs une affection sincère. Elle logeait sous le toit, en échange du régentement du ménage, et détestait voir un étranger entrer dans sa cuisine.

La partie de cartes prit fin. M. Stöckli, qui avait gagné, rit dans une sorte de grelottement métallique. M. Meier fit les comptes, Mme Stöckli tendit une petite bourse de tissu et chacun versa son dû dans la cagnotte qui, une fois par an, expliqua M. Stöckli en lissant sa fine moustache grise, leur offrait un repas en commun dans un restaurant réputé. M. Blum, grand perdant, épongea de son mouchoir le pli qui lui servait de nuque.

– *Dr umsatz isch guet gsi*[1], dit Mme Stöckli en lorgnant dans la bourse avant de la ranger dans son sac.

– Vous seriez bien aimable de parler français, dit M. Meier, par égard pour notre invitée.

Un sourire chaleureux se dessina sur son visage, qui s'amincissait en triangle vers le menton. Une paupière tombait plus bas que l'autre. A sa main droite, il portait une alliance large et, au petit doigt, une chevalière marquée d'armoiries.

– *Exgysi*, s'excusa la fautive, l'air sincèrement peiné.

– J'ai presque oublié de te donner les quarante-cinq centimes pour le timbre que tu m'as avancé, lui dit soudain M. Meier en portant la main à la poche de son pantalon.

Il s'acquitta de sa dette.

Gertrud, grande et osseuse, vêtue d'une robe grise, entra en poussant une table roulante, et répondit par un salut sec au sourire de Lisa.

– Voulez-vous encore un peu de thé, ou du jus de pomme ? proposa M. Meier.

– Non, merci, dit Lisa.

– Alors encore un canapé, ou un morceau du gâteau ?

– Non vraiment. Tout est absolument délicieux, mais je n'ai plus faim.

Les épaisses tranches de pain de mie, qui supportaient œufs et tomates, jambon ou gruyère, l'avaient plus que rassasiée. Ce qui ne semblait pas être le cas de Mme Stöckli.

– Si j'ose, j'en reprends.

– Fais seulement, dit M. Meier en poussant le plateau vers elle. C'est fait pour être mangé. Il faut tout finir. On ne veut rien jeter.

Il se tourna vers Lisa.

– Vous voyez, madame Nelson, nous vous recevons

1. « Le chiffre d'affaires a été bon. »

en toute simplicité. C'est notre menu ordinaire. Vous savez, le soir, on n'aime pas manger tellement.

– Donc, vous venez de Hong Kong, s'intéressa M. Stöckli tandis que son épouse détaillait Lisa des pieds à la tête. Je n'y étais jamais, mais j'aime beaucoup voyager, surtout en Asie. Pas ma femme. Elle préfère rester à la maison. Alors moi, je pars avec la chorale. On était souvent au Maroc, trois fois en Thaïlande et la prochaine fois aux Philippines.

– Avec une chorale ? Qu'est-ce que vous chantez ?

– Il joue très bien, intervint M. Blum. Leur groupe est le meilleur pour la tyrolienne. Vraiment extra.

– C'est un excellent cor des Alpes qui nous accompagne, observa M. Stöckli avec modestie, en tirant sur le pli de son pantalon gris.

– Et vous, madame Nelson ? interrogea Mme Stöckli en pointant ses petits yeux vifs sur Lisa. M. Meier m'a dit que vous êtes ici pour une affaire familiale.

– Lisa espère retrouver les biens de son grand-père, intervint Stefan.

– Ah, c'est une sale affaire, ces fonds en déshérence ! déclara M. Meier avec force. Ecoutez, mes amis, j'ai une surprise pour vous en l'honneur de notre invitée. Gertrud ! appela-t-il. Tu peux apporter les küplis ?

– Coupes de champagne, murmura Stefan à l'adresse de Lisa, qui observait l'air soudain contrarié de Mme Stöckli.

– Mais ça ne va pas ! s'exclama celle-ci. On avait dit qu'on ferait toujours très simplement, et chacun pareil.

– Pour une fois ! plaida M. Blum. Si ça fait plaisir à Ernst.

On trinqua. Lisa et Stefan échangèrent un long regard.

– Un küpli de temps en temps, dit M. Stöckli, ça met quand même de bonne humeur, et ça entretient l'amitié... Oskar, il y a quelque chose que je voulais te demander depuis longtemps : est-ce que c'est vrai que la communauté juive de Suisse a dû payer pour les réfugiés pendant la guerre ?

Oskar Blum chassa laborieusement « un chat dans la gorge » puis, cherchant ses mots, précisant bien qu'il ne voulait blesser personne, confirma les faits.

– La Suisse estimait que c'était à nous de payer parce que c'étaient nos réfugiés. Si on demandait à la Confédération, on risquait l'antisémitisme dans le pays. En même temps, on nous a fait comprendre qu'il ne fallait pas briser l'image de la Suisse humanitaire et que c'était obligatoire de nous débrouiller. La Fédération des communautés israélites s'est alors engagée à subvenir aux frais de séjour. Comme on n'était pas trop aimés en Suisse, on ne voulait rien devoir à personne.

Stefan ajouta que, en juillet 1938, à la conférence d'Evian, réunie par le président américain Franklin Roosevelt pour assister les juifs allemands, Heinrich Rothmund, chef de la Division de la police, avait déclaré « que la Suisse ne pouvait admettre trop de réfugiés, parce que cela dépasserait les capacités financières des juifs suisses ».

– En 1942, poursuivit M. Blum, il a fallu se résigner à la fermeture de la frontière, et Rothmund a menacé d'expulser tous ceux qui étaient entrés illégalement.

– Ça devait faire beaucoup d'argent pour les familles, compatit M. Stöckli.

– Mes parents ont dû donner sur leur subsistance. Nous n'étions que dix mille personnes et nous avons trouvé quinze millions de francs. Pour être juste, je dois dire que les Américains ont donné quarante-quatre millions supplémentaires. Le contribuable suisse n'a pas payé un sou jusqu'en 1943. Après, c'était clair qu'Hitler pouvait perdre la guerre, et que la Suisse devait se rapprocher des Alliés.

– Je ne comprends pas bien, dit Mme Stöckli, pourquoi maintenant les Américains nous traitent de voleurs. Moi, je n'ai jamais rien volé à personne. Faut-il donc se laisser plumer jusqu'à l'os et demander pardon en plus ?

– Encore un peu de champagne, madame Nelson ? proposa le maître de maison.

Elle tendit sa coupe.

– Permettez-vous que je vous appelle Lisa ? Moi, c'est Ernst.

– Volontiers, Ernst.

Lisa crut lire l'étonnement sur le visage de Stefan et elle sourit, satisfaite d'avoir conquis si vite la sympathie de l'austère monsieur Meier.

– On nous jalouse parce que nous avons eu de la chance, commenta M. Stöckli. On ne nous pardonne pas d'avoir vécu dans un paradis.

– D'ailleurs, je vous avoue, confia M. Blum, que je n'aime pas du tout ce tintamarre qu'ils font, les Américains. Ces menaces de boycott des banques suisses, ça me déplaît vraiment. Ils nous desservent. Et le Congrès juif mondial, il empoisonne l'atmosphère avec ses revendications de milliards de dollars. Il faut laisser la Suisse faire son enquête à son propre rythme, et on trouvera ce qu'on trouvera. Certainement pas des grosses sommes. Les Suisses sont des gens honnêtes, c'est bien connu.

– C'est d'ailleurs le seul pays au monde avec ce système de journaux en self-service, releva M. Meier.

Lisa tut que cela se pratiquait aussi à Las Vegas. A Zurich, elle avait en effet vu ces caissettes de métal à quatre pieds où s'empilait par exemple une liasse de *Tages Anzeiger* du jour. Le passant qui s'appropriait un exemplaire glissait deux francs vingt dans la fente.

– Mais enfin ! objecta Stefan, énergique. Il faut bien reconnaître que l'argent des victimes nazies a disparu. Les banques et les sociétés fiduciaires de l'époque s'en sont emparées. On ne peut plus le nier !

– C'est vrai, reconnut M. Blum à contrecœur. Mais il faut surtout éviter les vagues, sinon ça va encore fabriquer de l'antisémitisme.

Mme Stöckli gloussa.

– De notre temps aussi, il y a des voyous. Vous avez lu l'histoire du caissier de banque genevois ?

– Non, dit M. Blum, avec la mine gourmande de celui qui veut en savoir plus.

– Raconte-le donc, Urs.

– C'est pas intéressant, protesta celui-ci en lissant sa fine moustache grise.

– Mais si ! répliqua Mme Stöckli.

Il s'exécuta. Un caissier avait alerté la police pour lui annoncer qu'il venait de remettre 900 000 francs à un inconnu qui le menaçait de tout révéler sur son adultère. L'homme l'avait abordé dans un parking ; par la suite il l'avait appelé sur son Natel et enfin l'avait relancé directement à la banque. La police n'avait pas tardé à découvrir qu'il s'agissait d'un stratagème. Le caissier cherchait à camoufler une série de malversations financières et de prélèvements sur les comptes de ses clients.

– Eh bien ! fit Ernst. On ne devrait pas publier ces choses dans les journaux. Ce sont de mauvais exemples pour la jeunesse, et ça n'arrive que très rarement. Pour revenir à ce qu'on disait tout à l'heure, les Américains, ils sont jaloux de nous. Le secret bancaire, c'est notre force, et ils veulent le démolir. On a commencé déjà au XVIe siècle, avec les Huguenots qui s'enfuyaient de France, et eux, les Yankees, ils ne savent pas faire. Moi, quand je rencontrais un client dans la rue, j'étais payé pour ne pas le saluer. Les Américains, à côté, c'est des rigolos. Il y en a un qui a oublié le dossier d'un client dans un taxi !

L'anecdote eut un franc succès. M. Blum manqua s'étouffer de rire.

– Parfois on se demande si les journalistes suisses ne veulent pas démolir la Confédération, dit Mme Stöckli, et on ne comprend pas pourquoi. C'était écrit hier que, parmi les pays d'Europe, les Suisses viennent en tête pour la consommation d'alcool, de drogue et surtout de tabac.

– Moi, je n'y crois pas, dit M. Blum.

– Est-ce que vous aimez le chocolat, Lisa ?

Ernst présenta une bonbonnière, accompagnant son geste d'un large sourire.

– Tu nous gâtes aujourd'hui ! s'exclama Mme Stöckli.

Plus tard, lorsque des phares trouèrent de leur éclat la brume du soir, Lisa et Stefan, elle lovée contre lui, longèrent silencieusement le lac en sens inverse. Elle ne savait plus quoi faire. Partir ou rester ?

XIV

Ce lundi, Lisa s'éveilla sans joie.

La veille, Stefan s'était éclipsé dans son épouvantable tenue militaire – pantalon gris à bande noire, veste de camouflage, petite casquette et grosses galoches –, emportant son casque, sa tenue de cycliste, son masque à gaz, son revolver, sa boîte de conserve avec ses vingt-quatre balles. Lisa l'avait accompagné à la gare bondée de soldats en gris-vert, harnachés de leur fusil, qui traînaient leur sac rasant le sol.

« Les travaux sont bien avancés, avait constaté le contribuable zurichois en entrant dans le hall. Ça nous a coûté un milliard de francs. »

La mission d'avoir eu à abriter les convois justifiait la taille démesurée du bâtiment. Construit à la fin du siècle dernier, il était en rénovation depuis quatorze ans. Les S.B.B.[1] auraient souhaité ouvrir le toit pour économiser l'éclairage, mais les historiens s'y étaient opposés avec énergie, arguant que le hall principal avait été sciemment conçu comme un bain thermal : lumière latérale pénétrant sous un toit opaque.

Arrivés en avance, Lisa et Stefan avaient attendu, à l'écart de la foule, dans l'ancien buffet troisième classe aux angelots de stuc, peintures murales et verrière Jugendstil, à présent une brasserie qui proposait cent trente-neuf sortes de bière suisse. Là, il lui avait arra-

1. Schweizerische Bundesbahnen, les Chemins de fer fédéraux. Soit C.F.F. dans la zone francophone et F.F.S. dans la région italophone de la Suisse.

ché la promesse de rester à Zurich. Au moins une semaine.

Elle avait feint de se faire prier. En réalité, le silence sur le sort de Walter devenant insoutenable, elle avait décidé de s'occuper elle-même de l'enquête concernant Schuler.

La journée du détective à Regensberg s'était soldée par un échec. Schuler n'ayant mis ni le pied dehors ni le nez à la fenêtre, Stirnimann avait dû se contenter de photographier sous toutes ses coutures la portion d'immeuble que l'ancien SS possédait à l'orée d'un bois. Les jours suivants, une autre affaire importante avait réquisitionné le détective. Là-dessus, comble de malchance, il avait fait une chute grave au cours d'une escalade, si bien qu'il ne pourrait reprendre ses filatures qu'après plusieurs semaines d'immobilisation.

Dopée par la perspective de l'action, Lisa sauta du lit et passa sous la douche. Une fois prête, elle s'empara du sac à dos qui trônait sur la coiffeuse. Stefan, adorable, le lui avait offert avant son départ. Elle le tourna et le retourna entre ses mains, le caressa. « Un exemplaire unique, avait-il dit en la serrant contre lui, pour une fille unique. »

« Zurically correct », les modèles Freitag faisaient fureur dans les milieux branchés. Deux jeunes designers les fabriquaient dans un hangar d'usine désaffectée avec d'anciennes bâches de camion récupérées chez les transporteurs routiers et lavées à haute pression. Sur les coutures, ils appliquaient des chambres à air de vélo recueillies auprès des réparateurs de cycles. Des handicapés cousaient l'ensemble. Un tronçon de ceinture de sécurité formait la bandoulière de ce sac robuste et imperméable, conçu pour les cyclistes. Une lanière passée autour de la taille l'empêchait de virevolter à chaque coup de pédale.

Le cœur d'un A beige se devinait sur la face externe du sac de Lisa, découpé dans une toile orange. Il contenait déjà les photos de la maison de Schuler ainsi qu'un appareil photographique, prêté par Stefan, doté d'un téléobjectif puissant.

Pressée d'agir, Lisa acheta son journal au kiosque voisin de l'hôtel – avec le sentiment désagréable de trahir Lili – et sauta dans le bus 31, qui la déposerait à la gare. Il n'avait jamais fait aussi chaud depuis son arrivée à Zurich. Assise près d'une fenêtre ouverte, elle ouvrait son journal quand une voix menaçante retentit à l'arrière :

– *Jude, raus !*

« Juif, va-t'en ! » Etait-ce possible ? « J'ai dû mal comprendre », se dit Lisa. Mais son ouïe ne l'avait pas trahie. S'étant retournée, elle aperçut un juif orthodoxe, vingt-cinq ans peut-être, vêtu d'un costume sombre sur une chemise blanche. Sous son chapeau noir, entre les deux longues boucles de cheveux, ses yeux fixaient avec inquiétude un jeune homme de son âge en tee-shirt et casquette impeccables, au visage haineux.

– Juif, débrouille-toi pour ficher le camp ! reprit celui-ci d'une voix forte, depuis sa place. Tu n'as rien à faire ici. On n'a pas besoin de gens comme toi.

Lisa était abasourdie.

Dans le silence général, le juif insulté traversa le bus pour aller s'installer à l'avant. L'agresseur se remit à hurler :

– Ces juifs pillent notre pays ! Je suis suisse. Je dois travailler pour gagner jusqu'au moindre franc !

Un homme d'une quarantaine d'années tenta de le raisonner[1]. Le raciste se leva.

– Si ce que je dis ne te plaît pas, menaça-t-il en le prenant au col, tu peux descendre !

Les voyageurs suivaient la scène sans bouger. Monta un nouveau passager qui, lui, vint à l'aide du quadragénaire. L'agresseur reprit sa place. Le bus stoppa.

1. Il s'agit de l'éditorialiste du *SonntagsBlick*, Frank A. Meyer. Il rapporte la scène dans l'édition du 13 juillet 1997 de son journal. Texte repris par *Le Nouveau Quotidien*.

S'apercevant soudain qu'elle était arrivée, Lisa s'élança vers la sortie. Elle avait failli rater l'arrêt. Bouillonnant de rage, les jambes coupées, elle s'affala sur un banc, le temps de reprendre ses esprits. Quand elle repartit, sa fureur s'était cristallisée sur Arnold Schuler.

« Je l'aurai », se jura-t-elle.

Avec les photos de la maison de Schuler, Stirnimann avait transmis deux précieux carnets d'horaires : l'un pour le train, l'autre pour le service des bus. Un omnibus quittait Zurich à 10 h 06. En courant dans la gare pour l'attraper, Lisa vit l'étrange personne, déjà aperçue la veille, quand elle avait accompagné Stefan sur le quai. Cette vieille dame, vêtue d'une longue robe lilas, un châle violet couvrant ses cheveux blancs et ses épaules, chaussée de baskets mauves, poussait une chaise roulante chargée d'un cabas informe et d'une paire de béquilles. Elle regardait autour d'elle avec intensité, pivotant parfois d'un quart ou d'un demi-tour. Un sourire flottait sur ses lèvres.

A 10 h 28, Lisa descendait à Dielsdorf, inquiète à l'idée que le bus pour Regensberg démarrait quatre minutes plus tard. L'attraperait-elle ? Elle se rassura en distinguant l'arrêt à quelques mètres de la sortie. Elle arriverait donc à 10 h 40. Soit un trajet total de trente-quatre minutes.

La route grimpa ferme dès les premiers tours de roue. Au rez-de-chaussée de maisons basses à colombages, à volets de bois vert foncé, s'alignaient des commerces reluisants de propreté. On imaginait les ménagères venant s'y approvisionner et papoter chaque matin sauf le dimanche. Des auberges se distinguaient à leur enseigne dorée. Dans les jardins potagers, des têtes se redressaient sous les chapeaux de paille pour voir passer le bus.

– Regensberg ! annonça le chauffeur à l'adresse de Lisa, qui lui avait demandé de la prévenir, avec un geste vers les hauteurs.

Accrochée au sommet d'une colline plantée d'un vignoble, la petite cité médiévale enserrait une tour. Le bus s'évertua dans une série de lacets, puis stoppa. C'était là.

– *Usstiige*[1] *!* commanda le chauffeur.

Sur la droite descendait une rue où se garaient obligatoirement les voitures, interdites plus haut. Les touristes manifestèrent vivement leur satisfaction à la vue du charmant village. Le cœur battant, Lisa suivit machinalement les trois générations d'une même famille. Chacun avait son sac à dos. Les parents et grands-parents portaient des knickers que tentaient en vain de rejoindre de hautes chaussettes, rouges pour la plupart. Le groupe poursuivit l'ascension en s'extasiant à la vue de maisons coquettes, décorées d'une enseigne ou d'un vieux cadran d'horloge. Des glycines et des vignes montaient à l'assaut de petits balcons. Coulant d'une antique fontaine, l'eau rythmait un temps immobile. La route longeait un parapet de pierre bordé de buissons fleuris. Au-delà s'étageaient la plaine et les montagnes.

– *S wätter isch schöön*[2], se félicita le grand-père en désignant, de la pointe de son alpenstock, la chaîne alpine dont les reliefs se dessinaient avec précision dans le lointain.

Un enchantement ! Sur les pas de la petite troupe, Lisa atteignit la voûte qui donnait accès au cœur de la cité.

« Idiote ! » s'apostropha-t-elle soudain.

Stirnimann avait pourtant clairement indiqué que la maison de Schuler s'élevait juste en face de l'arrêt de bus ! Mais elle s'était laissé distraire au moment crucial, et le véhicule imposant avait dû lui cacher la galerie de photos qu'elle devait repérer. Il ne lui restait plus qu'à redescendre.

1. « Descendez. »
2. « Il fait beau. »

– *Lueg die platz*[1] *!* s'exclama la mère.

On débouchait sur une petite place comme Lisa n'en avait jamais vu. Elle s'avança. Précédées de jardinets, des maisons colorées à croisillons de bois formaient avec tant de conviction le décor d'une scène d'opérette qu'elles en paraissaient irréelles. « 1726 », lisait-on sur l'un des frontons.

Comment vivait-on dans une maison aussi vieille ? Emerveillée par le décor, Lisa poursuivit son chemin, s'ingéniant à deviner la réponse à sa question sur les visages des habitants qui, de leur fenêtre grande ouverte ou sur le pas de la porte, observaient les touristes.

A l'autre bout de la place s'ouvrait un passage étroit. En fait une minuscule ruelle, où devait ruisseler l'eau des gouttières, qui s'arrêtait à un parapet de vieilles pierres. Lisa s'engagea dans le corridor à ciel ouvert et aperçut en contrebas, ne croyant ni ses yeux ni sa chance, l'immeuble moderne au crépi ocre où habitait Schuler. Elle tira les photos de son sac et compara. Aucun doute n'était possible.

Le cœur battant la chamade, elle prit l'appareil et fit fonctionner le téléobjectif. Parfait ! Lisa distinguait le moindre détail. Une fenêtre du premier étage était entrebâillée. Les lettres du nom Safari, au-dessus de la galerie, se détachaient à merveille. Il ne restait plus qu'à guetter.

Une demi-heure plus tard, installée sur un muret, Lisa commençait à s'ankyloser, quand la porte de la galerie s'ouvrit. Vite, elle ajusta l'appareil. Deux hommes apparurent sur le seuil. Clac, vue d'ensemble. Clac, plan moyen sur les silhouettes. Clac, gros plan sur le premier visage, un maigrichon noiraud, puis clac, clac, clac, série sur le deuxième. La description de Walter était si précise que Lisa aurait reconnu entre mille l'homme grand, musclé, à l'air affable. Le noi-

1. « Regarde cette place ! »

raud parti, Schuler resta un instant dans l'encadrement de la porte, les mains dans les poches. « Je l'ai, je le tiens ! » jubila Lisa en cadrant le visage de face. Sous les cheveux pâles se distinguaient les lunettes d'écaille, le cou de taureau, le menton carré.

« Devoir se débrouiller seule dans une ville ou un pays inconnu, songea-t-elle en descendant d'un bon pas la rue du village, c'est une aventure exaltante pour qui souhaite se connaître soi-même. » Elle estimait avoir accompli une bonne performance. L'émotion et l'air vif l'ayant affamée, Lisa se proposa de déjeuner dans une auberge repérée à l'aller.

Elle poussa la porte. Des tables et des chaises solides, en bois clair, meublaient la salle. Une rangée de hautes plantes la coupait en deux. Au travers des feuilles, Lisa vit que la moitié gauche était bien remplie alors que la droite était vide. Elle choisit ce dernier côté avec la pensée qu'elle n'y dérangerait personne en fumant.

Le serveur apporta le « Menu », un dossier en similicuir orné d'armoiries, qui comportait une série de feuillets verts glissés dans des chemises transparentes. Le nom des mets était calligraphié avec soin au feutre noir. Incompréhensible, cependant.

Appelé à l'aide, le serveur – un Turc ? – ne trouva d'autre solution que de solliciter l'aide de la patronne. Elle sortit de la cuisine en s'essuyant les mains. De taille moyenne, les cheveux et les yeux incolores, les dents irrégulières et grises, les épaules rentrées, elle disparaissait dans un pull lâche recouvrant une jupe déformée. Miracle, elle parlait le français. Lisa commanda des *Chäshörnli mit Zwiebeln, Brösmeli et frisches Apfelmus,* un plat voisin de celui qu'elle avait mangé avec Stefan à l'Alt Züri, il y avait exactement dix jours de cela, quand il avait évoqué pour la première fois la nécessité de partir au C.R., le cours de répétition.

Elle soupira. Stefan lui manquait terriblement. Déjà... Elle avait hâte d'entendre sa voix. Encore plus hâte de le voir revenir, samedi prochain. Les soirées sans lui risquaient d'être difficiles. A moins de les passer en musique. Zurich offrait dans ce domaine une mine de possibilités que Lisa n'avait toujours pas eu le temps d'exploiter.

Elle pouvait aussi accomplir un pèlerinage à Vienne. Walter et Lisa avaient envisagé, dans un avenir proche, cette sorte de retour aux sources. Y aller sans lui faisait très mal. Etre si près sans y aller, tout aussi mal. Pourquoi ne ferait-elle pas juste un saut de puce dans la journée, à la façon des Japonais ? Elle irait rôder autour de l'Opéra, chercherait à retrouver la maison où avait vécu son père avec ses parents au temps heureux des valses et des gâteaux chapeautés de crème fouettée. Lisa ne désirait rien de plus. Elle ne tenterait certainement pas d'obtenir les certificats. Cette « affaire des fonds juifs », comme on l'appelait ici, finissait par l'écœurer. « Tant pis pour le collier », songea-t-elle en caressant le sien. C'était une copie, mais elle l'aimait profondément. En cet instant, elle ne souhaitait plus que le retour de Walter.

Une voix d'homme, hautaine et agressive, s'éleva dans la partie gauche de la salle, couvrant celle du serveur qui tentait en vain de s'exprimer. Le consommateur repoussa sa chaise avec violence, et se leva. Lisa, pétrifiée, vit émerger au-dessus des plantes le visage haï, imprimé sur sa rétine, qu'elle tenait peu de temps auparavant dans le viseur de son appareil photo. Schuler l'aperçut, et marqua un temps d'arrêt. Au travers des lunettes d'écaille, ses petits yeux gris la dévisagèrent avec méchanceté. Les rides de son front se creusèrent. Une fine sueur couvrait son visage. S'étant détourné avec brusquerie, il se dirigea vers la sortie, ouvrit la porte d'un mouvement violent qui la fit claquer contre sa butée, et disparut.

La tête dans un étau, les jambes tremblantes et les mains moites, Lisa parvenait mal à contenir son émotion. Dans la salle, personne ne sembla se formaliser de l'incident et, après quelques secondes, les conversations reprirent.

– Ce monsieur n'était pas content ? hasarda-t-elle quand la patronne de l'auberge vint s'enquérir de ce qu'elle souhaitait comme dessert.

– C'est un vieil homme qui a mauvais caractère. Il est bizarre. Avec les enfants, il est très gentil, il leur distribue des images ou des bonbons. En revanche, lui (elle désigna le serveur d'un mouvement du menton), il ne le supporte pas parce que c'est un immigré. Il estime que les étrangers prennent le travail des Suisses, mais moi je ne connais pas un seul Suisse qui abattrait autant de travail que Mehmet. Et avec ça, il est tout le temps de bonne humeur. Du matin au soir, il siffle comme un pinson. Tandis que les autres...

Quand Lisa se posta, mal à l'aise, devant l'arrêt pour attendre le bus du retour, ses yeux fixèrent malgré elle la galerie Safari. Celle-ci paraissait fermée. Ainsi en était-il pour les fenêtres qui la surplombaient, malgré la chaleur. A un moment, il lui sembla pourtant – n'était-ce qu'une impression ? – qu'un rideau frémissait.

Lisa quitta le train d'un pas traînant. La confrontation avec Schuler l'avait brisée. En cette fin d'après-midi, elle ne savait plus quoi faire d'elle-même. Elle se sentait seule. Trop seule, même, pour téléphoner à Muriel, pour répondre aux inquiétudes d'une mère aimante, et justifier une si longue absence. Chaque jour, elle inventait un nouvel argument : aujourd'hui, elle savait qu'elle manquerait de repartie. Et puis elle craignait de bloquer sa ligne, au cas où Stefan tenterait de la joindre. Elle avait besoin d'entendre sa voix et il n'aurait pas forcément le loisir d'attendre ou de rappeler.

Elle marchait tête baissée en direction du hall de la gare, quand elle éprouva une impression étrange, une imprévisible sensation de légèreté, comme si elle avait été miraculeusement délivrée du poids qui pesait sur ses épaules. Levant les yeux, elle rencontra le regard de celle qu'elle appelait « la dame en violet ».

Celle-ci n'avait-elle donc pas bougé depuis le matin ? Accrochée à la chaise roulante, la vieille femme surveillait les allées et venues. Son regard s'arrêtait parfois sur un passager. Pivotant avec sa chaise, elle semblait alors l'accompagner en pensée jusqu'au train, ou vers la sortie de la gare, un sourire aux lèvres. Appuyée à un pilier, Lisa demeura quelques minutes sur le quai à l'observer. Soudain, sans réfléchir, elle empoigna son appareil, photographia discrètement la dame en violet et s'achemina vers la ville.

Replaçant l'appareil dans son sac à dos, elle s'aperçut qu'elle avait oublié quelque part le journal acheté le matin. Sans l'avoir lu. Une bonne raison pour rentrer à pied, en s'arrêtant au kiosque de Lili.

– Vous avez vu ? interrogea cette dernière, les joues en feu, brandissant au bout de sa patte de sauterelle un quotidien où apparaissait en gros titre le nom du courageux veilleur de nuit. Vous avez vu ? C'est vraiment un héros, notre Meili !

« La commission Bergier, lut Lisa, estime que les documents de l'U.B.S. sauvés par Christoph Meili sont utiles pour la recherche historique. » Une sacrée victoire !

– Je vous offre un Ragusa pour fêter ça ! dit Lili.

Pareille gentillesse ne se refusait pas. Et pourtant, la lutte contre la nicotine commençait à produire son effet : Ragusa et Toblerone lui valaient deux à trois kilos supplémentaires (pas de balance à l'hôtel Sonnenhof !). Elle souffrait le martyre dans son jean et refusait d'en acheter un plus large.

Lisa refermait son porte-monnaie quand la sonnerie de son téléphone mobile se fit entendre. Elle s'éloigna à grandes enjambées pour rester seule avec Stefan.

Hélas, ce n'était que Jonathan. Lequel n'avait rien de particulier à lui dire. « Je te rappellerai plus tard », promit Lisa en raccrochant au plus vite.

Assise devant un whisky à la terrasse de l'Odéon, son précieux sac sur les genoux, elle repassait le film de la journée en ruminant sa déception. Dire qu'elle avait approché celui qui détenait le secret de la disparition de Walter et qu'elle était restée impuissante ! Le visage de l'homme se dessinait dans sa mémoire avec la plus extrême précision. Elle sut que, s'il se tenait à nouveau en face d'elle, elle le reconnaîtrait, même grimé ou déguisé.

Pourquoi, se demanda-t-elle soudain, l'avait-il fixée et dévisagée avec tant de méchanceté ? Se pouvait-il qu'il connût son identité ? Lisa frissonna, et regarda autour d'elle avec inquiétude, prête à bondir. A son tour, elle se sentit traquée.

XV

Schuler remâchait sa colère. Il était sûr d'avoir été repéré. Tout avait commencé à Zurich, le jour où il s'était baladé avec Rudolf.

A la brasserie viennoise du Saint-Gothard, un petit homme maigre à tonsure de moine, comme il les détestait, déjeunait deux tables plus loin. L'hypocrite faisait mine d'être absorbé par la lecture de ses journaux. A cette heure déjà tardive, la salle s'était vidée. Rudolf et lui étaient restés seuls avec la demi-portion, qui s'enfilait café sur café derrière son canard.

Après le déjeuner, Rudolf avait voulu se promener jusqu'au Lindenhof. Ils redescendaient par la Schlüsselgasse quand, faisant demi-tour pour détailler un vieux pistolet aperçu dans une vitrine, Schuler avait entrevu le gringalet qui s'engouffrait dans une porte. Il avait aussitôt signalé ses doutes à son ami, qui n'avait pas pris cette histoire au sérieux. Mais Rudolf ignorait ses déboires à Hong Kong, et il ne tenait d'ailleurs pas à s'en vanter.

Son inquiétude s'était accrue la semaine passée. A l'arrêt du bus, il avait repéré un bonhomme semblable au zèbre de Zurich, qui inspectait ses fenêtres. Une vraie fouine ! Planté près de l'abri, il regardait tout : la galerie, les étages, le garage ! Rien n'échappait à son regard inquisiteur, et il prenait des notes sur un carnet. Comme une casquette cachait l'éventuelle tonsure de moine, Schuler n'était pas certain qu'il s'agît du même homme.

Cette fois, plus aucun doute possible, se dit-il en compulsant les photos étalées devant lui. Il était filé. La rouquine au restaurant, à midi, c'était la fille Neumann. Il l'aurait reconnue entre mille, avec son air effronté et ses longues pattes.

Schuler choisit un cliché et l'examina au travers d'une forte loupe. Elle s'étalait là, sous ses yeux, l'ordure juive. Un vieux réflexe : il avait demandé au paparazzi que Franz, son associé, avait envoyé à Hong Kong à l'occasion de la rétrocession du territoire à la Chine, de photographier tous les membres de cette famille pourrie. Schuler avait pensé s'en sortir en faisant expédier Neumann au fond de la mer, et voilà que les ennuis continuaient. « Maudite race ! » cracha-t-il, congestionné par la haine.

Il lui fallait quitter cette maison. Disparaître durant deux à trois semaines. La rouquine n'allait pas prendre racine. Il l'avait vue attendre le bus, et l'envie de lui tirer une balle entre les deux yeux l'avait fortement démangé... Heureusement, il s'était contrôlé. Où irait-il s'il était obligé de fuir la Suisse ? Il avait bien des amis en Argentine et en Bolivie, mais il détestait les pays chauds. Et repartir de zéro, à son âge, c'était vraiment trop dur.

Après avoir ruminé le problème tout l'après-midi derrière ses fenêtres fermées et ses rideaux tirés, Schuler ne vit pas d'autre solution que d'appeler Steiger à l'aide.

Sept heures, c'était la bonne heure. Il composa le numéro de son ami et grimaça en reconnaissant la voix de l'épouse.

– Salut, Christel, c'est Arnold.

– Bonjour, Arnold. Quoi de neuf ?

– Rien de spécial. Je voulais juste dire un petit bonjour.

– Rudi n'est pas là aujourd'hui. Il vient de partir pour une session à Genève.

– Ahah... Pour longtemps ?

– Une semaine environ.

– Eh bien, j'appellerai à son retour.

Il s'arracha une formule d'amitié et reposa le combiné. Son visage ruisselait. Où aller ? L'hôtel était exclu : ce n'était pas le moment d'avoir à fournir des pièces d'identité. Franz, qui vivait dans un loft avec sa famille, ne pouvait l'héberger. Son autre ami, Robert Schmid[1], venait d'être condamné à deux mois de prison ferme. Par la faute des juifs.

Dans le bulletin de son Association de défense des animaux, Robert Schmid s'en était pris à l'abattage israélite, qu'il avait qualifié d'« holocauste de l'égorgement ». Il avait même ajouté que les juifs n'étaient pas meilleurs que leurs anciens bourreaux nazis quand ils égorgeaient des animaux en masse.

Les juifs avaient dû acheter le tribunal, il n'y avait pas d'autre explication, cet abattage étant interdit en Suisse depuis plus d'un siècle. La condamnation de Robert à la prison ferme, qui plus est à cause de « propos antisémites », était une injustice flagrante ! Robert n'avait rien dit d'antisémite ! Il décrivait la réalité, c'est tout.

En fait, sa seule faute avait été l'imprudence. S'il avait exprimé des regrets, il aurait pu s'en tirer avec le sursis. Seulement voilà, c'était quelqu'un de propre et de loyal, Robert. Il allait au bout de ses idées. Il avait même répété ses critiques lors de l'ouverture du procès. Les juges l'avaient sanctionné pour se mettre bien avec les juifs, c'est tout. Et puis il y avait aussi eu cette sale histoire avec le paysan qu'il avait feint de menacer en fonçant sur lui avec sa voiture.

Une fois de plus, Robert avait su prendre des initiatives. Il était arrivé au tribunal tout de noir vêtu, avec une croix, des fleurs, une plaque commémorative, et il avait fait diffuser des sons de cloches d'église par un haut-parleur. A ce souvenir, Schuler jubilait encore... Soudain, songeant à son propre cas, il revit la petite

1. Le nom du personnage est fictif, mais le récit de ses exploits figure dans *Le Nouveau Quotidien*, édition du 17 juillet 1997.

annonce qu'il avait lue, il y avait trois semaines environ, à la gare de Dielsdorf. Elle était placardée dans la salle d'attente. Sur le moment, n'imaginant pas qu'elle pourrait un jour l'intéresser, il s'était contenté de s'en amuser. Il n'avait pas mémorisé le numéro de téléphone, et ignorait si le texte était toujours affiché.

Un quart d'heure plus tard, Schuler garait sa voiture devant la gare. L'affichette aux coins déchirés était toujours là. « Jolie jeune femme cherche un million de francs pour acheter sa propre maison. Près Baden. » Suivait un prénom : Doris, et un numéro de téléphone.

Que fallait-il comprendre ?

Il n'avait pas emporté de quoi écrire et détacha l'avis avec la lame de son couteau de poche, puis il gagna la cabine téléphonique.

Quelques instants après, il roulait en direction de la petite ville thermale de Baden qu'il connaissait bien. « Prenez la Römerstrasse derrière les jardins du Casino, avait dit Doris, et continuez en vous laissant guider par les sens uniques. » A deux cents mètres de la sortie de la ville, il découvrit la maison. Aucun voisinage immédiat, constata-t-il. Une haie dense et robuste entourait la propriété. Un portail en bois plein cachait le jardin.

Il actionna la cloche.

XVI

« Mercredi 23 juillet », lut Lisa sur le bloc accroché derrière la caissière, à la réception de l'hôtel. Sans programme particulier, elle s'achemina vers la Bahnhofstrasse et le kiosque de Lili.

Trois jours la séparaient encore du retour de Stefan. Elle n'avait pas imaginé l'attente si douloureuse. Plus rien de ce qu'elle aimait auparavant ne l'intéressait. Elle avait bâillé dans la merveilleuse grande salle de la Tonhalle [1], tandis que l'orchestre philharmonique de la Scala de Milan interprétait des symphonies de Mendelssohn et de Mahler. Même les boutiques de mode la laissaient froide. S'habiller pour qui ? Elle se contentait des vêtements emportés pour un voyage d'une semaine. Les gens l'agaçaient. La terrasse de l'Odéon où déambulaient trop d'individus semblables, garçons ou filles en pantalons pattes d'éléphant et lunettes jaunes – « tellement branchés qu'on voit la prise », avait écrit son ami le journaliste zurichois – commençait à la fatiguer.

Pendant ce temps, à Drognens, en plein canton de Fribourg, Stefan supervisait les séances de tir et entraînait sa section de trente cyclistes dans la rude plaine de la Glâne, « auréolée » par une réputation de femmes battues et de suicides dans les granges. Afin que Lisa pût rester proche de lui en pensée, il lui avait faxé un descriptif des lieux. A la fin du siècle dernier, la ferme imposante et les deux bâtiments abritaient une colonie

1. Célèbre salle de concert.

réservée aux « enfants vicieux et coupables », qui par la suite avait été transformée en « colonie de refuge et de discipline pour enfants abandonnés et jeunes délinquants ».

Au téléphone, il avait raconté comment, un bazooka sur le porte-bagages, un fusil-mitrailleur en bandoulière, transpirant comme au sauna dans la tenue camouflée, les hommes traînaient sur les cols alpins un barda qui atteignait près de deux cents kilos. Ils étaient ravis d'avoir « touché » un vélo plus léger, à sept vitesses. Stefan s'était amusé de l'époque où l'on disait qu'il y en avait trois : celle pour avancer normalement, celle pour pédaler en danseuse et celle pour pousser le vélo.

Chargé d'annoncer la bonne nouvelle aux recrues, il disposait d'un texte relevant que, en quatre-vingt-dix ans de bons et loyaux services, ce modèle indestructible – il datait de 1905 – avait accompli la performance de survivre à l'émergence de l'aviation, à deux guerres mondiales, à l'arrivée de l'informatique et au débarquement de l'homme sur la Lune.

La compagnie avait effectué plus de deux cents kilomètres en une seule nuit, ralliant Winterthur par les petites routes. L'énorme chenille progressait dans le silence le plus complet. A peine entendait-on le bruit de l'air qui se déplaçait – whou, whou, whou, whou, whou... Se resserrant et s'étendant au gré des côtes comme un accordéon, la procession défilait toutes lumières éteintes, à l'exception du premier et du dernier cycliste, chacun fixant le carré blanc peint sur l'extrémité du pare-boue arrière qui le précédait, attentif à freiner pour éviter de percuter son camarade, surtout quand celui-ci, épuisé, commençait à valser dans tous les sens, pédalant encore par réflexe, juste avant de s'évanouir. La voiture-balai, une jeep appelée « ramasse-pétoles [1] », s'en occuperait. Quant au lieutenant, il surveillait la colonne du haut en bas, ralentis-

1. Une pétole, en suisse romand, est une petite crotte (de mouton, de chèvre).

sant pour la laisser passer ou accélérant pour la dépasser tout en stimulant les hommes quand il le fallait : « Bien garder le rythme, cycliste Münch ! »

En quel état reviendrait Stefan ?

Ce soir-là, Lisa s'était offert un dîner à la Kronenhalle. Seule, ce n'était pas drôle. Qu'elle eût aimé s'y trouver en compagnie de Stefan ! La brasserie-musée valait le coup d'œil. A l'origine lieu de rendez-vous des corporations zurichoises, ainsi qu'en témoignaient les armoiries courant en frise sur les murs, l'établissement était devenu le point de rencontre d'artistes du monde entier.

La patronne, modeste serveuse au début de sa vie, et son mari s'étaient épris de peintres, accueillant à la table familiale Miró, Braque, Picasso, Chagall et d'autres qui, en guise de remerciement, laissèrent des toiles ou des croquis. Hulda et Gustave mirent un point d'honneur à les suspendre au mur de la brasserie et à les y laisser quand leur valeur fut reconnue, offrant aux consommateurs la possibilité de les contempler entre deux bouchées d'émincé de veau à la zurichoise. Quand on venait de la rue, la porte s'ouvrait sur un *Coucher de soleil* de Chagall.

Lisa s'était habituée à cet usage suisse qui voulait que, dans un café ou un restaurant, des inconnus partagent une table, alors même qu'une autre était encore disponible. Quand un élégant jeune homme vêtu de noir lui avait demandé l'autorisation de s'asseoir en face d'elle, elle avait donc acquiescé. Il avait commandé un plat de pâtes au pistou. Impossible de ne pas voir qu'il tripotait sans cesse une petite boîte noire, sortie de sa poche, en appuyant sur des touches. Un tamagotchi ? A son âge ? Il alluma une cigarette, aspira une première bouffée, regarda Lisa et tout à coup se décomposa : mortifié et prêt à l'éteindre, il s'excusa de ne pas avoir demandé la permission de fumer. C'était trop drôle. Lisa tira l'une des siennes, il lui offrit du feu, et la glace fut rompue.

Marco, dont les parents étaient nés à Naples, avait embrassé la profession de cambiste en dollars. Sa petite boîte noire, qu'il appelait « chästli », permettait de connaître en temps réel le taux de change indiqué par l'agence Reuters et donc de surveiller gains et pertes. A la fin du dîner, il était si heureux de ses profits que, sans avertir Lisa, il avait réglé son addition. Gênée, elle avait protesté. « Vous me portez chance ! s'était-il exclamé. Laissez-moi ce plaisir. » Superstitieux, il lui avait même demandé de toucher le « chästli ».

Par politesse, elle l'avait invité à boire un verre au bar Kronenhalle, qui jouxtait la brasserie. A nouveau, l'absence de Stefan s'était fait sentir. L'endroit était chaleureux, avec ses murs boisés, ses banquettes et fauteuils tendus de cuir vert. Sur le comptoir d'acajou, des pieds de lampe portaient la signature de Giacometti. Un dépliant indiquait que Bertolt Brecht, Friedrich Dürrenmatt, Max Frisch, James Joyce, Albert Einstein, Thomas Mann, Igor Stravinski avaient aimé ce lieu.

Peu sensible à ces grands noms, Marco disait connaître de grands banquiers par leur petit nom et semblait avoir tout vécu. Il confia à Lisa que, parvenu à ce stade de sa vie, il s'ennuyait. Il parla de vacances. Brésil ? Paraguay ? Lisa l'accompagnerait-elle ? Il avait posé la question avec grande élégance, d'un ton à mi-chemin entre le sérieux et la plaisanterie.

Comme par un fait exprès, les articles des journaux semblaient vouloir s'ingénier à ramener chaque jour Lisa à son cas personnel. Le procès de l'ancien nazi Priebke réveillait les ardeurs de l'extrême droite italienne. La Société suisse des écrivains s'excusait pour avoir demandé à la police de l'époque de refouler les « pisse-copie » allemands persécutés par les nazis. En France, où avaient été subtilisés des appartements, des fonds de commerce et des consignations à la Caisse des dépôts, certaines banques avaient, elles aussi, conservé des fonds de victimes nazies. L'Etat d'Israël accusait les autorités britanniques de pratiques identiques. On n'en finissait pas.

Et ce que venait de découvrir Lisa était proprement incroyable.

Fatigué comme il le serait, Stefan saurait-il entendre ce qu'elle avait appris le matin même ? Avant son départ, il lui avait confié un dossier contenant les photocopies de fax échangés avec le centre Simon-Wiesenthal, ainsi que de vieilles lettres trouvées dans les archives du cabinet. Lisa les avait lues aujourd'hui seulement. Parmi elles, ce témoignage de Mme Rosa Shapiro, installée à New York, accusant un prétendu Wilhelm Tell d'avoir extorqué à son frère, sous la menace de mort, trois mille francs or placés dans une banque de Lausanne !

Lisa avait relu cinq fois au moins le nom du SS : non, elle ne rêvait pas ! Les pièces du puzzle s'emboîtaient parfaitement. Il était à présent certain que Wilfried Keller, né en Autriche, après avoir officié dans le camp de Dachau puis dans celui de Mauthausen et s'être fait connaître sous le surnom de « Wilhelm Tell », était aujourd'hui le Suisse Arnold Schuler. Comment l'annoncer, sans outrager son amour de la patrie, au lieutenant qui s'entraînait à « protéger la nation » et lui avait récité la prière patriotique qu'il s'était amusé, avec ses camarades romands, à déclamer le soir au bistrot ? Les paroles sonnaient encore aux oreilles de Lisa : « Seigneur, accorde ton secours au beau pays que mon cœur aime / Celui que j'aimerai toujours, celui que j'aimerai quand même. / Tu m'as dit d'aimer, et j'obéis. / Mon Dieu, protège mon pays. »

– Vous allez être intéressée par le journal, aujourd'hui ! cria Lili de sa voix aigrelette du plus loin qu'elle aperçut Lisa. C'est sûr, vous en aurez pour votre argent.

« Strip-tease historique », titrait *Le Nouveau Quotidien* sous les plumes de Serge Michel et Pierre Hazan :

« Les banques annonceraient 61 millions en déshérence. » Et en sous-titre : « Si le chiffre se confirme aujourd'hui, il serait supérieur de 22,3 millions aux montants reconnus jusqu'ici. Il est lié à la publication de deux mille comptes étrangers inactifs depuis 1945. Une deuxième liste incluant les Suisses sera publiée en octobre et comprendrait vingt mille noms. »

Imprimée en caractères minuscules, la liste s'étalait sur près de quatre pages[1].

– J'en prends deux ! dit Lisa. Un pour travailler, l'autre pour mes archives personnelles.

Son cœur battait la chamade. Elle emporta ses journaux comme une proie, se laissa tomber sur un banc voisin et, fébrile, se jeta sur la liste.

L'émotion était si forte que les noms dansaient sous ses yeux. Ils étaient classés par ordre alphabétique. M... N... *Naumann !* Mais un *a* au lieu d'un *e* suivait le *N*. Une faute d'orthographe était-elle possible ? Oui, bien sûr. Cependant, l'initiale du prénom ne rappelait rien de connu à Lisa. En outre, la personne concernée avait indiqué la ville de Zurich comme domicile. Prête-nom ? Fausse identité ? Fausse domiciliation ?

Elle poursuivit sa lecture, passant en revue des patronymes d'origines allemande, grecque, espagnole, et atteignit la lettre O... Il fallait s'y faire : pas de Neumann.

– Alors ? cria Lili. Vous avez trouvé quelque chose ?

Lisa fit un signe négatif.

– Allez, ça sera pour la prochaine fois. Maintenant qu'ils ont commencé, ils devront continuer.

Un nuage en forme de dragon avait avalé le soleil. Lisa entra à la cafétéria Zur Müntz[2], au pied de la Banque Julius Baer, et commanda une grande salade.

Tandis qu'elle mangeait, elle se souvint que le père de Greta Beer avait déposé des fonds dans cet établis-

1. Liste publiée dans divers journaux le 23 juillet 1997.
2. A la monnaie.

sement bancaire – tous les journaux en avaient fait leurs choux gras. Leur nom figurait-il sur la liste ?

B... Ba... Be... Beer ! Prénom : Fr., domicilié à Greystadt, en France. Il ne pouvait s'agir de Greta Beer. De plus, bien que connaissant mal la France, Lisa se dit que le nom de cette ville ne sonnait pas vraiment français.

« Suis-je stupide ! se dit-elle. Il faut chercher sous le nom de son père, Siegfried Deligdisch. » Elle reprit la liste.

De Ch... Des hommes d'épée, des grands d'Espagne, des barons, des ducs et des comtes, un prince, des marquises et des vicomtesses, des noms du gotha, mais pas de Deligdisch.

Fixant l'ensemble de la page, Lisa s'aperçut alors que les noms à particule – que d'aristocrates français encanaillés dans cette sombre histoire ! – avaient été groupés en un seul et même endroit de la liste. A chacun son ghetto ! Elle reprit un peu plus bas : Délégation du... Dell... Dem... Là non plus, pas de Deligdisch.

Pourtant, Greta Beer aurait dû être l'une des premières à retrouver ses fonds. A force d'avoir lu et relu son histoire et ses déclarations, Lisa se souvenait du moindre détail.

Née avant la guerre, Greta vivait avec ses parents et son frère à Cernauti, à l'époque au nord de la Roumanie. Connue de tous, la famille possédait une importante entreprise de filature, Hercules S.A. : près de mille deux cents employés, des machines modernes et des succursales dans tout le pays.

« Douce et belle vie ! » s'était souvenue Greta. Au milieu des années 30, son père l'avait envoyée parfaire son éducation dans une pension de Lausanne. « Nous allions danser sous les lustres de cristal du Palace Beau-Rivage, manger des filets de perche et de la crème de gruyère. Je me souviens de tout. Je peux même encore réciter *Guillaume Tell* en allemand. J'ai tellement aimé la Suisse... »

A son retour en Roumanie, Greta découvrit que son

père effectuait de fréquents voyages d'affaires en Suisse. Il parlait de l'étoile jaune, aperçue en Allemagne sur des vestes ou des manteaux. « N'ayez pas peur ! disait-il à sa famille. J'ai tout prévu pour vous. » Il expliquait que les banques suisses permettaient d'ouvrir des comptes numérotés, qu'il serait impossible de piller. « Qu'y avait-il de plus sûr que la Suisse ? C'était un havre, une forteresse, la Jérusalem, la lumière ! »

En 1939, M. Deligdisch fut atteint d'une septicémie et Greta l'accompagna dans un hôpital de Budapest, en Hongrie. Elle resta près de son père, le voyant décliner, sans oser jamais lui demander les numéros de comptes dont il lui avait parlé, par peur qu'il n'y voie l'annonce de sa mort. Un jour elle apprit que Cernauti était tombée aux mains des Russes ; ceux-ci s'étaient emparés des biens de la famille ainsi que des documents, mais la jeune fille ne put se résoudre à informer son père. Avant qu'il ne ferme les yeux, elle n'eut que le courage et le temps de lui faire signer un mot écrit à la va-vite : « Je lègue les pleins pouvoirs à ma femme. » Rien de plus. « Nous pensions que sa signature suffirait, disait Greta en montrant un papier jauni. Elle se trouvait forcément dans les banques, n'est-ce pas, derrière les numéros ? »

Greta, son frère et sa mère se réfugièrent dans le sud de la Roumanie, chez un colonel ami, échappant ainsi aux nazis et aux pogroms. Ils y demeurèrent jusqu'en 1945. Puis, en train et à pied, Greta s'enfuit seule jusqu'à la frontière hongroise, rejoignit Vienne, et enfin gagna l'Italie. Elle y retrouva son fiancé roumain et l'épousa avec les vêtements qu'elle portait sur le dos.

A la fin des années 40, le couple s'embarqua pour New York, qui ouvrait les bras aux « personnes déplacées ». Cernauti étant désormais ukrainienne, il était devenu inutile d'espérer y retrouver quoi que ce fût. Les banques suisses ? Elles niaient l'existence de comptes dormants. « Pour vivre, j'ai travaillé comme secrétaire puis comme guide, disait Greta. Ma mère cousait des brassières. Nos amis roumains ne pouvaient y croire... »

Quand, au début des années 60, elles apprirent qu'une loi permettait aux héritiers de retrouver leurs avoirs, toutes deux se ruèrent en Suisse. Pendant des mois, à Bâle, à Zurich, à Genève, à Berne, à Lausanne, à Montreux, elles prirent contact avec toutes les banques, les unes après les autres.

Les banquiers les y avaient reçues poliment, leur promettant d'effectuer des recherches. Ils avaient néanmoins objecté que cela serait difficile « car beaucoup de documents avaient été détruits ». Les mois et les années avaient passé, sans réponse.

Au début des années 70, quand les deux femmes s'étaient rappelées au bon souvenir des banques, ces dernières les avaient informées que « le dossier était clos, les recherches terminées ». Mme Deligdisch était morte peu après.

Greta Beer et son frère avaient repris espoir en 1995, en apprenant que les banques suisses lançaient une nouvelle enquête. Une fois encore, leur attente fut vaine. « Cette nouvelle découverte de 38 millions de francs, ce n'est rien du tout ! s'était fâchée Greta. Et qu'on m'explique pourquoi ce montant invoqué aujourd'hui par les banques n'a rien à voir avec celui qu'elles mentionnaient en 1962 ? Ont-elles contacté les héritiers ? Moi, en tout cas, je n'ai rien reçu. »

On lui avait alors conseillé, comme à Walter, d'obtenir un questionnaire auprès du médiateur des banques. Coût : 300 francs suisses... « Cent francs », avait mentionné dans son cahier Walter qui, quelle que soit la somme réclamée, pouvait la dépenser sans s'inquiéter pour la fin du mois. Mais Greta, divorcée, habitait un deux-pièces dans une banlieue populaire de New York. Bien qu'ayant dépassé l'âge de la retraite depuis longtemps, il lui fallait continuer de promener les touristes dans Manhattan.

– Un dessert ? demanda le serveur.

– Un espresso, s'il vous plaît. Nature.

– Un espresso nature, répéta-t-il en crayonnant sur son bloc. Volontiers.

Il apporta le café... avec un petit pot de crème. « Il y a vraiment des choses que les Suisses refusent d'entendre », songea Lisa.

A ce point de l'histoire était intervenu M. Hans Baer. Président de la Banque Julius Baer, il avait été chargé de représenter l'Association suisse des banquiers lors d'auditions organisées au Sénat américain. On pouvait s'interroger sur les causes qui avaient poussé le groupe à choisir d'être défendu par un banquier juif ! Maladresse insigne ou suprême roublardise ?

Toujours était-il que, à Washington, M. Hans Baer avait fait forte impression en déclarant qu'il inviterait Greta Beer en Suisse, et qu'il s'en occuperait personnellement. Elle était devenue le témoin numéro un du litige qui opposait les banques suisses au Congrès juif mondial épaulé par le sénateur new-yorkais Alfonse D'Amato.

Elle avait donc traversé l'Atlantique. Son programme de six jours ? Trois rendez-vous en tout. Dîner avec les époux Baer, rendez-vous avec le médiateur des banques et rencontre avec le président de l'Association suisse des banquiers. Pour le reste, des plages horaires vides à part, ici ou là, une visite au musée ou à l'Opéra, alors que M. Baer avait laissé entendre qu'il la conduirait de banque en banque.

Interrogé, un porte-parole de l'établissement avait rétorqué que Mme Beer avait été invitée « à titre privé » et que, « compte tenu du peu d'informations à disposition », le médiateur était « le mieux à même de l'aider ». En définitive, les vacances forcées n'avaient servi qu'à répondre au questionnaire type, alors que Greta Beer aurait pu l'envoyer par la poste !

« Nous avons rencontré plusieurs fois Mme Beer afin de préparer sa visite, s'était défendu le vice-président de Julius Baer à New York. Nous lui avons demandé de se rappeler des villes helvétiques où se rendait son père, de l'identité de relations, d'amis ou d'avocats suisses qui auraient été susceptibles d'inscrire la fortune familiale sous leur nom ; nous l'avons interrogée sur les dates de naissance des membres de sa famille car elles étaient souvent utilisées pour construire les codes des comptes numérotés. Mais, dans tous les cas, les recherches seront longues et difficiles. »

Greta Beer était profondément choquée d'avoir servi d'alibi. L'inviter en Suisse n'était qu'un geste, témoignant de la bonne foi des établissements helvétiques, destiné à apaiser le Congrès juif mondial et les sénateurs américains. Découragée, elle disait mal comprendre que ces banques dotées de moyens extraordinaires, dirigées par des hommes si puissants, n'aient pas la possibilité de simplement rendre justice. « A quoi m'a-t-il servi d'aller en Suisse, demandait-elle, puisqu'ils disent que ce sera si difficile de retrouver l'argent de mon père ? Comme si j'avais la tête à faire du tourisme ! »

En épluchant la liste, Lisa avait repéré de nombreuses personnes domiciliées à Vienne, ce qui n'avait rien d'étonnant, et quelques-unes, mais oui ! à Shanghai.

Shanghai ! Le nom résonna dans sa tête puis, en esprit, elle le vit inscrit sur la couverture du cahier de Walter, celui qu'elle n'avait pas encore ouvert. Le temps était-il venu ?

Sur le chemin de l'hôtel, elle s'arrêta devant la vitrine d'une papeterie où trônait une pile de beaux cahiers épais. Elle entra, choisit un modèle à couverture violette, et fit provision de cartouches d'encre.

Comme elle sortait du magasin, son téléphone sonna. Stefan ! Aussitôt ce fut un déferlement de mots. Chacun voulait savoir le premier comment allait l'autre... Enfin, la conversation trouva son rythme. Stefan avait, lui aussi, épluché la liste et aussitôt ordonné de faire des recherches à propos de Naumann avec un *a*. Lisa lui en fut reconnaissante.

– Et le vélo ? s'enquit-elle.

Eh bien, avoua-t-il, le front cycliste déchantait. Les

nouveaux engins, beaucoup plus fragiles, nécessitaient des réparations fréquentes. Le dérailleur déraillait. Les parties en plastique se brisaient dans l'exercice « en prise de position, quand l'ennemi est devant et qu'il faut se planquer ». Exercice qui consistait à foncer hors du chemin, chacun pour soi, puis à se défaire rapidement de son vélo : freiner à mort et s'élancer à saute-mouton par-dessus le guidon pour se trouver à couvert en quatre secondes, prêt à tirer avec le fusil qu'on portait toujours en bandoulière.

– Les parties en plastique pètent quand le vélo tombe, se lamenta Stefan.

– C'est fâcheux ! compatit Lisa. Sinon, est-ce que tu as pu assister au passage du Tour de France ?

– Ah, ça, nous ne l'aurions raté pour rien au monde ! s'exclama Stefan.

La veille, cette célèbre épreuve cycliste avait exceptionnellement mené les coureurs en Suisse, à Fribourg !

Une bonne affaire pour le canton ! La caravane du Tour drainait trois mille personnes qui dormaient, mangeaient, buvaient, fréquentaient les commerces et consommaient de l'essence. A raison de cent cinquante francs déboursés environ pour chacune d'elles en deux jours, quatre cent cinquante mille francs tomberaient dans le tiroir-caisse de l'économie fribourgeoise. Et il fallait aussi compter la participation des quarante à cinquante mille visiteurs attendus en ville, ainsi que celle des cent mille spectateurs massés le long du parcours.

Stefan et Lisa glosèrent sans retenue sur l'événement, apportant chacun à son tour une information sur le cahier des charges imposé par la Société du Tour de France, qui avait donné bien du fil à retordre à la police fribourgeoise. Les Français avaient ordonné de raboter des trottoirs, de supprimer des sens giratoires, de boucher des grilles d'égout, de poser des barrières, de protéger les rails de chemin de fer par des bottes de paille emballées dans une matière plastique... Ils avaient indiqué la dimension, la couleur et le délai de livraison des bouquets de fleurs destinés aux vainqueurs ! On avait posé des dizaines de kilomètres d'équipement électrique, amené des centaines de kilos de glaçons... Une année de travail !

– Rien n'est trop beau pour les fêlés de vélo ! conclut Lisa avec une imprudence voulue, que Stefan saisit au vol.

– Je te répéterai cette phrase historique !

Il redevint sérieux.

– Et les photos de Schuler ? Elles sont développées ?

– Non, pas encore.

Lisa cacha qu'elle n'avait pas réussi à ouvrir le boîtier de l'appareil photo, un échec désagréable.

Elle alla donc remettre l'engin récalcitrant à l'employé de Bellevue-Foto. Il se gratta la tête, s'escrima et finit par obtenir un résultat. Puis, l'air narquois, lui désigna la pellicule. Mal engagée au départ, elle ne s'était pas dévidée d'un millimètre.

XVII

Samedi. Lisa s'éveilla le cœur en fête : Stefan rentrait vers midi. Il repartirait à Drognens dans la soirée du lendemain. Un long voyage et si peu de temps à passer ensemble. Une preuve d'amour.

De ses expériences passées, Lisa tirait la certitude que les preuves valaient mille et mille fois plus que les mots.

« Je l'aime si fort », songea-t-elle, le cœur gonflé de tendresse. Au point que, ces derniers jours, elle avait évité de lier conversation avec des hommes. Séduire malgré elle la fatiguait. Dans le miroir, elle reconnaissait le visage radieux de la femme qui se sait aimée. Une lumière attirante pour les mâles. Comme les papillons, des benêts venaient y brûler leurs ailes. Et de cette combustion, s'indignait Lisa, naissait une incroyable vulgarité.

Assise à une terrasse de café, il suffisait qu'elle accepte de bavarder, souriante, pour que certains se croient tout permis. Elle avait compris que, dans la ville où les femmes allaient à petits pas pressés, tête haute, avec des yeux sans regard, le sourire et l'oisiveté affichée la désignaient comme une polissonne. Les posters placardés dans le kiosque de Lili, et certaines émissions de télévision qu'elle avait immédiatement zappées, auraient dû l'avertir que Zurich était coupé en deux. Par la ceinture.

« *Da unte* [1] », comme disait Lili, triomphait le sexe mécanique, considéré comme une hygiène obligatoire.

1. « Là en dessous. »

Dans le *Blick*, une série de quinze articles consacrés au pénis avait aligné des conseils médicaux, psychologiques ou chirurgicaux. Des documentaires télévisés mettaient en scène une certaine Ursula, fille de notable grison devenue princesse du cinéma porno, qui incarnait, d'après un analyste, « le choc frontal entre nos Alpes millénaires, leurs sommets inviolés, et la turpitude urbaine charriée par les films X ». Dans l'un, Ursula parlait technique. On apprenait comment les acteurs mâles ingurgitaient des flopées d'œufs pour obtenir des érections à la demande, on voyait Ursula préparer ses machines et pommades pour muscles et muqueuses.

Star en Suisse alémanique, Ursula avait failli devenir la femme de l'année, élue par le magazine *Facts*. Quant au *Blick*, il l'avait accompagnée dans une sorte de Tour de Suisse où l'actrice avait noté chaque canton en fonction de son infrastructure sexuelle. Une série intitulée « Sex-Atlas Schweiz ».

Ces divers faits avaient amené Lisa, par réaction, à se rendre jeudi soir au bar qui distribuait le modeste feuillet publicitaire qu'elle avait lu au Frauenbad. Ce jour-là, à 23 h 30, le Xenix se rebaptisait Xenia. Lisa avait poussé la porte d'un bar en apparence semblable aux autres, où régnait une ambiance enfumée.

Des rires enroués saluaient les hommes qui poussaient la porte. Un barbu avait mal encaissé de se faire « vider ». La barwoman l'avait gratifié d'un discours d'où il ressortait qu'il réagissait ainsi parce que les mâles étaient habitués à voir tous leurs désirs satisfaits.

Lisa avait lié conversation avec Anita, une « ingénieure électricienne » d'origine romande. Adepte du « féminisme autonome », celle-ci ne concevait pas de s'adresser, que ce fût dans sa vie personnelle ou professionnelle, à d'autre élément que féminin. Un annuaire zurichois – plus de deux mille adresses – l'aidait à trouver la dentiste, la banquière, l'électronicienne ou la menuisière souhaitée. Qu'elle veuille prendre un cours d'informatique ou d'histoire de l'art, effectuer un examen comptable ou acheter une tronçonneuse, elle trouvait toujours une femme spécialisée. Figuraient également dans cet ouvrage une tatoueuse, une écrivaine, une zoologue. Pour les loisirs, il indiquait des restos et des discos, des hôtels, galeries et musées féminins. Flairant le bon filon, les assurances et les banques s'y étaient fait inscrire en donnant le nom de la « cheffe » à contacter.

« La banquière », avait dit Anita. Les comptes dormants, s'interrogea Lisa, auraient-ils continué à engraisser l'U.B.S., la S.B.S., le Crédit Suisse et consorts si des femmes avaient dirigé ces établissements pendant les années 40 ? En 1945, à la révélation des faits nazis, une banquière ne se serait-elle pas préoccupée de savoir ce qu'étaient devenus des clients, menacés de mort, qui n'avaient plus donné signe de vie ? Ou leurs héritiers ?

Une banquière n'aurait-elle pas recherché les traces de ce gentil M. Josef Blum, fabricant juif de vodka tchécoslovaque, qui en toute confiance avait ouvert, à son nom et celui de ses enfants, Heinz et Luise, le compte n° 21300 à l'Union de Banques suisses[1] ?

Une banquière ne se serait-elle pas inquiétée du sort réservé à cet autre Blum, juif allemand prénommé Moïse et mort à Dachau, qui avait quitté sa femme et ses enfants en leur laissant ce mot : « En cas de décès, contactez Julius Baer & Co, Bahnhofstrasse, Zurich » ? La fille de Moïse Blum connaissait bien l'endroit pour y avoir effectué elle-même un dépôt supplémentaire. Une banquière lui aurait-elle glacialement répondu, en 1980, en dépit de l'encaissement de taxes, qu'une telle recherche requérait un « travail administratif considérable » et puis, en 1987, que la banque « était dans l'incapacité de rechercher un compte *oublié* depuis plus de dix ans » ?

1. L'enquête sur ce compte et le récit de sa volatilisation figurent dans *Les Administrateurs du Reich*, de Beat Balzli, Editions Metropolis, 1997.

En août 1942, le premier soin de Gerhart Riegner, représentant du Congrès juif mondial, apprenant l'intention nazie de rendre l'Allemagne *judenfrei* [1] ainsi que l'existence des chambres à gaz, fut d'alerter la Croix-Rouge. Les quatre femmes du Comité, dont l'obstinée Marguerite Frick-Cramer, proposèrent en novembre à leurs cent dix collègues masculins de lancer un appel public international. Mais les patrons, qui estimaient avoir d'autres chats à fouetter, renvoyèrent ces dames à leurs colis, ratant là une occasion unique. Mme Frick-Cramer avait cependant écrit, bouleversée par les expériences médicales tentées sur les détenus : « Et s'il n'y a rien à faire, et bien [2], qu'on envoie à ces malheureux de quoi mettre fin à leurs jours ; ce serait peut-être plus humain que de leur donner des vivres. »

Si des femmes dirigeaient à présent les banques, poursuivit en pensée Lisa, eût-il fallu la pression insistante et répétée d'organismes internationaux pour les obliger à faire le ménage dans leurs coffres et leurs archives ? Le « strict point de vue légal » les aurait-il, comme un certain Studer et ses *peanuts,* poussées à rejeter sans humanité ni sensibilité les requérants du fil ténu qui reliait des orphelins à leurs parents disparus en cendres ?

« J'ai honte, déclarait Georg Krayer, le président de l'Association des banquiers. En lisant la liste des 1 872 noms que nous publions dans le monde entier, je me suis aperçu que ce n'était pas très difficile de retrouver les héritiers... Aucune feuille de vigne ne sera jamais assez large pour cacher les négligences de mes collègues d'après-guerre. »

Grand branle-bas de combat le jour même à l'Association. Son secrétaire général, entré à l'A.S.B. en 1962 – l'année de la loi fédérale contraignant les banques suisses à retrouver titulaires ou héritiers –, qui avait déclaré en 1995 que les plaintes de descendants de

1. Exempte de juifs.
2. *Sic.*

victimes juives « ne correspondaient à aucun fondement juridique », venait de rendre son tablier. Une femme aurait-elle eu l'aplomb, devant la réalité impossible à ignorer, d'exprimer un commentaire si arrogant ?

Toutes les consommatrices du Xenia n'étaient pas lesbiennes, avait appris Lisa. Mais toutes aimaient se retrouver entre elles, à l'abri des plaisanteries en dessous de la ceinture, pour évoquer leurs problèmes spécifiques et leur implication dans la marche de la société, tester leur indépendance. Bref, partager la même chimie, le même langage. Par « chimie », elles entendaient un mélange d'opiniâtreté et de solidarité.

Malgré de si bonnes intentions, Lisa s'était vite ennuyée.

« S'il a existé au monde une femme d'une incroyable générosité, songea-t-elle en s'étirant avant de s'extirper de son lit, c'était bien Feng-si ! » Fascinée, Lisa avait passé une grande partie de la nuit à lire le cahier de Walter.

Fin 1938. Journaliste d'une vingtaine d'années, né dans une famille très aisée, Walter avait pu sortir du camp de Dachau et s'enfuir à Shanghai [1]. Ses poches étaient vides, on lui avait volé l'une de ses deux valises. Des mécènes, dont les Kadoorie de Hong Kong, avaient ouvert des asiles pour accueillir les milliers de réfugiés allemands, autrichiens, polonais, qui accouraient. Certains y végétèrent pendant plusieurs années.

J'ignorais encore, avait écrit Walter dans son cahier, *que, en débarquant à Shanghai, je naissais pour la deuxième fois.*

Prêt à tout pour survivre dignement, il avait d'abord fait la plonge au Wiener Café, puis il en était devenu le pianiste tandis que, respectant le vœu de son père

1. Voir *Shanghaï-la-juive,* Flammarion, 1997 et Ed. J'ai lu, nº 4929.

disparu, il écrivait des articles dans un journal créé pour la communauté juive allemande. Il était à la fois si gentil et si séduisant que Feng-si, la jeune fille de ses pensées, s'était à son tour éprise de lui.

Je ne devais jamais oublier ma première vision de Feng-si, de son visage énigmatique, si lisse, aux yeux grands ouverts. Assise sur la banquette de velours vert amande, elle se tenait toute droite dans l'auréole de lumière diffusée par une applique murale, aux globes en farine de corolle, qui l'éclairait comme une statue de la Vierge sur un pilier d'église.

En fait de madone, Feng-si était une marchande d'amour, mais la pureté de ses sentiments envers Walter ne s'était jamais démentie. Affectivement et matériellement, elle lui avait maintenu la tête hors de l'eau pendant les années de guerre. Il n'avait pas su lui rendre la pareille. Se voyant évincée par la sulfureuse Mayling – que de passions Walter n'avait-il pas déclenchées ! –, Feng-si s'était laissée glisser dans le fleuve alors qu'il quittait Shanghai pour Hong Kong. Ce drame, il ne l'avait appris que récemment, une cinquantaine d'années plus tard, de la bouche de son frère Fengyong.

Une peine immense me submergea. Mes mains et mes lèvres se mirent à trembler. Je restai sans voix. Après avoir laissé passer quelques instants, Fengyong m'apprit qu'un pêcheur avait sauvé Feng-si, qu'elle s'était mariée et vivait à Paris. J'éprouvai alors l'une des joies les plus intenses de ma vie.

Fengyong était le père de Martin, devenu peu après le secrétaire de Walter. Se pouvait-il, s'interrogea Lisa, que la vengeance du Chinois se soit poursuivie à travers son fils ?

Ces années de guerre avaient donné lieu à bien des drames et des péripéties. Les Japonais, alliés des Allemands, avaient occupé Shanghai. Sous la pression nazie, ils avaient créé dans le district de Hongkew un ghetto, identique à ceux de Pologne, où Walter et ses frères réfugiés avaient été sommés d'emménager. La vie, faite de terreur et de privations, y avait été cruelle.

Un épisode, survenu le 17 juillet 1945, avait particulièrement marqué Lisa. Neuf bombes américaines avaient arrosé le ghetto, tuant et blessant des centaines de juifs et de Chinois.

Walter s'était joint à une équipe qui, avec des civières, allait chercher les blessés transportables. Des râles de douleur émergeaient des décombres. A côté d'une femme carbonisée, ils avaient trouvé un jeune Chinois couvert de sang, le ventre ouvert, dont les intestins s'échappaient dans la poussière. Le médecin de l'équipe n'avait pu que lui injecter une dose fatale de morphine, et lui fermer les yeux.

Partout, les sauveteurs travaillaient sans relâche, creusant les gravats, réconfortant et transportant les blessés, tandis que balcons et façades continuaient de s'écrouler. Walter avait « déterré » un coolie. Les larmes aux yeux, celui-ci lui avait demandé : « Quel est ton nom ? – Neumann », avait répondu Walter. Le jeune homme avait répété le nom plusieurs fois, à haute voix, pour l'ancrer dans sa mémoire. Puis, serrant la main de Walter, il avait dit, solennel : « Je m'appelle Yang et je n'ai qu'une parole. Mon premier fils portera ton nom, Neumann. Je n'oublierai jamais ce que je te dois. Jusqu'à la fin de ma vie, tu pourras me demander ce que tu voudras. J'habite sur un sampan amarré dans Soochow Creek. » Avant de quitter Walter, le coolie lui avait appris à moduler un sifflement pour se faire reconnaître depuis la berge.

Walter gagnait alors sa vie comme pianiste d'orchestre.

Ce soir-là, avait-il écrit, *les musiciens rescapés – par bonheur l'orchestre au complet – jouèrent comme des dieux. Maintenant, je vais vivre ! me répétais-je. Ce fut ma troisième naissance.*

Lisa consulta sa montre et bondit. Elle avait passé la matinée au lit. Il lui restait juste le temps de s'habiller, de déjeuner et de prendre le bus pour aller chercher Stefan à la gare. La femme de chambre devait arpenter le couloir en décochant des regards assassins à la pancarte *Don't disturb*[1] qui se balançait à la poignée de la porte.

Comment se vêtir ? Comment allier un cœur en fête avec le temps morose ? Notant au passage que toute sa garde-robe aurait dû être envoyée à la teinturerie, Lisa opta pour un tailleur de lin violet, avec une veste à manches courtes, qui ressortait joliment sur sa peau hâlée.

Quand elle jeta sa clé à la réception, une lettre l'attendait. Qui pouvait lui écrire ? C'était Stefan !

Pendant ces quelques jours où je « protège la nation », écrivait-il, *et les multiples heures de solitude à vélo, j'ai beaucoup réfléchi à la Suisse. La parution de la liste des comptes dormants a provoqué un déclic. Je sais maintenant quoi penser.*

Nous avons eu le tort de raisonner en francs, en droit et en pourcentage tels de bons trésoriers, de négliger la souffrance qui se cachait derrière chaque compte.

Il se peut que ces avoirs soient modestes, voire négligeables, ainsi que l'affirment certains, mais nous avons méconnu deux faits essentiels. Un : riches ou pauvres, les survivants ont dû repartir de zéro. Deux : un héritage de quelques centaines de francs pouvait avoir une valeur affective pour les plaignants.

Parfois, je me demande aussi quelles pensées traversent aujourd'hui l'esprit du G.I. de 1940-1945, quand il regarde les programmes de CNN, lui qui a débarqué à Omaha Beach en Normandie pour lutter contre le nazisme, tandis que les Helvètes se calfeutraient sous leurs couettes.

En revanche, je n'admets pas d'entendre que les Suis-

1. Ne pas déranger.

ses ont participé à l'Holocauste. Les seuls faits qu'on peut nous reprocher, c'est d'avoir refoulé quarante mille personnes hors de nos frontières – mais à part le Danemark quel Etat, pendant et après le conflit, s'est soucié du sort des juifs ? – et que la Confédération ait largement profité des retombées financières liées à la guerre.

Où va la Suisse ? Dans quel état sera-t-elle quand elle aura fini de touiller dans son passé comme dans une fondue au fromage, et de racler le fond du caquelon ? Humiliée ou grandie ? Il est trop tôt pour le dire. Convaincus que nous étions les meilleurs au monde (« Y en a point comme nous », disent les Romands), nous avons pris des coups en pleine figure. Ça fait très mal, et nous en sommes encore sonnés. Il faut espérer que l'exercice sera salutaire. Et que la Suisse remettra ses pendules à l'heure...

Stefan avait dû souffrir de se tirer ces aveux. Quelques mots pour Lisa, exprimant l'attente et le désir de la retrouver, terminaient la lettre. Le sang battait à ses tempes quand elle replia le feuillet.

Planant de bonheur, elle atteignit la gare avec une demi-heure d'avance et s'assit sur un banc. Passa une femme vêtue de jaune canari. Lisa se souvint alors qu'elle avait omis d'appeler Malka, retournée à Ouchy, ainsi qu'elle se l'était promis après la parution de la liste.

Deux Goldstein y figuraient. L'un était de Varsovie. Le père de Malka ? Elle prit son téléphone et composa le numéro.

– Mais non, ma chérie. Ma père, il s'appélait Frankfurter, et cette nom, elle est pas sur la liste.

– Alors qu'on y trouve ceux de bourreaux ! commenta Lisa d'un ton acide.

Un an auparavant, l'Association suisse des banquiers s'était gaussée : « Il n'y a pas un seul papier qui montre que de l'argent nazi était déposé dans les banques suisses. » Et cependant le centre Simon-Wiesenthal avait repéré des dignitaires nazis sur la liste. Parmi eux, un vice-président du Reichstag, un collaborateur d'Hitler ainsi que son photographe attitré, et la femme d'Ernst Kaltenbrunner, l'un des cerveaux du processus d'extermination. On y trouvait également un Premier ministre slovaque responsable de la déportation de plus de cent mille juifs, et le beau-frère de feu le dictateur Franco.

Par ailleurs, la radio israélienne avait identifié un marchand d'art qui avait écoulé des tableaux pillés par les nazis tandis que les communautés de Prague et Budapest s'indignaient de n'avoir trouvé aucun de leurs ressortissants. Des Allemands non juifs protestaient. L'un : « J'étais soldat pendant la guerre et j'avais d'autres chats à fouetter qu'ouvrir un compte en Suisse. » L'autre, un éditeur de renom : « Notre livre de grammaire est l'un des plus utilisés. Tout le monde peut lire mon nom sur la couverture. »

– Pff ! fit Malka.

Un son qui, plus que tout discours rhétorique, donnait la mesure de son écœurement.

– Vous serez sur la deuxième liste d'octobre, affirma Lisa pour la réconforter.

– Si la Suisse n'était pas ine aussi belle pays, jé sérai déjà partie ailleurs... La vue que j'ai dé ma fenêtre, c'est inique. Ça mé donne la bonheur dé vivre. Il faut voir ça, Lisa. Pourquoi vous né venez pas quelques jours ici, pendant qué votre Stefan, il fait la vélo ?

– Merci, Malka, j'y penserai. Il faut que je vous quitte, maintenant.

Elle se précipita sur le quai et tomba en arrêt devant la dame en violet, qui la fixait de ses yeux mauves. Puis, de loin, elle vit arriver Stefan et courut se jeter dans ses bras. Il avait le visage amaigri, mais ses yeux brillaient, plus intenses et plus fougueux que jamais.

XVIII

« Le temps d'un tourbillon, et c'était déjà passé », songea Lisa, nostalgique, en regardant par la vitre du train qui la menait à Dielsdorf.

La veille au soir, Stefan avait pris l'express du retour. La dame en violet ne se trouvait plus sur le quai pour partager la peine des éplorés. Le cœur gros, Lisa s'était engouffrée dans un bar proche de la gare, le Rex, un lieu à la mode où l'ambiance avait produit l'effet attendu : elle s'était étourdie de bruit et de fumée. Hommes d'affaires, étudiants attardés, jeunes intrigantes et femmes décidées s'alignaient le long du comptoir de teck noir ou s'enfonçaient dans les fauteuils de style colonial. Des havanes, extraits d'humidors loués au mois, se réduisaient lentement en cendres.

Stefan aurait été malheureux de la savoir échouée là. Il aurait préféré qu'elle se rende au Café littéraire qui, dans la diagonale du carrefour, se vantait d'être *alkoholfrei* [1].

« Laisse-moi demander à mon père de te prêter la chambre d'ami, avait-il supplié. Tu seras moins seule. Je suis inquiet à l'idée que tu traînes dans la ville. » Elle avait refusé de toute son énergie. « D'ailleurs, avait-elle ajouté, Ernst n'en serait pas très heureux. C'est la chambre de sa Lap. » Stefan avait sursauté :

1. Sans alcool.

« D'où connais-tu le mot de Lap, et d'où sais-tu que mon père en a une ? »

Ce n'était pas compliqué. Sa science lui venait de Serge, le correspondant du *Nouveau Quotidien*. Stefan lui avait lancé un regard sombre. Jalousie ? Bref, une Lap, c'était une « *Lebens-Abschnitt-Partnerin* », une partenaire intérimaire. Dans le milieu de la jet-set zurichoise, il n'était pas rare d'entendre, en prévision d'une sortie entre amis : « Prends ta Lap, j'aurai la mienne. »

Un parfum – *Opium* ? – flottait dans la chambre que Lisa avait visitée, et un châle de fin lainage attendait sur un pouf, bien plié. C'était assez pour deviner une présence temporaire. Stefan n'avait pas insisté.

Lisa demeura deux bonnes heures au Rex, fort occupée à un travail artisanal : rouler ses cigarettes. La première ne ressemblait à rien, la deuxième était acceptable. S'astreindre à les fabriquer soi-même réduisait nettement la consommation de tabac. Lisa se souvenait d'avoir gloussé en vidant un second cocktail à la vodka et avoir combattu l'ivresse naissante en avalant des boulettes de poulet très épicées et des minipommes de terre creuses, emplies d'un petit coulis de tomates, qui circulaient sur des plateaux.

La veille à la même heure, avait-elle songé, Stefan et elle dînaient à une table en terrasse du Kaufleuten, le temple où les branchés chics de Zurich s'inquiétaient d'être vus. Elle s'était émerveillée du goût de la soupe au potiron, du carré d'agneau N.Z., pour Nouvelle-Zélande – mention d'origine obligatoire –, cuit dans une croûte de moutarde aux herbes et accompagné d'un cabernet sauvignon.

Stefan avait tenu à sortir pour la distraire, et l'avait emmenée dans un bon restaurant pour qu'elle se nourrisse convenablement, devinant qu'elle avait négligé cette contingence pendant son absence. Puis ils s'étaient rendus dans la « boîte » balayée de lasers, si bruyante qu'il avait été impossible d'échanger un mot, et tellement bondée que les couples de danseurs en oripeaux de marque y piétinaient sur place. Ils l'avaient quittée aussitôt après avoir déchiffré sur un grand tableau noir le nom du groupe à l'honneur : Orgasm Sex On the Breeze.

Les vingt-quatre heures vécues ensemble avaient été riches de leur don mutuel, d'elle qui restait à Zurich pour lui, de lui qui y revenait pour elle.

« Finie, la rêverie, se dit-elle en regardant par la vitre du train. Il ne s'agit pas de manquer l'arrêt de Dielsdorf. » Malgré sa frayeur, elle repartait à l'attaque. Cette fois, Stefan avait lui-même chargé l'appareil photo.

Elle s'était résolue à rester une semaine supplémentaire à Zurich, pour remplir sa mission : rapporter des clichés de l'immonde Schuler. Il y avait aussi le fait que Stefan reviendrait dès le vendredi – plus que mardi, mercredi et jeudi sans lui ! compta-t-elle –, car c'était le 1er août, jour de la fête nationale. « Promis, avait annoncé Lisa à Muriel qui réclamait la présence de sa fille, je prends l'avion lundi prochain. »

Allait-elle rester plantée devant l'arrêt du bus pour examiner la maison de Schuler ? Trop dangereux. Lisa décida de répéter la stratégie que son étourderie lui avait fait découvrir la première fois. Dissimulée sous une capeline de paille, elle se faufila parmi un groupe de touristes qui grimpaient à l'assaut de la vieille cité, et accéléra dès qu'elle s'estima hors de vue. Malgré la chaleur infernale qui lui desséchait la gorge, Lisa claquait des dents, craignant sans cesse de voir Schuler se dresser devant elle tel un diable sorti de sa boîte. Tremblante et trempée, elle s'engagea enfin dans le corridor étroit qui menait au parapet de pierre. A mi-chemin seulement, elle songea que, s'il l'avait vue et suivie, c'en eût été fait d'elle, prise à son propre piège. Par chance, un jeune homme en gilet péruvien s'était arrêté au début de l'impasse dans l'ombre d'une maison et, assis contre le mur comme s'il gardait Lisa, jouait d'une flûte de Pan. *El condor pasa,* reconnut-elle.

Calmée, elle ouvrit son sac d'une main sûre, en tira

l'appareil et, l'œil collé au viseur, fit le point sur l'immeuble ocre. Les volets des fenêtres, ainsi que le rideau de fer de la galerie étaient fermés. Ils le restèrent.

Le musicien était reparti, son répertoire épuisé, quand Lisa, désemparée, décida d'abandonner son poste.

Elle calcula que le seul moyen d'en savoir un peu plus était d'aller à l'auberge. Quinze heures sonnaient. Si Schuler y avait déjeuné, il l'aurait quittée. Du moins fallait-il l'espérer. Lisa entra discrètement : la salle était vide. Soulagée, elle retourna sur ses pas et, cette fois, manœuvra la porte avec brusquerie afin d'annoncer sa présence. La patronne montra le bout de son nez, la reconnut, vint l'accueillir, et Lisa choisit une table qui lui permettait de surveiller l'entrée.

– Que devient votre client raciste ? interrogea-t-elle, mine de rien, en se rafraîchissant avec un gaspacho.

La question déclencha un flot de doléances. Mehmet, le serveur – et peut-être, à voir le rose qui enflamma soudain les joues en papier mâché de la patronne, ne remplissait-il pas cette seule fonction auprès d'elle – souhaitait obtenir la naturalisation suisse. Il compterait bientôt les douze ans de résidence requis pour obtenir le passeport rouge à croix blanche. Pour autant, dit-elle, elle savait qu'il ne serait pas vraiment intégré à la vie communale. Il resterait toujours un étranger.

Certains clients estropiaient volontairement son nom, ne perdaient pas une occasion de lui faire une réflexion, criaient haut et fort dans le restaurant – et M. Schuler n'était pas le dernier – qu'il y avait trop de naturalisations. « Dès qu'on sort du village, prétendait l'un d'eux, il n'y a plus de Suisses. A Zurich, il n'y a que des étrangers dans la rue. »

– M. Schuler est bien propriétaire de la galerie de photos, n'est-ce pas ? reprit Lisa.

– Exactement.

Apparut une petite fille blonde et bronzée, en salopette, qui suçait son pouce et vint se jeter dans la jupe de sa mère.

– Elle, elle aime bien M. Schuler. Il lui apporte toujours des bonbons, et un petit cadeau pour Noël. *Wotsch ässe*[1] ?

– *Nai.*

– J'aurais aimé acheter une photo d'écureuils, reprit Lisa. Ils sont si mignons ! Mais la galerie est fermée. Savez-vous si M. Schuler va ouvrir aujourd'hui ?

– Je ne pense pas. Ça fait trois jours qu'il est parti. Quand il revient de voyage, il ouvre seulement le lendemain. C'est qu'il n'est plus tout jeune et, pour son âge, il fait encore beaucoup de choses.

– Il voyage souvent ?

– Assez... Il aime les fêtes traditionnelles de tir. Chaque année, il se rend une semaine à Thoune, chez un ami, à la date de l'Ausschiesset. Il y a une fête avec des arbalétriers.

– Qui a lieu en ce moment ?

– Non, en septembre.

Lisa se retrouva devant l'arrêt du bus. Les volets de Schuler étaient hermétiquement fermés. Au rez-de-chaussée, à droite de la galerie, un imprimé dépassait de la boîte aux lettres. Prenant son courage à deux mains, elle traversa la rue. Un bref coup d'œil alentour l'assura que personne ne prêtait attention à elle. Le cœur battant, elle saisit l'imprimé, déchiffra l'en-tête orné d'une arbalète : *Tellfreilichtspiele Interlaken.* Comme pour attiser sa peur, des abeilles menaçantes vinrent bourdonner autour d'elle. Elle laissa aussitôt retomber le dépliant, et retraversa la chaussée. La rue était déserte.

Appuyée contre la paroi de l'Abribus, Lisa eut soudain conscience d'offrir une cible parfaite. Elle serra son sac à dos contre sa poitrine. Protection illusoire ! Alors elle contourna l'abri, et se tapit contre le roc. Ses

1. « Tu veux manger ? »

jambes chancelaient encore quand elle trouva enfin refuge à bord du bus. Elle en était la seule passagère, ce qui ne réduisit pas son angoisse. Elle ne parvint à se calmer vraiment qu'après s'être blottie dans le coin d'un wagon du train qui la ramenait à Zurich.

Tellfreilichtspiele Interlaken, le nom lui trottait dans la tête. Ayant récupéré ses esprits, Lisa se souvint d'une annonce lue dans un journal, au début de son séjour. Un cycle de représentations en plein air du drame de Friedrich Schiller débutait à Interlaken. Cela s'appelait, le nom lui revenait à présent, les « Jeux de Tell ». Elle en avait parlé à Stefan quand ils roulaient sur l'autoroute, après qu'elle eut vu un panneau indiquant la direction à suivre pour rejoindre Interlaken. Ses souvenirs se précisèrent. L'office du tourisme de la ville organisait des « arrangements avec nuitées », une expression qui l'avait amusée.

A quelle date se déroulaient donc ces jeux ? A peine arrivée sur le quai, Lisa poussa la porte de l'office du tourisme, et obtint le cahier annuel des « Manifestations en Suisse ». Les représentations d'Interlaken, qui avaient débuté le 19 juin, se termineraient le 6 septembre. Schuler s'était-il rendu là, ou ailleurs ?

La deuxième quinzaine de juillet proposait dans toute la Suisse diverses « journées de cors des Alpes », des marchés folkloriques, des fêtes de la rose ou des bergers, des cortèges et des feux de joie, enfin une fête de lutte à la culotte, mais pas de rencontre autour du tir ou de l'arbalète. La prochaine se tiendrait le 15 août, à Payerne, dans le canton de Vaud. Viendrait ensuite, le 13 septembre, le Knabenschiessen, « concours de tir de la jeunesse zurichoise avec fête populaire et marché ». Puis, le 28 septembre, Ausschiesset und Fulehung à Thoune, « tir avec fête populaire ».

Perplexe, Lisa partit à pied vers le kiosque de Lili. Elle avait cherché en vain la dame en violet et ne pouvait s'empêcher de lier cette absence à un mauvais présage. L'orage menaçait. Il éclata lorsque Lisa toucha au but. Lili couvrait ses piles de journaux de plastiques épais, et poussa Lisa dans le kiosque encombré de tas de magazines et de cartons de confiseries au chocolat.

– Vous savez la nouvelle ? Non, alors il faut que je vous trouve votre journal. Il n'en restait plus qu'un. J'ai pensé que j'allais vous le garder encore un peu au cas où... Finalement j'ai bien fait. Sauf que, avec la pluie, je ne sais plus où je l'ai mis.

Lisa était mince, mais la filiforme Lili se mit à gesticuler de telle sorte qu'elle lui meurtrit l'estomac de ses coudes pointus. Triomphante, elle exhiba enfin l'exemplaire recherché. On y lisait que le président Bill Clinton avait signé le document qui autorisait Christoph Meili à s'établir aux Etats-Unis.

Pendant ce temps, le juge suisse chargé de l'enquête s'arrachait les cheveux, incapable de décider s'il allait classer l'affaire sans suite ou inculper l'ancien gardien de nuit pour violation du secret bancaire. L'absurdité de la situation avait été soulignée d'avance par D'Amato, le bouillonnant sénateur américain : « C'est lui qu'ils vont accuser et non pas la banque », avait-il rugi en faisant observer que Meili allait être convoqué par la justice. Ce dernier annonçait qu'il refusait de comparaître.

Comment réagiraient les Etats-Unis à l'annonce d'une demande d'extradition ? s'inquiétait le juge. Là-bas, Meili passait pour un martyr politique. Restait donc à classer l'affaire. « Mais pour cela, il me faudrait des motifs solides », se lamentait le magistrat. Il avait en effet compulsé un siècle d'arrêts du Tribunal fédéral sans trouver de jurisprudence applicable. Et, malgré l'absence de plaignant, la loi l'obligeait à continuer d'enquêter, car la violation du secret bancaire constituait un délit poursuivi d'office...

Là-dessus, on se demandait si les banques n'avaient pas elles-mêmes violé ledit secret la semaine précédente, en publiant la liste des possesseurs de comptes dormants...

A la lecture du mot « violé » avait réapparu la vision de la dame en violet. Lisa interrogea Lili.

– Je ne vois pas de qui vous parlez, répondit celle-ci, si visiblement incrédule que Lisa se demanda si elle n'avait pas rêvé.

Une dame qui restait toute la journée sur le quai de la gare sans rien faire ?

– Sûrement une folle, décida Lili en essuyant les plastiques trempés par la pluie. *Grüezi, herr Müller*... Même si on ne travaille pas, on a assez à faire chez soi pour *putzen* [1] la maison si on veut que tout soit propre en ordre... *Wie gaat s Irem frau* [2] *?* Il faut cirer le plancher, passer l'aspirateur, laver les vitres, tout nettoyer, trier les ordures pour la collecte des déchets... *drei füfesächzg und ais füfzää macht vier achzig bitte* [3]... Et si on a un petit jardin, il faut balayer les feuilles mortes, enlever les mauvaises herbes. *Was möchted Si gärn* [4]... Et si on n'a pas de jardin, on peut avoir un *schrebergarten* [5]. *Händ Si münz* [6] ?... Ça passe le temps. C'est pas bon pour vous de rester comme ça sans rien faire, Lisa. Si on n'a pas de but, on est fini.

Lisa n'aurait su dire ce qui la poussa à retourner sur ses pas, vers les butoirs des quais 9 et 10. La dame en violet n'y était pas. Lisa l'avait-elle inventée ? Perplexe, elle se figea sur place.

Passa un employé, qui alla s'installer derrière un guichet. Elle le suivit.

– Pardon, monsieur... (Comment formuler sa question ?) La dame en violet, qui est là d'habitude...

– Oui, eh bien, elle n'est venue ni hier ni aujourd'hui. Sûrement quelque chose qui cloche. On ne sait

1. Nettoyer.
2. « Comment va votre femme ? »
3. « Trois soixante-cinq et un quinze font quatre quatre-vingts, s'il vous plaît. »
4. « Que désirez-vous ? »
5. Cabane en bois sur un lopin de terre, généralement à la périphérie de la ville.
6. « Avez-vous de la monnaie ? »

pas où elle habite... On s'inquiète, vous savez. Ça fait tant d'années !

Au début, apprit Lisa, la dame en violet s'appuyait sur une paire de béquilles, puis le service d'assistance de la gare s'était occupé, quotidiennement, de lui prêter un fauteuil roulant. Folle, la dame en violet ? Que non ! C'était au contraire quelqu'un de très sensé, qui assurait une mission. Pour seule obligation, la direction de la gare lui imposait de ne pas gêner le passage. Chacun savait qu'elle bénissait les voyageurs et les accompagnait en pensée. Elle ne leur parlait jamais. Ses habitués la cherchaient du regard.

– Elle représente un instant de paix, dit encore l'employé.

Une paix dont Lisa, en plein désarroi, était aujourd'hui privée. Combien de temps cela durerait-il ? Jusqu'à vendredi, estima-t-elle, le cœur lourd.

XIX

– C'est facile de jeter la pierre à cinquante ans de distance ! persifla l'homme aux lunettes cerclées d'acier, à l'instant où Lisa comparait son visage à un galet poli par un torrent.

Harassée, elle s'était affalée vers vingt et une heures dans le train qui, ce mercredi, revenait de Berne, et l'homme en complet gris pâle, venu s'asseoir ensuite sur le siège d'en face, avait lâché sa serviette de cuir, puis ses journaux, sur les jambes de Lisa.

Un peu plus tard, fatiguée de lire, elle avait engagé la conversation en s'apercevant qu'ils parcouraient tous les deux, mais dans un magazine différent, un article consacré à la sortie de *Nazi Gold*. Le documentaire britannique, en partie financé par une chaîne de télévision helvétique, piquait les patriotes au vif.

– Un véritable dégueuloir, ajouta le monsieur sans qu'oscille un trait de son visage.

Lisa n'avait pas vu le film mais tout lu sur le sujet.

– Expliquez-moi ! répondit-elle. La neutralité n'a-t-elle pas bon dos ? Ne sert-elle pas, aujourd'hui, à excuser la mauvaise conduite, pendant la guerre, des Messieurs de Berne, de certains banquiers et industriels ?

En elle-même, elle visualisa la ville oursonne, presque rustique, calfeutrée, qu'elle avait visitée dans la journée. Sur fond de collines adossées aux Alpes, la Bundeshaus[1], que Lisa s'était plue à dénommer la tanière des Messieurs de Berne, dominait l'Aar. Ce

1. Palais fédéral.

vaste bâtiment massif inspiré par le style Renaissance, avec ses cinq coupoles quadrangulaires, symbolisait bien la robustesse helvétique, tranchant sur la joliesse et la petitesse des maisons qui, en face, entouraient la Bärenplatz[1]. Lisa avait alors compris l'hilarité de l'hôtelière quand elle lui avait demandé quel serait le moyen le plus rapide pour joindre la capitale : le train ou l'avion ? « L'aéroport de Berne, avait pouffé la joviale Mme Martha, c'est plutôt comme un aéro-club dans la campagne, en pleine verdure, avec des mignons chalets autour. Vous savez, les chemins de fer marchent si bien en Suisse que personne n'a besoin de prendre l'avion ! » De plus, les distances étaient si courtes !

– Il est vrai que les Messieurs de Berne, comme vous dites, répondit le voyageur, ont accepté les conditions posées par l'Allemagne. Mais ils ont des excuses. La Suisse était entourée de belligérants, et sa survie dépendait d'eux, tant pour ses importations que pour ses exportations. Je vous parle avec d'autant plus d'assurance que j'étais presque majeur à l'époque. Pas un convoi ne quittait la Suisse sans subir un contrôle « ennemi ». Si l'on voulait donner du travail et du pain au peuple suisse, il fallait trouver des accommodements avec les occupants de l'Europe. C'est exactement ce qu'a fait notre gouvernement. Car il n'y avait que deux solutions. Ou bien accepter une collaboration forcée, et ce fut la solution choisie ; ou bien laisser le pays glisser dans la guerre et le voir envahi par les nazis et les fascistes... Alors, donner l'impression, comme le fait *Nazi Gold*, que la Suisse a été nazie, c'est écœurant. Coincer une image touristique de la Suisse idyllique entre celle où Goebbels[2] menace les juifs et celle qui montre une synagogue détruite par les nazis, c'est de la falsification historique, voilà ce que c'est !

– Ça, oui ! acquiesça Lisa.

1. Place des Ours.
2. Ministre de l'Information et de la Propagande du IIIe Reich.

Plus rien ne semblait pouvoir arrêter l'homme au visage de pierre polie. Il dissertait. Il reprenait les points soulevés par Lisa et les disséquait un à un, remontant d'un doigt blanc les lunettes cerclées d'acier qui glissaient sur son nez lisse.

Combien il était facile de déclarer, après coup, quand on n'avait pas vécu l'époque, que la barque de la Suisse n'était pas pleine[1], et qu'elle aurait pu embarquer encore bien du monde ! Le gouvernement, responsable de la survie de sa population, devait lui procurer du travail et du pain. Au pays du fromage, de la crème et du chocolat, on dînait en 1942 de cinquante grammes de gruyère et de deux pommes de terre en robe des champs, le tout arrosé d'une espèce de café gris.

– Si vous aviez vécu dans ces conditions, interrogea-t-il, n'auriez-vous pas été capable de penser, vous aussi, que la barque était pleine ?

– Peut-être bien, reconnut Lisa, désemparée.

Et il ignorait, reprit-il, comme presque tous ignoraient, il en était sûr, la fin atroce qui attendait ces pauvres juifs démunis, déracinés, mourants, désespérés, qui se présentaient aux frontières. On les savait destinés à des camps de concentration mais qui pouvait imaginer, à l'époque, ce que recouvrait cette appellation ? (Il s'interrompit afin de trompetter dans un mouchoir de lin blanc.) On affirmait aujourd'hui que, dès 1941, des rapports plus ou moins secrets avaient circulé dans les hautes sphères politiques, militaires ou policières, mais à l'époque, il s'agissait de révélations proprement incroyables !

– Auriez-vous pu croire, vous, alors qu'un fait pareil ne s'était jamais produit, que des gens comme vous et

1. « La barque est pleine » : cette expression dérive d'un discours du conseiller fédéral Edouard von Steiger, le 30 août 1942. Il comparait la Suisse à un petit bateau de sauvetage « pourvu d'une quantité limitée de vivres sur une mer déchaînée ». C'est aussi le titre du livre percutant de Alfred A. Häsler.

moi enfournaient des hommes dans des fours crématoires sous prétexte que leur origine les rendait indignes de vivre ? Auriez-vous pu le croire ?

– Peut-être pas, admit Lisa.

Et ce n'était pas l'odieux documentaire de la BBC, *Nazi Gold*, qui allait faire changer d'avis l'homme en gris pâle. N'était-il pas scandaleux de juxtaposer les images d'insupportables horreurs concentrationnaires avec les vues traditionnelles de la Suisse : villages paisibles, glaciers sublimes ?

– A croire que c'est nous qui avons inventé les camps d'extermination ! fulmina-t-il.

Maintenant, poursuivait-il, se mêlaient à tout cela des histoires de gros sous ! Et même de très gros sous !

Non seulement les Helvètes avaient de leur plein gré renforcé le système industriel allemand, mais leurs banquiers s'étaient faits les receleurs de l'or volé par les nazis dans les banques des pays occupés et, plus horrible encore, de l'or récupéré parmi les biens et jusque dans la bouche des malheureuses victimes de la Shoah !

– Ça, c'est impossible à nier ! réagit Lisa. Il est confirmé que l'or des vrenelis [1] contenait un taux de mercure dix fois plus élevé que la norme parce qu'il provenait d'amalgames dentaires !

Penser que les dents d'une mère ou d'un père... Lisa frémit. Afin de n'avoir pas à répondre de l'origine de l'or, la Banque nationale suisse avait frappé la date 1935 sur les vrenelis produits en 1947. L'établissement helvétique contestait ces accusations avec énergie. Mais quel crédit pouvait-on accorder à des gens qui, tant de fois déjà, avaient menti ?

A son tour, l'homme au visage de pierre polie accepta l'argument de Lisa. Mais il lui paraissait tout à fait injuste et inconsidéré d'accuser la population suisse. La plupart des Suisses n'avaient jamais vu un lingot d'or, ni une chambre forte, et ne disposaient pas

1. Certaines pièces d'or suisses.

d'un compte numéroté à un guichet de la Bahnhofstrasse. Dans le meilleur des cas, ils possédaient un modeste carnet d'épargne, inscrit au nom de leur bambin, et qui rapportait un et demi pour cent. Jamais la population suisse n'avait participé à des transferts de grosses fortunes, à la chasse au magot des réfugiés ou au blanchiment d'argent d'origine douteuse.

Lisa s'apprêtait à en convenir mais l'homme aux lunettes cerclées d'acier ne lui en laissa pas le temps, et poursuivit sur sa lancée :

– Alors c'est tout de même singulier de vouloir nous faire payer aujourd'hui pour des banquiers véreux d'autrefois. Je ne suis pas raciste, je n'ai jamais été antisémite. Mais à voir ces messieurs aux joues rondes, aux gilets impeccables et aux lunettes d'or se relayer à l'écran pour nous salir avec une froide méchanceté et une parfaite mauvaise foi, je me suis dit, cinquante ans après, qu'il y a peut-être quelque chose à gagner dans l'opération... Vous ne croyez pas ?

Cette fois, Lisa s'abstint de répondre. Le train entrait en gare. Elle fut heureuse de saluer l'homme en gris pâle, qui lui répondit en inclinant son visage de pierre lisse.

Tout juste arrivée dans sa chambre, Lisa s'empressa de déballer sa collection de petits ours en bois sculpté, achetée à Berne. Elle en rêvait depuis quelques heures et les trognes adorables des oursons furent à la hauteur de son impatience.

Ils la consolèrent de n'avoir pas revu la dame en violet. Derrière le guichet de verre, sur le quai, l'employée de service interrogée lui avait appris que l'ange de la gare avait fait une réapparition dans la journée.

– Elle a été malade, mais ça va mieux. Elle est restée aujourd'hui pendant trois ou quatre heures seulement, puis elle est repartie. C'est un soulagement !

Ces petits ours, Lisa les avait arrachés à la concupiscence d'un indigène bernois en allongeant aussitôt la somme demandée par l'antiquaire. Elle avait été triste de n'avoir pu acquérir, en raison de sa taille, le grand ours accolé à un porte-parapluie qu'il embrassait de ses pattes musclées.

Dire que Lisa aurait pu quitter la Suisse sans avoir mis les pieds dans cette capitale singulière. Décidée à s'offrir un voyage pour rompre la morosité où la plongeait l'absence de Stefan, elle avait beaucoup hésité entre Berne et Interlaken, ville où elle aurait poursuivi l'espoir nauséeux de retrouver Schuler. Une tentative si aléatoire qu'elle avait renoncé. Et elle ne le regrettait pas.

Berne était une très jolie petite ville, peuplée de gens charmants. Pas rancunier, son rival en ours s'était associé à l'antiquaire pour lui apprendre l'histoire d'amour sans tache qui liait Berne aux plantigrades.

La légende racontait que le duc Berthold de Zähringen, fondateur de la ville en 1191, avait déclaré qu'il lui donnerait le nom du premier animal que l'on y abattrait. Comme ce fut un ours, on la baptisa Berne[1]. Les historiens modernes déclaraient que cette anecdote avait été forgée de toutes pièces pour expliquer l'étymologie du nom, ainsi que l'amour irraisonné des Bernois pour les ours. En réalité, l'origine de la ville serait beaucoup plus ancienne, et le culte du noble plantigrade, la survivance d'un totémisme de l'époque celtique.

Toujours est-il que l'ours était resté l'emblème de la ville et du canton. Son effigie figurait partout : les sculpteurs l'avaient accroupi sur les fontaines ; il défilait à chaque heure devant la grande horloge ; il dansait même, sur d'anciennes cartes postales, au bras de jolies Bernoises...

Il paradait aussi sur les tableaux accrochés aux murs du restaurant Bärenstube de l'hôtel Bären, où Lisa avait déjeuné en se tordant le cou pour contempler l'ours dans tous ses états. Habillé à la mode des élégants du siècle dernier, il faisait tourbillonner sa

1. Du mot allemand *Baer,* « ours ».

robuste épouse sur les airs de flonflons du bal ; il jouait avec son chat, pêchait, canotait, pique-niquait en famille, s'essayait à l'équitation.

Plus tard, Lisa avait suivi la boucle de l'Aar aux eaux vertes, que franchissaient d'immenses arches métalliques reposant sur des piliers puissants. Elle avait atteint l'ouvrage en pierre massive de la Nydeck, qui enjambait un autre très vieux pont du XVe siècle : l'Unterthor, traversant l'Aar presque à fleur d'eau. De là, elle avait vu se découper sur le ciel, dentelée de toits et de clochers, la silhouette du cœur de Berne.

Près du pont de la Nydeck se trouvait le but de son excursion : la fosse aux ours. Lisa se laissa rançonner avec joie de quelques francs pour l'achat d'une botte de carottes. Gras et joyeux, les plantigrades se dépensaient en pitreries et prouesses d'équilibre. Les oursons cabriolaient sur des troncs d'arbres, s'arrachaient les légumes ou se disputaient les caresses de maman ourse. A voir la mine débonnaire et le pelage fourni de ces mammifères, on oubliait facilement leur instinct carnivore. Au siècle dernier, leurs ancêtres avaient cependant dévoré un officier norvégien qui, complètement soûl, était tombé de nuit dans la fosse.

Lisa était repartie à regret vers le cœur de la cité, entre les rangées irrégulières de maisons à arcades que coiffaient des toits plats en saillie. La rue centrale, légèrement incurvée et coupée par les tours des anciennes portes, s'ornait de fontaines anciennes, aux vasques emplies de fleurs et surmontées de personnages polychromes. Des maisons de style rococo bernois bordaient cette rue au charme irrésistible.

Enchantée, Lisa s'était bien arrêtée au pied d'une dizaine de fontaines. Avec une préférence pour celle de l'ogre, coiffé d'un chapeau pointu, qui croquait un enfant, à moitié disparu dans sa bouche énorme, tandis qu'il tenait d'autres marmots en réserve dans son autre main. Elle avait ensuite acquis, pour Nina, une carte postale qui représentait ces personnages, imaginant avec tendresse comment la fillette insisterait ensuite auprès de son papa pour qu'il lui raconte l'histoire du très grand ogre qui dévorait les tout petits enfants.

Dans la foulée, elle lui avait acheté un ourson et une oursonne en costume folklorique. Lui était vêtu d'une veste de laine brune à pans courts et à gros boutons de cuivre, un calot couvrant sa bonne tête ronde ; elle disparaissait dans ses vêtements : guimpe et corsage blanc en forme de corset lacé, aux manches bouffantes au-dessus du coude, dont la pointe descendait sur le tablier de soie noire protégeant la large jupe rouge.

Lisa s'était aussi attardée avec une joie d'enfant devant la tour de l'Horloge. Tandis que dans la lanterne un jaquemart cuirassé sonnait l'heure, un coq en bas chantait, de petits ours exécutaient une ronde et Saturne, sur son trône, renversait le sablier.

« *Isch das rächt*[1] ? » s'était, à la mode suisse, inquiétée trois fois la patronne du restaurant.

Comment pouvaient-ils en effet comprendre ce qui leur arrivait, ces gens si attendrissants, comment pouvaient-ils ne pas ressentir un immense sentiment d'injustice en voyant soudain les plus grands Etats de la planète les accabler d'injures et d'invectives ? Le ciel leur tombait sur la tête !

Tantôt du côté des détracteurs, tantôt du côté des défenseurs, Lisa ne savait plus que penser.

« J'en parlerai vendredi avec Stefan, se promit-elle. A nous deux, nous essaierons de raisonner juste. » Il était près de minuit. Trente-six heures la séparaient encore de leurs retrouvailles. Un temps interminable.

C'est alors que son téléphone sonna. Elle eut l'heureuse surprise d'entendre la voix de Stefan. Son cœur battit de joie et, dans sa précipitation, elle renversa les oursons. Mais elle aurait dû comprendre que, venant d'un homme aussi méthodique, un appel à cette heure inhabituelle ne pouvait rien présager de bon.

1. Littéralement : « Est-ce que tout va bien ? » (« Etes-vous satisfaite ? »)

– Je suis privé de permission, annonça-t-il piteusement.

Elle resta sans voix. D'un ton mal assuré, il expliqua qu'il avait été désigné pour assurer la garde pendant le week-end.

– Mais pourquoi toi ? s'indigna-t-elle.

– J'ai fait une connerie, et c'est ma punition.

Il avait omis de contrôler les fusils après l'exercice de tir en stand.

– Et alors, s'énerva-t-elle, c'est pas un crime !

– Presque, avoua-t-il.

A la fin de l'exercice de tir, qui durait de huit heures du matin à midi, il avait eu une absence.

– Je pensais à toi, dit-il, penaud, à ma joie de te retrouver.

– C'est réussi ! ironisa-t-elle.

L'un des soldats, abruti comme ils le devenaient tous dès le troisième jour, avait omis l'exercice sur la dernière cible et avait donc gardé la vingt-quatrième balle dans son fusil. Cela aurait pu provoquer un accident grave, voire mortel. La procédure était pourtant formelle : soldats en ligne, la culasse dégagée pour permettre le contrôle du canon. Mais Stefan pensait si fort à Lisa que cette règle lui était sortie de la tête. Le coup était heureusement parti juste après qu'ils eurent quitté les lieux et, par chance, la balle n'avait fait que trouer l'arrosoir du gardien de stand.

– Une belle connerie ! répéta-t-il.

– Tu peux le dire.

Hébétée, Lisa comprenait lentement ce que cela signifiait. Elle quitterait la Suisse sans avoir revu Stefan.

– Eh bien, adieu, lança-t-elle. J'étais ravie de te revoir.

– Tu ne peux pas me faire ça ! Et puis le cabinet m'a appelé aujourd'hui : tes certificats sont arrivés d'Autriche.

– Je m'en fiche. Fais ce que tu veux.

Il la supplia tant de rester qu'elle accepta d'affronter

les foudres familiales et de l'attendre encore une semaine, jusqu'à son retour définitif. Mais elle était vexée.

– Tu ne t'ennuieras pas trop ? s'inquiéta-t-il.

– Pas du tout ! Je connais des journalistes, des cambistes, je dois rencontrer des musiciens de jazz, des disc-jockeys et j'ai décidé d'aller danser la salsa.

– La quoi ?

– La salsa. Elle fait un malheur en Suisse, tu ne savais pas ?

– Tu parles sérieusement ?

– Mais oui ! Et toi... (elle venait de mettre la main sur le texte qui vantait les joies de la place d'armes de Drognens)... amuse-toi bien aux slaloms automobiles, aux courses de karts, au théâtre Aliénor, au concert du chœur de la Glâne, aux rencontres de malades et handicapés, ou à la fête cantonale des pupilles et des pupillettes !

Ils se réconcilièrent, mais il fallut raccrocher. Et malgré la promesse qu'elle s'était faite de ne pas verser une larme avant d'avoir retrouvé la trace de Walter, Lisa craqua. Elle pleura tout son soûl, pour toutes les fois où elle s'était dominée.

XX

Sale temps pour un 1er août, jour de la fête nationale, constata au matin Lisa qui, déprimée, regardait la pluie tomber en rafales. A ne pas mettre un chien dehors. A rester toute la journée calfeutrée sous la couette. Aux fenêtres de chaque maison pendouillaient des drapeaux gorgés d'eau. Le cortège traditionnel, avec la fanfare municipale, les majorettes, les cliques et les porte-bannières, aurait bien du mérite à défiler dans la Bahnhofstrasse. A moins que le projet ne capote comme les parades de Hong Kong. Un dragon géant, monté sur une flottille de barques enchaînées, avait pu traverser la baie en se riant des ondées, mais il avait fallu annuler la parade qui devait serpenter de Central à Wanchai : vingt millions de dollars tombés à l'eau.

Un été pourri, décidément. Le plus grand regret de Lisa : manquer le groupe de sonneurs de cor des Alpes qui, en costume typique, devait se produire Paradeplatz.

Vers onze heures, quand les cloches de la ville se mirent à carillonner pour marquer le début des festivités, Lisa alluma la radio. Un président d'association au ton solennel attirait l'attention de ses concitoyens sur la nouvelle mise en scène de l'histoire de Guillaume Tell : le bailli Gessler, l'oppresseur, se cachait désormais sous le patronyme d'un sénateur américain. Alfonse D'Amato avait en effet planté sur la place publique la casquette devant laquelle des confédérés intègres devaient s'incliner en reconnaissant les fautes d'un sombre passé.

Agacée, Lisa chercha une autre station, tomba sur un autre discours. Un orateur rappelait, contrit, la plaisanterie qui réjouissait les Anglais pendant la guerre : « Pendant six jours, les Suisses travaillent pour les nazis et, le septième, ils prient pour la victoire des Alliés... Il est bon, poursuivit-il, que les historiens puissent enfin déblayer le terrain, afin de construire un échafaudage solide pour l'avenir... La solidarité, autrefois un devoir de pure politique intérieure, doit maintenant servir à la paix nécessaire entre les peuples. »

Le téléphone vint interrompre le discours. C'était Jonathan, son frère.

– Je suis en bas, dit-il.

– Où ça, en bas ?

– En bas de ton hôtel, à la réception.

– A... A Zurich ? bégaya Lisa, interdite, prenant soudain conscience de la médiocrité des lieux.

– Evidemment, à Zurich. Pas à Tananarive !

– Deux minutes, j'arrive !

Elle enfila une robe, dévala l'escalier. Les mains dans les poches, son frère arpentait le hall minuscule. Etait-ce une bonne surprise ? Elle n'aurait su le dire. Une odeur bizarre, justement ce jour, émergeait du restaurant.

Jonathan prétendait se trouver en Suisse pour les besoins de la Golden Dragon Company, la société de production cinématographique dont Walter avait cédé ses parts à ses deux fils, mais Lisa ne put s'empêcher de penser que le conseil familial, intrigué par son nouveau refus de rentrer à Hong Kong, avait dépêché le cadet. Lors d'une dernière conversation téléphonique avec sa mère, qui avait retrouvé du nerf, elle avait dû se résoudre à évoquer ses liens avec Stefan, et peut-être s'inquiétait-on d'en savoir plus sur l'Européen dont elle subissait l'ascendant.

Lisa emmena Jonathan dans sa chambre.

– C'est vraiment là que tu habites ? questionna-t-il à

peine entré, d'abord interloqué, puis éclatant d'un rire tonitruant. Personne ne me croirait si je le racontais à Hong Kong. Lisa Nelson vit une grande histoire d'amour dans un bouge de Zurich !

Elle haussa les épaules. Changeant de ton, il se fit confirmer qu'elle avait quelques jours de « libres » devant elle.

– Fais ta valise, on dîne ce soir à Zermatt avec Sam Higgins et on y reste jusqu'à mercredi.

– Sam Higgins ? Qui est-ce ?

– Je rêve, ou quoi ? Sam Higgins est la dernière coqueluche de Hollywood, et tu me demandes qui c'est ! Tu ne lis plus les journaux ?

– Je ne fais que ça.

– Alors tu dois sauter des pages ! Il joue en ce moment dans un téléfilm dont certaines séquences sont tournées à Zermatt. Fais ta valise, je pars louer un avion.

Seule dans la chambre, et incapable de résister à l'énergie de Jonathan, elle ouvrit son placard. La pauvreté de sa garde-robe lui sauta aux yeux.

– Le voilà !

Dans le cirque de Zermatt, le pilote d'Air Glaciers désigna le Cervin, ou Matterhorn ; figurant sur les cartes postales les plus célèbres au monde, la pyramide glaciaire au bec d'aigle exerçait une fascination étrange sur les amoureux de la montagne. Sur un fond de petits nuages, le soleil couchant dorait le pic d'ombres cuivrées.

Le pilote fut intarissable sur l'engouement des Japonais, nombreux à venir se faire immortaliser en vêtements de noces, robe blanche sur neige blanche, et à exiger d'être réveillés à l'aube afin de le photographier teinté de rose.

– On le trouve même sur des paquets de cigarettes de la Jamaïque, se vanta le pilote.

Jonathan, que ces détails laissaient froid, demanda quelles célébrités fréquentaient Zermatt.

– Le roi d'Espagne, Paul McCartney, Roger Moore, Quincy Jones, David Bowie, Roman Polanski. Ils aiment la discrétion de la station. Ici, on ne fait pas de pub avec nos stars comme à Gstaad ou à Saint-Moritz. Tom Cruise n'en revenait pas d'avoir pu traverser le village sans être dérangé.

Buffet, concert et lampions fêtaient le 1er août au Zermatterhof.

– Tu n'as rien d'autre à te mettre ? grimaça Jonathan en voyant apparaître Lisa dans la robe noire toute simple achetée à Zurich.

– Non.

Le play-boy était habitué à mieux. Lisa se souvint du « drame » quand, après la disparition de Walter, Jonathan avait annoncé à l'amie du moment, un top model qui avait savamment préparé ses tenues successives, l'impossibilité d'assister aux soirées féeriques.

– Pas de bijoux, non plus ?

– Je n'ai emporté que mon collier, dit-elle en soufflant la fumée d'une « vraie » cigarette, car elle avait jugé opportun de cacher son paquet de tabac et ses feuilles à rouler.

– On dirait une pauvresse, soupira-t-il.

Mais Lisa s'en moquait. Sam Higgins et sa compagne scintillante lui parurent vulgaires. Très imbu de lui-même, le jeune acteur ne parlait que de son rôle, inspiré d'un fait réel.

Il incarnait le personnage d'Alberta qui, considérée par la presse américaine comme la plus belle femme du monde, présentait des défilés de mode sur tous les continents, posait comme modèle pour de la lingerie fine et avait fait la une de *Playboy*... car elle était née Alberto, au Brésil. Depuis qu'Alberto avait changé de sexe dans un hôpital londonien, Alberta publiait des photos et des vidéos permettant aux curieux d'inspecter l'évolution de son anatomie. Sex-symbol, elle posait nue. Son épanouissement était complet depuis qu'elle avait épousé un Zurichois.

– Quels tombeurs, ces Zurichois ! gloussa Jonathan.

Lisa se dit fatiguée, et quitta la table. Avant de regagner la suite qu'elle partageait avec son frère, elle fit quelques pas dans le parc planté de flambeaux. Elle s'imagina si fort à Drognens qu'il lui sembla entendre le chœur d'hommes chanter les glaciers sublimes. Et cela ne lui parut pas, comme autrefois, ridicule.

Jonathan revint après une virée au « Garage » décoré de Harley-Davidson, puis à l'hôtel Post tenu par un ancien fusilier américain de la guerre de Corée et où, d'après le *Sunday Times,* se pratiquait le meilleur après-ski du monde. L'endroit où il fallait se montrer.

– Soyons francs, Jonathan, dit Lisa qui attendait son frère et l'accueillit avec un regard sombre. Sam Higgins n'est qu'un prétexte. Pourquoi es-tu venu en Suisse ?

Il avoua être envoyé par David avec, pour mission, de rencontrer Stefan coûte que coûte. Le frère aîné agaçait prodigieusement Lisa, surtout depuis qu'il avait adopté le conformisme de Gladys, sa pimbêche d'épouse. Il était le favori de Muriel, et Lisa le chouchou de Walter. Jonathan se consolait avec les filles. Influençable, il adoptait tantôt l'avis de David, tantôt celui de Lisa.

Elle parvint à lui faire abandonner l'idée d'une rencontre avec Stefan. Ils parlèrent longtemps, évoquèrent encore la disparition toujours mystérieuse de Walter, puis s'endormirent après avoir retrouvé leur ancienne complicité.

Le mercredi suivant, ils se séparèrent très tendrement avant le départ de Jonathan pour Hong Kong.

– C'était super, ce voyage à Zermatt ! reconnut Lisa. Tu as bien fait de venir t'occuper de ta petite sœur.

Elle et lui n'en rapportaient pas les mêmes souvenirs, mais chacun y avait trouvé son compte. Pendant qu'il skiait sur les glaciers, tapait dans une balle de golf – il avait emporté trente kilos de bagages ! –, se relaxait dans le jacuzzi ou déjeunait de scampis au sésame et de feuilletés de goujonnettes de sole à plus de trois mille mètres, elle s'était intéressée à la vie du village.

Interdit depuis belle lurette aux voitures, il se composait de maisons construites presque exclusivement en bois. Le cordonnier, comme son grand-père et son père, continuait à fabriquer des bottes solides cousues main. Dans le musée alpin s'alignaient les portraits des victimes de la montagne et s'entassaient les premières reliques funèbres : vêtements ensanglantés, souliers et chapeaux, lunettes d'un docteur allemand, bréviaire d'un abbé, petit sac d'une Américaine, enfin une corde tranchée par le premier vainqueur du Cervin, rescapé d'une cordée de six alpinistes. Le seul hôtel du village comptait alors trois chambres.

Stefan lui avait beaucoup manqué au jardin alpin. Elle s'était imaginée découvrant en sa compagnie les petits rhododendrons nommés *Alpenrosen* – qui évoquaient leur première nuit –, les gentianes, les edelweiss pelucheux, les ancolies, ou observant écureuils, bouquetins et marmottes.

Un autre bon souvenir de Zermatt : la rencontre, devant l'église, du plus vieux guide de la station. A quatre-vingt-dix ans, il avait encore emmené une dame au Breithorn à 4 100 mètres. Il lisait sans lunettes, et n'avait été qu'une fois dans sa vie chez le médecin, à soixante-treize ans. Son premier argent de poche, il l'avait gagné en transportant les bagages des touristes. Il avait promené Joséphine Baker et Walt Disney. Il racontait l'histoire d'Alexandre Seiler, l'ancien marchand de savonnettes, fondateur, il y avait cent trente ans, de l'hôtel cinq étoiles qui portait son nom. Et celle du boulanger qui n'hésitait pas à cheminer à dos d'âne jusqu'à Randa pour livrer six petits pains, et dont les descendants possédaient aujourd'hui cinq hôtels ainsi que la Walliser Kane, l'un des bistrots les plus fréquentés de la Bahnhofstrasse à Zurich. Les anciens collègues du guide s'étaient presque tous lancés dans l'hôtellerie ou le commerce. Il ne regrettait pas de n'avoir jamais trahi la montagne, disait-il, le regard tourné vers le Cervin, « là où on est le plus près du Seigneur ».

Les soirées, Lisa et Jonathan les avaient passées ensemble. Donnant, donnant. Elle avait accepté de faire un saut à Saint-Moritz d'un coup d'hélicoptère pour retrouver l'équipe de tournage du téléfilm. Il l'avait accompagnée un autre soir à Interlaken.

– Tu te souviens d'Interlaken ? demanda-t-elle encore à Jonathan avant qu'il ne parte.

– Je n'oublierai jamais.

Ils éclatèrent de rire.

Enchantée d'être assise dans le théâtre de verdure devant un village reconstitué où baguenaudaient chèvres, poules et cavaliers, de voir enfin se dérouler sous ses yeux le célèbre drame de Schiller fondateur du mythe de Tell, Lisa avait vite déchanté. Il ne lui était pas venu à l'esprit que le texte allemand, auquel elle ne comprenait goutte, serait si pénible à écouter. Quant à découvrir Schuler sous le déguisement d'un garde, d'un arbalétrier ou même de Gessler, c'était tellement improbable qu'elle riait aujourd'hui de son ridicule. Comment avait-elle pu émettre une hypothèse aussi sotte ?

« Les acteurs sont sans exception des amateurs, expliquait le texte de présentation : artisans, intellectuels, commerçants, paysans, ménagères et écoliers de tous nos différents collèges qui consacrent tous leurs loisirs au théâtre. Nombreux sont ceux d'entre eux qui participent depuis plusieurs années à nos représentations. Ainsi, à Interlaken et dans ses environs, s'est formée une grande famille d'acteurs, et les membres se vouent entièrement à leur idéal, resserrant des liens moraux solides. »

Elle avait passé les trois quarts de la représentation à se demander comment elle allait se débrouiller pour apprendre à Stefan ce qu'elle savait depuis le début, c'est-à-dire qu'Arnold Schuler et « Wilhelm Tell » ne formaient qu'un seul individu. Quant à Jonathan, il s'était endormi à la troisième minute.

– Sérieusement, Lisa, maman a besoin de toi, dit-il en lui serrant la taille. Quand reviens-tu à Hong Kong ?

– Bientôt.

– C'est fou ce que tu as changé, Lisa. Reviens le plus vite possible.

– Promis !

– Avec Stefan ?

– Je n'en sais rien.

La séparation fut douloureuse.

XXI

Lisa ferma sa veste chinoise de soie brique, assortie au pantalon. « Ça fera encore l'affaire aujourd'hui, songea-t-elle en glissant le dernier bouton dans son lien, et j'irai demain porter le tout à la teinturerie en allant chercher Stefan à la gare. »

Demain, samedi, le cours de répétition se terminerait enfin. Stefan reviendrait, rapportant son barda, son pistolet et une boîte de conserve remplie de vingt-quatre balles. Lisa soupira d'aise. En attendant, elle avait pour mission et agrément de représenter Stefan, invité par l'un de ses clients, aux festivités ferroviaires du jour.

Dans la somptueuse et nouvelle gare enfin terminée se célébraient les cent cinquante ans du premier train suisse, le « Spanisch-Brötli-Bahn », ce qui signifiait, avait appris Lisa, amusée : le train des petits pains espagnols.

C'est le 7 août 1847 que la *Limmat*, une locomotive de bois à vapeur, avait effectué la première course régulière entre Baden et Zurich. A vingt kilomètres de distance, la station thermale aux dix-neuf sources soignait la bonne société zurichoise et la divertissait dans son casino. Ces mêmes Zurichois s'étaient entichés d'une pâtisserie fabriquée par les boulangers de Baden. Quand le nouveau « cheval à vapeur » avait remplacé la carriole, les domestiques s'étaient pressés dans le train du dimanche matin pour rapporter à leurs maîtres les « petits pains espagnols » encore chauds. D'où le surnom affectueux du train, qui avait perduré. Star des festivités, le « Spanisch-Brötli-Bahn » avait quitté le musée des Transports à Lucerne afin de refaire en grande pompe son voyage inaugural.

Dès l'abord de la gare, Lisa comprit qu'elle n'aurait aucune chance d'apercevoir la dame en violet : le hall immense était bondé. De longues files de personnes réjouies s'agglutinaient devant les guichets, soucieuses d'obtenir des billets pour les trajets spéciaux du week-end à bord des trains légendaires, mais aussi pour des spectacles mêlant rayons laser, équilibriste alémanique, gymnastes américains et cyclistes romands, ou pour se rendre dans une gare de triage où l'on offrait aux passionnés du rail l'opportunité de conduire une locomotive.

Elle dut se frayer un chemin dans la foule compacte et ravie pour atteindre le « Spanisch-Brötli-Bahn » qui attendait ses bruyants invités d'honneur. Poussée, ballottée, elle réussit pourtant à se caser sur une minuscule portion de banquette. Par galanterie, deux présidents ventrus – *Herr Präsident,* s'appelaient-ils l'un l'autre – la coincèrent entre eux deux. La machine s'ébranla au son de la fanfare. Il était 10 h 10.

Deux heures plus tard, alors que le voyage s'achevait – une sombre histoire de plaque tournante et de tender à placer en avant de la locomotive avait nécessité une longue attente à Wettingen –, Lisa avait amassé un corpus de vues sur côtes, seins et bedaines qui ne devait figurer dans aucun guide touristique, ainsi qu'un violent mal de crâne. Enfin, elle foula le sol de la plus ancienne gare de Suisse.

Le rêve de la nuit passée, où Arnold Schuler lui était apparu grimaçant sous la casaque d'un soldat de la garde du bailli Gessler, l'obsédait. Elle regrettait de s'être laissé emporter par la fièvre de Jonathan, avide d'accumuler des victoires sur le temps. Et si le temps se vengeait ? Lisa n'aurait-elle pas dû rester à Interlaken pour rencontrer les acteurs de la troupe et les interroger ?

Depuis son passage à Regensberg, les mains moites et la peur au ventre, elle avait chaque jour composé le numéro de la galerie Safari, espérant et craignant à la fois d'entendre le son de la voix haïe. Mais la sonnerie avait toujours retenti dans le vide.

« Une belle occasion ratée », se dit-elle, amère, en songeant encore à Interlaken.

De mauvaise humeur, Arnold Schuler descendit les trois marches du perron et prit l'allée. Doris inspectait ses rosiers. Il feignit de ne pas la voir et ferma derrière lui le portillon de la villa. Des aigreurs tiraillaient son estomac. Il prit la direction du casino de Baden où, dans un complexe très fréquenté par les touristes, il avait dès le début de son séjour repéré une cabine téléphonique isolée. Il y donnait tous ses appels.

Mieux valait se méfier de Doris, la fausse ingénue aux ballerines de petite fille modèle, qui cachait sa rouerie sous une longue queue de cheval. La seule ligne téléphonique de la maison était équipée de deux postes : l'un en bas, dans l'appartement qu'elle avait conservé pour son propre usage, l'autre à l'étage, où Schuler se réfugiait.

Le soir où, affolé de se savoir traqué, il était venu sonner à sa porte, elle lui avait raconté ses malheurs. Quelques années auparavant, elle avait hypothéqué la demeure familiale pour acheter une bijouterie avec un ami. L'affaire était en faillite, l'associé en fuite, et les banques lui refusaient tout crédit. Sans économies, sans profession, elle cherchait obstinément un moyen de conserver sa villa. Ainsi avait-elle eu l'idée de passer cette annonce : « Jolie jeune femme cherche un million de francs pour acheter sa propre maison. »

A la vue de Schuler, qui n'était pas le prince charmant attendu, elle n'avait pu réprimer une grimace de déception. Mais, comme les candidats ne se pressaient pas au portillon, elle avait écouté sa proposition de partager la maison en deux, et demandé vingt-quatre heures de réflexion. Le lendemain, elle acceptait. « A l'essai », avaient-ils conclu d'un commun accord.

Lui pensait se cacher là quelques jours, le temps que Rudolf revienne de mission et l'invite à Thoune. Mais son ami – il fallait toujours que les bonnes femmes se mettent en travers des projets ! – avait promis à son épouse de l'accompagner pour une croisière, dont il ignorait encore la date, dans les îles grecques. Rudolf disait ne pouvoir recevoir Schuler auparavant, tout en ignorant l'urgence de la situation. Et pas moyen de le prévenir puisque des rumeurs d'écoutes téléphoniques contraignaient Schuler à rester prudent. Envoyer du courrier, il n'en était pas question : la Thounoise, c'était sûr, décachetterait sa lettre.

Schuler restait donc l'hôte forcé de Doris, feignant de s'interroger sur l'opportunité de débourser un million pour la maison, à charge pour elle de continuer à entretenir les lieux et de confectionner les repas. Il ficherait le camp au plus tôt, c'est sûr, et elle pourrait s'estimer heureuse s'il lui payait son loyer. Elle ne le pressait pas trop, espérant le mettre dehors – il avait bien compris la manœuvre – après avoir trouvé un chevalier servant fortuné qui lui passerait la bague au doigt. Faute de grives, on mange des merles. Et elle croyait garder un merle au frais.

Remâchant son exaspération, Schuler atteignit « sa » cabine téléphonique, et put joindre Rudolf. Celui-ci avait enfin fixé les dates de sa croisière.

– Nous revenons le 18 septembre à Thoune et serons heureux de te recevoir à partir du 20, mon cher Arnold.

Au bas mot, calcula Schuler, encore six semaines à se terrer comme un rat dans ce trou de Baden ! Il resta cloué sur place, et maudit une fois de plus la cause de ses malheurs, cette pourriture de rouquine de Hong Kong.

Tracassée par son rêve désagréable, Lisa avait esquivé le buffet préparé à l'intention des V.I.P. Elle se promenait dans les vieilles rues piétonnes de Baden, sans voir grand-chose. Une maison, une échoppe ou un antique pont de bois attiraient son attention, puis elle quittait le réel. Parvenue dans les jardins du Casino, elle se promena parmi les arbres centenaires, et s'assit sur un banc. Paupières baissées, elle profita d'un rayon de soleil. C'était si agréable qu'elle décida de renoncer au retour officiel, prévu à 14 h 50. Le trajet ne devait durer qu'une heure, cette fois, mais Lisa préférait de loin prendre un train régulier qui la déposerait à Zurich en une dizaine de minutes.

Combien de temps s'était-il écoulé ? Elle n'en savait rien. Quand elle ouvrit les yeux, elle décida de prendre le chemin de la gare. Elle n'allait toutefois pas repartir sans acheter les fameux *spanisch brötli,* dont Stefan raffolait. « Une pâte feuilletée au beurre », avait-il expliqué avec gourmandise.

Lisa se rendit à la boulangerie installée dans la galerie marchande sous la gare. Dès son entrée dans le magasin, elle sentit le regard d'une jeune vendeuse brune au visage effronté qui, empaquetant des biscuits, s'appesantissait sur elle. Ou, plutôt, examinait son vêtement.

– Est-ce que les *spanisch brötli* se conservent bien ? demanda-t-elle quand son tour fut arrivé.

Il fallut l'aide d'une interprète, une jeune et grosse dame blonde semblable à une poupée russe, qui intervint avec amabilité.

– Ils se gardent très bien, traduisit celle-ci tandis que la brune scrutait les brides cousues sur la veste de Lisa. Surtout si on les met au congélateur.

Au congélateur ! Merveilleux. Stefan lui avait laissé les clés de son appartement.

– Alors j'en prends douze.

– *Zwölf,* annonça la cliente.

Hélas, il n'en restait que onze.

– Alors onze, consentit Lisa.

– La demoiselle demande, dit la dame tandis que la vendeuse empaquetait les *brötli,* où vous avez acheté votre veste chinoise. Elle rêve d'une veste comme ça.

– A Hong Kong.

– Vous êtes allée à Hong Kong ?

Lisa serait sortie d'un écran de cinéma que ses deux interlocutrices n'auraient pas paru plus émerveillées.

– J'y habite, dit-elle en riant, laissant la blonde et la brune bouche bée.

Et que décider pour Franz ? s'interrogea Schuler dans la cabine téléphonique. Son associé photographe devait s'étonner de sa disparition soudaine. Lui en expliquer les raisons ? En inventer d'autres ? Et si oui, lesquelles ? Aux dernières nouvelles, Franz avait lancé ses paparazzi aux trousses d'un certain Dodi Al-Fayed, héritier d'un milliardaire égyptien, dont on présumait qu'il était le nouvel amant de Lady Di. Peut-être les garçons avaient-ils récolté de bons clichés qu'il faudrait se dépêcher de vendre aux tabloïds britanniques. Aller à Zurich pour parler à Franz de vive voix ? C'était la meilleure solution. Schuler dirait qu'il avait eu un accident de santé, qu'il se reposait chez une « amie », et qu'il fallait prendre des décisions importantes concernant leurs intérêts mutuels. Avec un peu de chance, le photographe serait absent de chez lui à cette heure-ci. Schuler tomba en effet sur le répondeur et annonça sa visite pour le dimanche suivant.

Pour se consoler de ses tracas, il décida de s'acheter quelques gourmandises. Il traversa les jardins du Casino et se dirigea vers la boulangerie sous la gare, où il dut faire la queue.

– Deux *spanisch brötli,* demanda-t-il à la petite brune effrontée.

– Y en a plus.

– Mais... comment ça se fait ? Il est encore tôt.

– Y a une dame de Hong Kong qui m'a acheté les derniers.

Il sentit ses traits se figer.

– Comment était-elle, cette dame de Hong Kong ?

– Grande, avec des cheveux roux et une veste à boutons chinois.

Une douleur aiguë lui traversa la poitrine. Il se recroquevilla, quelqu'un lui avança une chaise.

– J'appelle le médecin, dit la boulangère.

– Non, non, s'affola-t-il. Un peu de repos, et ça ira... J'ai l'habitude, mentit-il.

L'ordure juive avait donc retrouvé sa trace, le traquait, et n'allait plus le laisser en paix. Qu'attendait-elle de lui ? Que ferait-elle ? Il se souvint avoir caché une grenade dans le coffre de sa voiture. Il la glisserait dans la poche intérieure de son blouson et, dorénavant, ne sortirait plus qu'armé.

XXII

Elle ouvrit les yeux. Quel jour était-on ? Dimanche, bonheur fou ! Et c'était « oui ». Lisa répondrait « oui » à Stefan. Son cœur et son corps criaient « oui » !

Le film des retrouvailles du samedi défila sous ses paupières. A la mesure de son allégresse, l'orchestre de cuivres des Chemins de fer fédéraux – plus d'une cinquantaine de musiciens – s'époumonait avec entrain lorsque Lisa était allée chercher Stefan à la descente du train. Et puis, sur le quai, le regard mauve et doux de la dame en violet s'était attardé sur le couple qu'ils formaient.

A peine arrivés chez Stefan, ils avaient fait l'amour sauvagement, devant la fenêtre ouverte sur la terrasse et les montagnes, un cri âcre sortant de leurs entrailles. Alors seulement, jambes emmêlées, ils s'étaient longuement embrassés.

Quand Tatiana était venue amener Nina, Lisa n'avait éprouvé aucune animosité. Tatiana, c'était vraiment le passé. Réfugiée dans la chambre, elle avait attendu, apaisée, le départ de la danseuse.

Nina s'était jetée dans ses bras. Lisa lui avait offert la carte postale représentant la fontaine de l'Ogre et les deux oursons de peluche bernois. La petite lui avait plaqué d'énormes baisers sonores sur les joues, et s'était enfuie dans sa chambrette avec son butin. A peine avait-elle fait une brève réapparition pour annoncer qu'elle avait baptisé le garçon Stefan et la fille Lisa.

A Stefan, Lisa avait apporté le cahier violet sur lequel, suivant l'exemple de Walter, elle résumait les principaux faits relatifs aux comptes dormants. Le lieutenant, accaparé par ses exercices ou les discussions concernant la suppression des cours de répétition au profit d'un service militaire en un seul bloc, n'avait guère trouvé le loisir de parcourir la presse. Il s'était aussitôt emparé du cahier et ils l'avaient lu ensemble, lovés l'un contre l'autre :

1er août
Le président Arnold Koller plaide en faveur d'une Fondation de la solidarité pour soulager les misères du monde, afin de donner un nouveau rayonnement à la tradition humanitaire de la Suisse. Il fait également savoir que la Suisse n'a de leçons à recevoir de personne et « aucunement besoin de prophètes, ici ou à l'étranger ».

Les nouvelles attaques du sénateur D'Amato, qui exigeait mercredi qu'Arnold Koller s'excuse publiquement pour la façon dont la Suisse a traité Christoph Meili, commencent à échauffer les oreilles d'une partie de la classe politique. Le président du parti radical a déclaré qu'à son avis les pressions du sénateur D'Amato n'avaient rien à envier aux méthodes des nazis (sic).
Cette montée de l'irritation contre les attaques américaines a incité le « chasseur de nazis » Simon Wiesenthal à demander que la Suisse soit traitée avec plus de fairplay. Il craint un « effet Waldheim ». Le président autrichien, mis en cause pour sa participation aux opérations de la Wehrmacht durant la dernière guerre, avait pu compter sur un très large soutien de ses compatriotes alors même qu'il était mis au ban de la communauté internationale et interdit de séjour aux Etats-Unis.
L'institut Salomon-Ludwig-Steinheim pour l'histoire judéo-allemande, à Duisbourg, a conclu que moins de 30 % des personnes nommées dans la liste des banques étaient membres de la communauté juive. La liste livre

des noms de la noblesse et de la bourgeoisie françaises sous l'occupation allemande, plutôt que de répondre à des questions sur le passé.

2 août

La Neue Zürcher Zeitung *publie un article sans tendresse pour les banquiers. La liste pourrait agir comme un boomerang...*

Stefan avait interrompu sa lecture : « Depuis quand lis-tu l'allemand ? » Elle avait éclaté de rire. « Tu sais bien que je ne le comprends pas. C'est mon copain journaliste qui m'a tout raconté. » Il lui avait jeté un regard sombre. « Alors tu l'as revu ? – Ben, oui. Pourquoi ? » Une question restée sans réponse. Stefan avait replongé dans le cahier.

... Les banquiers sont accusés de n'avoir consulté personne avant de la publier, ni les journalistes, ni le centre Simon-Wiesenthal, ni les instances juives. Ils se seraient épargné des erreurs et du ridicule.

5 août

La Grande-Bretagne annonce qu'elle réunira vingt-cinq pays du 2 au 4 décembre pour une conférence sur l'or pillé par les nazis.

L'Italie a restitué à la communauté juive de Trieste plusieurs besaces contenant des montres, des lunettes et d'autres petits bijoux razziés par les nazis. Retrouvées à la fin de la guerre en Autriche, ces besaces furent envoyées en 1952 à Trieste et leur contenu exposé au mont-de-piété local. Seuls 10 % des biens furent restitués aux survivants ou à leurs héritiers. Pour le reste, les représentants de la communauté juive se virent opposer une fin de non-recevoir et les besaces furent déposées dans les caves du ministère du Trésor.

A la suite du scandale des fonds juifs en Suisse, le gouvernement italien a restitué les sacs et fait adopter une loi qui prévoit qu'à l'avenir tous les biens juifs naguère confisqués par l'Etat seront rendus à leurs pro-

priétaires ou, en dernier recours, à la communauté juive italienne.

Le Vatican aurait traité avec la Reichsbank par l'intermédiaire de la Suisse pendant la Seconde Guerre mondiale. L'Etat pontifical refuse pour l'instant d'ouvrir ses archives aux historiens.

6 août

Trois experts, désignés par la commission Volcker, calculeront les intérêts des fonds dormants. Ils s'ajouteraient aux 61,2 millions trouvés par les banques.

7 août

La Banque des règlements internationaux, à Bâle, ouvre aux historiens et aux chercheurs ses archives sur la période de la Seconde Guerre mondiale.

Le Fonds de l'Holocauste, qui a été retardé dans ses travaux, distribue enfin les 17 millions de francs. Ils représentent 10 % d'une somme offerte par les banques à l'intention des victimes les plus âgées et les plus misérables. La commission compte élargir le cercle des bénéficiaires, mais à qui ? La suite des opérations s'annonce compliquée.

8 août

La Liberté *publie une étude sur une lettre de William Rappard, négociateur de l'accord de Washington en 1946, qui suscite une controverse entre historiens. La Suisse a-t-elle roulé les Alliés ?*

« Tu es un bon petit soldat ! » avait complimenté le lieutenant en jouant avec les cheveux de Lisa. Le désir rosissait son visage, un désir qui répondait au sien. Mais il y avait Nina, toute proche, à laquelle il arrivait de s'éveiller la nuit, de quitter son petit lit et de venir quémander des câlins ou une histoire... Par la fenêtre ils avaient alors vu, à l'image de leur embrasement, un manteau de milliers de petites lumières s'étendre sur les Alpes : depuis douze ans, par ce geste, les écologistes protestaient contre la destruction de l'environnement naturel alpin.

« Quoi de neuf sur le front antinazi ? » avait alors questionné Stefan.

La gorge de Lisa s'était serrée. Impossible de cacher plus longtemps à Stefan les recoupements concernant Arnold Schuler et « Wilhelm Tell ». Il n'avait pas trop mal encaissé. La disparition du bonhomme lui paraissait beaucoup plus affligeante. Le seul moyen de le retrouver, avaient-ils conclu en chœur, serait de sillonner systématiquement toutes les fêtes de tir. En particulier celles de Payerne et de Thoune. « Je ne serai plus en Suisse pour t'accompagner, avait observé Lisa avec tristesse. Il va falloir que je rentre à Hong Kong, tu sais. »

Les yeux fermés, Lisa revit l'expression douloureuse de Stefan. Ses paupières baissées avaient soudain dévoilé la braise chaude de ses yeux et, serrant les poignets de Lisa à les briser, il avait murmuré : « Acceptes-tu de m'épouser ? »

Elle était restée sans voix. Deux flammes vives, l'une rouge et l'autre noire, se disputaient en elle, lancées dans une danse infernale. La rouge acceptait, la noire refusait, et chacune à son tour gagnait sur l'autre. Mais une joie immense l'étreignait.

Walter lui avait appris que vingt-quatre heures de réflexion s'imposaient avant toute décision engageant l'avenir. Elle avait donc promis de donner sa réponse le lendemain soir. Puis, pensant que Nina serait heureuse d'avoir son papa pour elle seule au petit-déjeuner, elle s'était arrachée aux bras de Stefan pour regagner sa chambre d'hôtel.

Comment s'habiller pour un jour de bonheur ? Il faisait très doux et Ernst, qui avait demandé à Gertrud de préparer un déjeuner d'anniversaire auquel il avait convié les Blum, les Stöckli, Stefan et Lisa, devait s'en réjouir. Lisa choisit sa tenue d'amazone, veste cavalière et jodhpurs de soie sauvage vert anis. Dans le décolleté, le collier scintillait sur la peau hâlée.

Enfin prête, elle prit la cravate et la pochette de soie Hermès choisies avec soin pour Ernst, puis descendit attendre Stefan. Malheureusement, ils ne seraient pas seuls. Après avoir ramené Nina chez sa mère, Stefan était passé chercher en voiture Mme Blum, qui avait rendu ce matin visite à une vieille tante zurichoise.

– Excusez-moi de vous faire faire tous ces détours, s'excusa Mme Blum avec agitation, mais mon mari a dû aller ce matin à Brugg, à l'autre bout du lac, et pour venir me chercher, il aurait d'abord dû passer devant chez M. Meier. C'était trop bête. Et puis on serait arrivés en retard.

Mme Blum était une personne effacée. Seules ressortaient ses mains noueuses, endurcies et fatiguées d'avoir nettoyé, frotté, récuré, ciré, lavé, repassé.

– Ne vous en faites pas, répliqua Stefan, courtois... C'est en ordre.

La conclusion typiquement helvétique parut la calmer.

D'un accord tacite, Stefan et Lisa n'évoquèrent aucun élément d'ordre privé, se bornant à échanger, au milieu de banalités et de généralités, des regards doux, chauds et tendres. Elle lisait la question brûlante au fond de ses yeux. Lisait-il la réponse, tout aussi brûlante, dans les siens ?

– Quel âge a ton père ? demanda-t-elle.

– Quatre-vingt-deux ans.

Elle sursauta. Si vieux que ça !

– Je lui en donnais soixante-dix à peine.

Stefan rit, flatté, heureux.

Ils furent détournés par un défilé de trams historiques qui fêtait le cent cinquantenaire du rail suisse.

– J'espère qu'on ne va pas arriver trop en retard, s'agita Mme Blum.

– Cinq ou dix minutes, ce n'est pas grave, observa Stefan.

– Quand même.

Christoph Meili et sa famille firent les frais de la conversation. L'ancien veilleur de nuit exigeait des excuses de l'U.B.S., de l'Association suisse des banquiers, des conseillers fédéraux Flavio Cotti et Arnold Koller, tous responsables d'avoir transformé sa vie en enfer. Par ailleurs, l'U.B.S. ayant annoncé que seuls trois des soixante-cinq documents sauvés concernaient peut-être des propriétaires juifs en Allemagne nazie, l'Argovien accusait la banque zurichoise de ne pas dévoiler toute la vérité.

– Je ne suis pas sûre qu'il soit bien conseillé par son avocat, déclara Mme Blum en plissant ses lèvres minces. Celui-là ne pense qu'à sa propre publicité. Ils sont comme ça, les Américains.

Ils arrivèrent les premiers. De peu. Tout de suite après déboula M. Blum, rouge de s'être dépêché. On embrassa Ernst en lui souhaitant un joyeux anniversaire et on lui offrit ses cadeaux.

– C'est trop gentil, merci vraiment, il ne fallait pas, vous savez.

Il disparut avec les paquets et revint en consultant sa montre.

– Les Stöckli ne sont pas encore là ? s'étonna-t-il. J'espère qu'il n'est rien arrivé... Vous êtes très élégante, Lisa, ajouta-t-il en détaillant sa toilette.

Elle eut l'impression qu'il tressaillait, mais il se ressaisit et, comme on entendait une voiture s'engager sur le gravier, ouvrit grande la porte. Le couple attendu débarqua en se disputant.

– Marguerite ne trouvait plus son porte-monnaie, expliqua M. Stöckli en remettant à son tour un paquet à Ernst. Joyeux anniversaire !

– Tous mes vœux, Ernst ! dit Mme Stöckli. Ecoutez, j'ai cherché mon argent partout. Même dans les journaux qui étaient dans un panier.

– C'est pas la première fois que tu perds des sous. Elle sait même plus où elle les met.

– J'ai tout remué, les journaux dans le panier, le sac à tricot...

– Et alors, où était ce porte-monnaie ? s'informa Mme Blum.

– Sous mon écharpe. Vous voyez, dit Mme Stöckli en désignant la mousseline rose qui lui étranglait le cou, je l'avais préparée ce matin, et quand finalement on a dit : « tant pis, on y va quand même », j'ai pris l'écharpe et j'ai vu le porte-monnaie. Mais je ne comprends toujours pas comment il se trouvait là.

– Alors tout est bien ! s'écria Ernst avec un grand sourire. Est-ce que vous voulez vous asseoir ?

– Je te laisse un instant pour aller saluer Gertrud à la cuisine, dit Stefan à Lisa, avec une caresse discrète.

Leurs doigts s'étreignirent, et il s'éloigna.

– Il fait chaud chez toi, Ernst, observa Mme Stöckli en s'enfonçant dans un petit fauteuil. Tu n'as pas fermé les volets, ce matin ?

– Ah, excuse-moi, Marguerite, j'ai oublié.

– Ce n'est pas grave, répondit-elle en tirant sur sa longue mousseline rose.

« Quelqu'un qui a le teint si rouge, songea Lisa, ne devrait pas porter du rose. » Fascinée par la laideur du spectacle, elle regardait l'écharpe glisser lentement sur la peau cramoisie de Mme Stöckli lorsqu'elle aperçut le collier ancien qui ornait son cou gras. Quatre courtes chaînes retenaient un carré d'or froissé ; dans les angles étaient enchâssés quatre saphirs. Lisa cligna des paupières. Il s'agissait du même collier que le sien. Juste un peu plus grand. Elle étouffa un cri en portant les mains devant sa bouche. Le sang lui monta au visage.

Perdant tout contrôle, elle se précipita vers la porte. En quelques enjambées, elle fut dehors, puis dans la rue où se succédaient les voitures. Elle leva le pouce. Une Mercedes grise stoppa. Elle ouvrit la portière, s'engouffra dans la berline.

– Pouvez-vous me déposer à Zurich ?

– Mais bien volontiers, répondit une voix de fausset.

XXIII

– Alors prénez au moins cette bonne gâteau, Lisa. Si vous né mangez pas, vous allez dévénir pire qu'ine haricot.

– Merci, Malka, je ne peux pas, j'ai l'estomac noué.

– Pauvre pétite... La vie, elle est pas toujours drôle, mais tout il s'arrange.

Elle parlait d'expérience. En 1950, Malka avait épousé un expert en philatélie, juif hongrois de nationalité suisse, qui avait fui son pays natal en 1938. Vingt ans de bonheur. Plus âgé qu'elle, il était mort de sa belle mort. Les photos montraient un homme sérieux, décidé, au regard bon et pétillant.

– Alors, qu'est-ce qué vous en dites de la vie que j'ai dé ma fenêtre ? poursuivit-elle avec entrain. C'est inique, non ? A moi, ça donne la bonheur dé vivre. La Suisse, c'est ine pays magnifique, avec des gens tellement agréables. Lé gouvernément et les banquiers, c'est autre chose. Des robots, ils sont. Pas des himains.

Elles finissaient de déjeuner sous la véranda, à une table installée contre la vitre. On aurait pu se croire à bord d'un bateau. En bas de l'immeuble, les vagues du Léman clapotaient contre les pierres du remblai. Les Alpes françaises, en face, crevaient l'azur. Mais la beauté du paysage n'atteignait pas Lisa. Il lui semblait avoir perdu l'usage de ses sens depuis que, la veille, elle avait quitté en trombe la maison du père de Stefan.

A peine assise dans la Mercedes, elle avait débranché son mobile, sachant que le premier geste de Stefan serait de l'appeler. « J'apprécie, avait observé au volant la voix de fausset. Ces téléphones qui sonnent sans arrêt, ça devient infernal ! » La voix appartenait à un être indéfinissable, une sorte de tank qui s'était avéré féminin, malgré son gabarit, ainsi que non-fumeur et végétarien prosélyte. De tout un discours sur la digestion par les organes humains de la chair animale en décomposition, Lisa n'avait retenu qu'un seul mot : « putride ». Car c'était ainsi que lui paraissait la vie : putride.

Le tank se rendait à la gare. « Ça tombe bien, moi aussi », avait prétendu Lisa.

Arpentant les quais sans savoir que faire ni où aller, elle avait soudain aperçu la dame en violet et s'était approchée. « Vous parlez français ? » avait-elle interrogé doucement, pleine d'espoir. Le regard de l'ange de la gare l'avait traversée, comme il eût fait d'une plaque de verre, puis s'était détourné.

Lisa avait continué à traîner sur le quai, tantôt abattue, tantôt agitée par des questions lancinantes. Elle regrettait d'avoir perdu ses moyens et pris la fuite. Il aurait fallu se dominer, et interroger les Stöckli. Mais les deux derniers mois avaient mis ses nerfs à rude épreuve et, maintenant, le mal était fait. Meurtrie et peu satisfaite d'elle-même, elle décida de s'abstenir de parler à Stefan tant que les choses resteraient brouillées dans son esprit. Il ne fallait donc pas retourner à l'hôtel, où il tenterait certainement de la rejoindre.

Des voyageurs chargés de sacs grimpaient à bord d'un train en partance vers Lausanne. Se souvenant de l'invitation de Malka, Lisa l'avait appelée pour la prévenir de son arrivée.

En descendant du train, ses jambes se dérobaient. Malka lui avait proposé de prendre « ine finiquilaire très joli qu'il descendait à Ouchy », le port où elle habitait, mais Lisa l'avait suppliée de bien vouloir faire le trajet en taxi. Toute énergie l'avait abandonnée. A peine avait-elle enregistré qu'on surplombait le lac.

Le soir, elle avait invité Malka à dîner sous les arcades du proche et élégant café Beau-Rivage, que narguait la statue de l'impavide général Guisan campé sur son cheval. Lisa s'était forcée à ingérer une salade de homard qui, malgré son aspect très appétissant, lui avait paru insipide. Le passage continuel des cabriolets de luxe devant la terrasse, avec leurs conducteurs et passagers qui tenaient à se faire remarquer, l'agressait. En partant, sa gorge la piquait et elle frissonnait.

La nuit, une forte fièvre se déclara. Sur le canapé du salon confortable et démodé de Malka, dans une chemise de nuit et un cardigan de laine prêtés par son amie, Lisa, malgré son front brûlant, continuait de trembler. Le médecin appelé tôt le matin – « ma docteur, c'est ine excellente docteur, la meilleur ! » – avait diagnostiqué une forte angine, prescrit des antibiotiques et recommandé à Lisa de garder la chambre pendant trois ou quatre jours. « Pas question ! » avait-elle songé. Vingt-quatre heures de repos lui paraissaient plus que suffisantes. Malka s'occupait de tout, courant à la pharmacie, rapportant les journaux, préparant les repas...

– Malka, je ne veux pas rester plus longtemps chez vous, ça vous donne trop de travail. Soyez gentille, trouvez-moi une chambre d'hôtel et un taxi.

– Ça né mé donne aucoune travail, ma chérie. Vous né mangez rien, et la ménage, on la féra ine autre fois. Pour ine fois qui j'ai dé la visite !

Elle se montra inflexible.

Lisa dormit presque toute la journée. Quand elle s'éveilla en fin d'après-midi, l'appartement était silencieux et vide. Malka avait dû se rendre chez le dentiste, comme elle l'avait annoncé.

Elle tenta de mettre de l'ordre dans ses idées, mais un violent mal de tête l'en dissuada. Quand il se fut dissipé, elle se redressa sur ses oreillers et prit *Le Nouveau Quotidien*.

« La presse britannique trouve à Diana un nouvel amour : Dodi », indiquait le journal helvétique. Les Anglais s'arrachaient le *Mirror* qui publiait en exclusivité des photos montrant la princesse sur le yacht de Dodi, l'héritier du milliardaire Mohamed Al-Fayed. On y voyait, de dos, une femme en maillot de bain géranium qui enlaçait un homme portant des lunettes noires... Le *Mirror* se déchaînait sur dix pages de photos. En cinq jours avec Dodi, assurait le journal, Diana aurait trouvé plus de bonheur qu'en cinq ans avec Charles, « un mari au cœur glacé » qui méprisait les joies simples du soleil et de la mer, et préférait « tirer sur des animaux sans défense dans la lande venteuse de Balmoral ».

L'une des photos aurait valu trois millions de livres [1] à son auteur, un paparazzi italien.

Une explosion de haine contre les gens qui se repaissaient du malheur et du bonheur des grands de ce monde, contre tous les paparazzi mercantiles qui exploitaient ce vampirisme, submergea Lisa. Sans l'existence de cet état d'esprit, Schuler n'aurait pas cherché à placer à Hong Kong ses photos sur la famille royale britannique, ne se serait pas présenté chez Walter, et Walter n'aurait pas disparu.

« Et je n'aurais pas retrouvé Stefan », poursuivit Lisa. Un amour qui l'avait emplie d'un bonheur fou. Et maintenant... Sa gorge se serra.

Se pouvait-il que le bijou pendu au cou bovin de Mme Stöckli n'ait *pas* été celui de la mère de Walter ? A cette question maintes fois posée, Lisa répondit : « Impossible. » Etant donné les circonstances dans lesquelles le joyau avait été créé, aucune autre copie, hormis la sienne, ne pouvait exister.

Elle remit en marche son téléphone, resté jusque-là débranché, afin d'annoncer à la patronne de l'hôtel

1. Trente millions de francs français.

zurichois qu'elle serait absente pendant trois ou quatre jours.

– Maître Meier a demandé plusieurs fois après vous, lui apprit Mme Martha.

– Très bien, je vous remercie beaucoup, éluda Lisa avant de raccrocher avec brusquerie, craignant la sollicitude de cette personne sympathique.

Le mot « messages » s'afficha sur le cadran. Dominant ses larmes, elle écouta les appels de Stefan. « Lisa, qu'est-il arrivé ? Je n'y comprends rien. Où es-tu ? »... « Réponds-moi, Lisa ! Je veux savoir ce qui se passe. Que t'ai-je fait ? Pourquoi me traites-tu ainsi ? »... « Lisa, c'est la dernière fois que j'appelle. Je renonce à comprendre. Si tu veux me parler, tu sais où me trouver. Je t'aime. »

Elle craqua. Il se pouvait, après tout, que Stefan n'ait jamais vu auparavant le collier de Mme Stöckli. Soit parce que cette dernière ne l'avait pas porté en sa présence. Soit parce que, les joyaux ne l'intéressant guère, il n'y avait prêté aucune attention.

Déjà, elle composait son numéro avec l'intention de lui demander s'il avait comparé le bijou de Mme Stöckli au sien, quand elle entendit la clé de Malka tourner dans la serrure. Elle interrompit son geste. Un peu plus tard, tandis que Malka remuait des casseroles dans la cuisine, elle appela Muriel afin de lui laisser croire que sa vie poursuivait un cours heureux, qu'elle avait juste attrapé un petit rhume. Ce dernier détail intéressa fortement Muriel, qui exigea nombre d'explications et donna force conseils.

Une puce rouge près de l'écran se mit à clignoter, signalant que la batterie était déchargée. La recharge était restée à Zurich.

Malka avait préparé un vrai bouillon de poulet, d'après elle un remède souverain contre les microbes les plus virulents de la terre. « Même à les malhéreux qui en ont attrapé lé sida, ça donne des forces. » Et, en effet, Lisa se sentit requinquée. Elles regardèrent le journal télévisé, commentèrent les événements.

On envisageait de destituer le vice-maire de Bienne, dans le canton de Berne, en raison de ses propos antisémites.

La publication de la liste continuait de susciter un large écho. Les organismes d'information mis en place avaient enregistré plus de vingt mille demandes, et un site d'Internet, qui lui était consacré, avait reçu près de cent septante mille[1] visiteurs.

Un couturier allemand y figurait. Il s'était enrichi en taillant des uniformes pour les SA, les SS, les Jeunesses hitlériennes et la Wehrmacht, employant des prisonniers de guerre français et des travailleurs polonais enrôlés de force.

– Le sénateur D'Amato a encore frappé, annonça ensuite le présentateur d'une voix neutre.

– Ça, il faut écouter, dit Malka en augmentant le son du téléviseur.

Le sénateur D'Amato engageait les autorités de surveillance des assurances de l'Etat de New York à examiner si les prétentions des survivants avaient été honorées par les compagnies d'assurances européennes. Il citait notamment le cas de Else Graupe, qui avait essayé sans succès de faire valoir une assurance vie conclue par son père Paul, victime des nazis, auprès de la succursale munichoise de la Rentenanstalt. Mais cette compagnie maintenait que la police avait été rachetée en 1940, et que seule la première page du contrat avait été retrouvée...

– Pff ! émit Malka. Tous des voleurs... L'argent dé mes parents, il a dû répartir en Pologne. Ça aussi, c'est D'Amato qui l'a trouvé.

Des explications embrouillées de Malka, Lisa parvint à comprendre que le sénateur américain, quelques mois auparavant, avait accusé la Suisse d'avoir passé en 1949 des accords secrets avec la Pologne, la Hon-

1. Cent soixante-dix mille.

grie et la Tchécoslovaquie au sujet des biens juifs d'Europe de l'Est déposés dans ses banques. Par ces accords, ces pays autorisaient la Confédération à confisquer les fonds, « en compensation de la nationalisation des biens de citoyens helvétiques par les gouvernements communistes ». L'accord avait été renouvelé en 1964 avec la Pologne.

– Ils ont fait ça en sécret, qué personne il peut savoir. Mais D'Amato il a trouvé.

– Et alors ?

Les yeux de Malka lancèrent des éclairs.

– Alors lé gouvernément, il a dit qué c'était ine mensonge. Mais D'Amato, il avait mille fois raison. L'argent des Juifs polonais, ils l'ont donné à des Suisses. C'en est même ine brave historien suisse qu'il a fait l'enquête.

Mardi passa tant bien que mal. Les jambes de Lisa ne la portaient pas. Faire sa toilette lui parut aussi ardu qu'une escalade sur le Cervin. Un article lu dans le journal la déprima totalement. Sous le titre : « Une Alpe aux senteurs de fromage », il lui rappela les souvenirs de Château-d'Oex et de l'Alpenrose. Par égard pour Malka, elle tenta cependant de faire bonne figure et de contenter l'insatiable curiosité de son amie pour Hong Kong.

Mercredi. Toujours très affaiblie, Lisa ne parvint pas à s'habiller. Habituellement, Malka consacrait ce jour-là à des parties de rami ou de canasta avec ses amies. Ayant insisté pour qu'elle s'y rende, Lisa était restée seule avec ses idées noires, son paquet de tabac et ses journaux.

Elle se traîna jusqu'à la fenêtre, misérable dans sa chemise de nuit et son cardigan, avec ses cheveux qui commençaient à poisser. Le soleil cru, le lac bleu, le ciel uniforme, les bateaux à vapeur qui claironnaient départ ou arrivée, les barques de pêche, les voiliers, le hors-bord du Beau-Rivage Palace tirant un monoskieur qui soulevait des gerbes d'écume, les drapeaux à croix blanche, les glapissements des mouettes, les tuiles rouges sur le toit pointu du château d'Ouchy ne firent qu'alourdir son cafard. Elle se rabattit sur le journal, qui annonçait une singulière vente aux enchères.

Le destin du duc de Windsor, ex-roi Edouard VIII qui, en 1936, avait abdiqué le trône britannique pour épouser une Américaine divorcée, avait toujours fasciné Lisa. A l'orée du bois de Boulogne, près de Paris, la villa des Windsor avait été dépouillée de son mobilier et des effets personnels du couple pour une vente aux enchères qui devait se tenir à New York. Sotheby's s'apprêtait à disperser plus de quarante mille objets ayant appartenu à Wallis et Edouard : le bureau d'acajou sur lequel Edouard VIII avait signé son acte d'abdication, les kilts et les chaussettes de l'homme « le mieux habillé » de son époque, mais aussi les collections de foulards, mouchoirs, sacs à main de la duchesse, sans oublier les gamelles et colliers des carlins qui accompagnèrent leur vie. « Le responsable de ce dépeçage n'est autre, annonçait le quotidien, que le célèbre homme d'affaires égyptien Mohamed Al-Fayed dont le fils Dodi s'affiche en maillot de bain avec la princesse Diana. »

« Bizarre, songea Lisa. Il y a deux jours à peine, j'ai lu ce nom d'Al-Fayed pour la première fois, et le voici qui réapparaît dans un contexte à la fois identique et différent. » Le journal apprenait à ses lecteurs que le milliardaire, directeur général du célèbre magasin britannique Harrods et propriétaire de l'hôtel Ritz à Paris, avait obtenu de la Ville de Paris, à la mort de la duchesse en 1986, un bail pour cette résidence.

Comment comptait-il la meubler à présent ? Et pourquoi ce changement subit ? Un autre quotidien pensait détenir la réponse. M. Al-Fayed offrirait la demeure à son fils Dodi pour ses noces avec Diana.

Lisa laissa retomber le journal. La question qu'elle cherchait à éluder depuis sa fuite venait d'éclater comme une bombe. Ce « oui » rentré, qu'elle n'avait pu donner à Stefan, était-elle toujours prête à le prononcer ? Elle n'en savait plus rien. A cette seconde, elle aurait fait n'importe quoi pour entendre la voix de Stefan. Elle décrocha le téléphone de Malka.

– Que s'est-il passé, Lisa ? explosa-t-il. Pourquoi es-tu partie ? Je t'ai cherchée partout comme un fou. Où es-tu ?

Il ne se doutait donc de rien. Au moins n'était-il pas complice. Elle voulut en être tout à fait sûre.

– Le collier de Mme Stöckli.

– Quel collier ?

– Celui qu'elle portait.

– Pas fait attention. Et alors, qu'avait-il, ce collier ?

Elle l'expliqua.

Affolé par la disparition de Lisa, Stefan n'avait même pas noté que Mme Stöckli portait un collier, mais il voulut bien croire ce qu'elle en disait.

– Je demande à papa d'où il provient, et je te rappelle aussitôt.

Des larmes de joie brouillèrent les yeux de Lisa.

Le téléphone sonna près d'une heure plus tard. M. et Mme Stöckli avaient acquis le bijou à une vente aux enchères chez Sotheby's. Il provenait d'Italie.

Encore faible le jeudi matin, Lisa se sentit toutefois en meilleure forme. Assez fringante pour suggérer à Malka de l'emmener dans un grand magasin, sa veste cavalière et ses jodhpurs de soie sauvage vert anis lui sortant par le nez.

Malka refusa de prendre un taxi. « C'est rien di tout d'aller en ville avec la finiquilaire. »

– Mais c'est écrit « métro » ! s'étonna Lisa devant l'entrée.

– Ils écrivent cé qu'ils veulent. C'est quand même ine finiquilaire.

Elle avait à moitié raison. Un wagon de métro, qui ressemblait à un jouet, grimpa vaillamment à l'assaut d'une colline, entre des talus semés de massifs de fleurs sauvages, jaunes et violettes, à hautes tiges, qui valsaient dans la brise.

– Ravissant, s'émerveilla Lisa.

– Tout nouveau, se vanta Malka. C'est ine jardinier qu'il a fait ça.

Entre des immeubles soignés persistaient, stoïques, des maisonnettes à enchevêtrements de rosiers grimpants et collections de nains de jardin.

Aucune rue plate. Pittoresques, elles montaient – et il fallait voir comment ! – ou descendaient à partir de la place Saint-François, but de l'excursion. .

– Chez la bonne génie, avertit Malka, vous trouverez tout ce qu'il faut.

Le magasin se dénommait Au Bon Génie. Lisa en sortit vêtue d'un pantalon et d'une chemise en jean bleu ciel, chargée d'un tas de paquets. Il lui avait semblé revivre mais, à présent, ses forces l'abandonnaient à nouveau.

En attendant « la finiquilaire », elle recourut à sa drogue : le journal. La commission Bergier demandait à recueillir le témoignage de personnes susceptibles de l'aider dans ses recherches, notamment celui d'anciens employés de banques, d'assurances, de fiduciaires et d'études d'avocat, d'anciens bijoutiers, marchands d'art ou hôteliers ainsi que de fonctionnaires fédéraux, diplomates, militaires, garde-frontières, cheminots et postiers.

Elle rabattit le quotidien si vivement que Malka, occupée à faire le ménage dans son sac à main, sursauta.

– Je ne crois pas à cette histoire de Sotheby's.

Malka se drapa dans sa veste à coquelicots.

– J'ai rien vouli dire, mais moi non plus jé crois pas.

Lisa ne parvenait pas à imaginer ce couple étriqué couvrant les enchères d'acheteurs descendus des villas cossues du Züriberg, ou d'antiquaires spécialisés de la Bahnhofstrasse.

Stefan avait dû remuer les mêmes pensées : il appela pour annoncer qu'il avait demandé à rencontrer les

Stöckli et venait de les quitter. Il avait joué franc jeu, et affirmé que Lisa pensait avoir reconnu le collier de sa grand-mère. Urs, très solennel, avait alors raconté que ce bijou leur avait été offert en remerciement par une famille juive qu'ils avaient secourue pendant la guerre. Marguerite, pour une fois muette, pétrissait un petit mouchoir. Feignant de prendre le récit pour argent comptant, Stefan avait abreuvé de questions le couple de plus en plus embarrassé. A court d'échappatoires, Urs avait enfin renvoyé Stefan à « quelqu'un ».

– Et alors ? demanda Lisa, dont la respiration s'était accélérée.

– Ce « quelqu'un », je dois le rencontrer ce soir... Quand reviens-tu à Zurich ?

Elle faillit répondre : « demain », mais se souvint que Malka se réjouissait comme une enfant de l'emmener, sur l'un des gros bateaux à vapeur, visiter un village de vignerons où son mari et elle aimaient se rendre. « Dix années, qui j'ai plis été là-bas. Au moins, j'aurais révi avant de mourir. »

– Samedi, annonça Lisa d'un ton ferme, mais avec regret.

XXIV

Une dizaine de minutes avant l'arrivée en gare de Zurich, Lisa ouvrit son poudrier, passa un coup de blush sur ses pommettes, un soupçon de beige sur ses lèvres, et rassembla ses paquets. L'un d'eux contenait « la bonne gâteau » que Malka avait tenu à confectionner pour elle la veille, en rentrant d'excursion. Lisa y jeta un coup d'œil inquiet, espérant que la croûte de chocolat ne fondrait pas sous le beau soleil de ce début d'après-midi.

Stefan devait l'attendre à la gare. Il était très bizarre au téléphone. Lisa avait dû lui arracher des bribes de phrases. Oui, il avait vu ce « quelqu'un ». Oui, il avait engrangé de nouvelles informations. « Et alors ? » avait insisté Lisa. Il avait raclé sa gorge à plusieurs reprises avant de déclarer, avec un maigre filet de voix, qu'il préférait lui raconter cette entrevue quand ils se verraient.

Il se tiendrait près de la locomotive, avait-il précisé. Une foule inhabituelle débarquait de toute l'Europe, par trains spéciaux, pour la Street Parade. Lisa ignorait en quoi consistait au juste ce rassemblement. La Suisse, songea-t-elle, était un pays de fêtes. Elle en avait coché quelques-unes sur son calendrier de manifestations : Silvesterklausen à Urnäsch où les hommes masqués et parés de coiffes géantes, véritables œuvres d'art, chassaient les démons de ferme en ferme ; carnaval de Bâle et autres mascarades ; marchés de l'œuf de Pâques ; fêtes de lutte, de jodel ou de cor des Alpes ; votations populaires à main levée du canton d'Appenzell ; bénichon des environs de Fribourg, tant d'autres encore. Une vie suffirait-elle pour en faire le tour ?

Soudain Lisa tapa du poing sur sa cuisse et se mordit les lèvres. Stefan et elle, chacun de son côté, avaient complètement oublié la fête de tir à Payerne, qui s'était déroulée le jour précédent, ratant ainsi une nouvelle occasion de retrouver Schuler. Lisa avait sombré dans la maladie comme au cœur d'un océan de coton qui l'avait isolée de tout, y compris d'elle-même. Quant à Stefan, il semblait avoir perdu la tête lors de sa fuite, puis s'être entièrement dévoué à l'enquête sur le collier. Elle avait hâte d'en connaître les conclusions.

Les quais étaient envahis d'une foule bigarrée, dont la moyenne d'âge ne devait pas dépasser vingt ans. Les systèmes pileux de ces étranges voyageurs, souvent à demi nus, avaient été particulièrement soignés. Des kilos de laque, spray, gel et brillantine maintenaient des constructions de torsades ou d'épis pourpres, orange, argentés, dorés. Entre un Noir à nattes roses et un Blanc au torse à poils frisés verts assortis à sa tignasse, Lisa vit émerger la silhouette de Stefan, incongru avec son pantalon de toile bien repassé et sa chemise à carreaux.

Ils restèrent longtemps soudés l'un à l'autre, balancés par la foule joyeuse et désordonnée qui se complaisait dans un vacarme monstre aux accents suédois, russes, italiens, polonais...

– Les ravers ont commencé à défiler, dut répéter Stefan deux fois.

Impossible de parler dans ce brouhaha. Stefan déchargea Lisa de ses paquets, la prit par la taille et ils se laissèrent entraîner par le troupeau qui, attiré comme un aimant par les basses tonitruantes de la musique techno, se ruait au soleil. Dans un magma de vélos, Stefan réussit enfin à trouver le sien, et à le dégager.

– Interdit aux voitures, hurla-t-il avec un geste pour désigner le centre de la ville.

Par jeu, il fit tinter sa sonnette, inaudible dans la cacophonie. Comme il arrimait les paquets sur le porte-bagages, Lisa glissa le gâteau dans une sacoche. Elle s'accrocha au bras de Stefan, et ils se frayèrent un chemin dans la cohue, aux côtés d'un éphèbe grassouillet dont la longue jupe noire dévoilait un nombril piercé, d'un ange à cheveux et ailes de feu qui arborait un tatouage au henné, d'une fille en bottes et bikini dorés sur collants de résille noire, portant des faux cils longs comme des allumettes. Elle préservait son espace vital à coups d'ongles verts démesurés.

– On va regarder ? proposa Stefan.

Lisa acquiesça. Il serait toujours temps d'écouter Stefan parler du collier lorsque, quelques heures plus tard, la parade se dissoudrait. Ils finirent par trouver un banc dont les occupants, debout, acceptèrent de prêter vingt centimètres à Lisa. Prudents, ils faisaient circuler une boîte de bouchons à oreilles.

Le mot d'ordre de la manifestation : « Love, Peace, Freedom, Generosity, Tolerance » s'affichait sur des « lovemobiles », semi-remorques aux couleurs et lumières de l'arc-en-ciel, parés de bananes géantes, de serpents gigantesques ou de fleurs monumentales. Montés sur les chars, des êtres surnaturels, surgis d'albums de B.D. ou de délires science-fictionnels, ondulaient, extatiques, au rythme de la techno, et invitaient la foule à s'éclater. Tout autour, dansant à l'unisson, se déployait une procession d'individus aux déguisements plus fous les uns que les autres. La foule acclamait. Les photographes se déchaînaient. Le soleil chauffait. Les corps peints en vert ou bleu transpiraient. Les maquillages dégoulinaient. L'ecstasy et autres piments circulaient. Les canettes de bière se vidaient. Quand un petit père, à la fenêtre de son troisième étage, s'attira une ovation en bombardant la foule avec un pistolet à eau et fut bientôt imité par ses voisins, qui avec une bouteille, qui avec un arrosoir, Lisa et Stefan jugèrent bon de s'en aller.

Toutes les rues du centre-ville ainsi que celles bordant le lac avaient été réservées à la parade, dans l'attente d'un cortège de près d'un demi-million de personnes, prévu pour s'étendre sur quatre kilomètres. Les nombrils s'exhibaient, les perruques de paille foisonnaient dans des tourbillons de poussière et de musique. Bürkliplatz, un tuyau d'arrosage faisait un tabac. Les heureux bénéficiaires allaient ensuite se sécher au soleil et prendre un peu de répit sur la pelouse de Bellevue avant de réintégrer le maelström.

Pris dans la tourmente, des touristes japonais ne savaient sur quel pied danser. Leur sage plan de Zurich en main, ils tentaient de se repérer, insensibles au concert de spermatozoïdes en aluminium qui, sous leur nez, tintinnabulaient contre une masse de seins métalliques. Ils acceptèrent en inclinant le buste les *safer sex päckchen* [1] qui leur furent offerts, sur le char de gays argoviens, par un damoiseau en robe de mariée.

Il était plus de six heures quand, exténués, Lisa et Stefan atteignirent l'hôtel. Après s'être rafraîchis le visage, ils rejoignirent un tea-room au coin de la rue, qui proposait une carte de petits plats agréables. A l'abri de la folle ambiance de la fête, l'établissement aux fenêtres bordées de plantes vertes offrait son atmosphère placide et feutrée des jours ordinaires. C'en était même étrange.

Ils commandèrent des spaghettis à la bolonaise. Stefan passait sans cesse la main sur son front. Pourquoi ne parlait-il pas ? Etait-il trop fatigué ? « Il est très pâle », se dit Lisa. Et elle lui prit la main.

– Alors, ce « quelqu'un » ?

1. *Päckchen* : « petits paquets ».

Il déglutit à plusieurs reprises, enfin révéla :

– C'est mon père.

– Ernst ? s'écria-t-elle, étonnée.

– Oui, Ernst. Je n'ai qu'un seul père !

Elle haussa les épaules.

Stefan était donc allé voir son père.

– Je lui ai demandé s'il avait connu avant la guerre un certain Arthur Neumann, un Viennois. Il m'a répondu que ce nom ne lui disait rien du tout, qu'il avait vu défiler des masses d'Autrichiens dans des situations désespérées et qu'il les confondait tous, maintenant que tant d'années avaient passé. J'ai dit : « Réfléchis bien, papa. » Il a tiqué, et puis m'a demandé pourquoi je lui parlais de ce monsieur. Quand il a appris que les Stöckli m'avaient renvoyé à lui, il s'est décomposé et, après quelques minutes de silence, a avoué.

– Avoué quoi ? cria Lisa.

Des consommateurs se retournèrent pour la dévisager.

En 1938, tout jeune homme, Ernst Meier avait été engagé par le Crédit populaire suisse, banque aujourd'hui absorbée par l'un des géants de la Paradeplatz, et affecté à l'ouverture des comptes. Un jour, il avait reçu un homme aux yeux clairs, à la barbe taillée avec soin, qui répondait au nom d'Arthur Neumann.

– Papa, dit Stefan, le visage crispé, se souvient très bien de ton grand-père qui, après qu'ils eurent sympathisé, lui avait offert son premier cigare.

L'Autrichien avait fasciné le jeune employé de banque parce qu'il s'intéressait à tout et portait un regard attentif sur les gens et les choses. Journaliste et actionnaire de son journal, il était assez bien informé pour craindre d'avoir à fuir l'Autriche dans un avenir proche, mais il ne se résolvait pas à quitter son métier, qu'il aimait avec passion. Son âme viennoise s'exprimait dans un mélange de gaieté et de mélancolie. Le plus grand souci de cet homme très droit, moralement et physiquement, était de mettre sa famille à l'abri si la situation se détériorait. Pour cette raison, au péril de sa vie, il avait ouvert au C.P.S. un compte numéroté, et un coffre. Et était venu à plusieurs reprises.

« Nous y sommes », songea Lisa. Il lui semblait que ses veines s'étaient vidées de leur sang.

– Mon père est longtemps resté un célibataire endurci, très attaché à sa vie bien réglée. Apprécié de ses employeurs, il montait en grade. L'année de son quarante-quatrième anniversaire, il s'est offert un voyage aux Etats-Unis.

Sur le bateau du retour, il fit la connaissance de Reine Meyer. Ses parents, d'un certain âge, l'avaient outrageusement gâtée et habituée à un train de vie fastueux. Une erreur d'autant plus funeste que le père subissait un revers de fortune. Aimant la solitude, l'espace et le confort, Reine s'ennuyait en compagnie des jeunes gens dont elle n'avait pas appris à aimer les divertissements modestes et bruyants. Coup de foudre réciproque. Malgré une différence d'âge de vingt ans, Ernst obtint d'épouser la ravissante Genevoise.

Ses économies passèrent dans l'achat du terrain et la construction de la villa au bord du lac. Son salaire suffit tout juste aux dépenses du couple. Reine adorait les belles toilettes et les bijoux, aimait sortir et s'amuser. Ils avaient engagé Gertrud – elle avait alors quinze ans ! – pour s'occuper de la maison.

Et puis Stefan s'était annoncé.

– Tu vas voir, tenta-t-il d'ironiser, que tout est arrivé par ma faute.

Lisa alluma une septième cigarette. Les spaghettis figeaient dans les assiettes.

– Pardon ? demanda-t-elle à la serveuse qui venait de leur poser une question.

– Il y a quelque chose avec les spaghettis ? Ils ne sont pas bons ?

– Si, si, très bons. Nous n'avons pas très faim... Un autre pichet de vin, s'il vous plaît.

Le chianti lui brûlait l'estomac mais un bordeaux velouté eût, en cet instant, produit le même effet.

Stefan reprit sa pénible confession. Après la guerre, Ernst Meier, qui avait conservé la bague de son premier cigare, s'était interrogé sur le sort de la famille Neumann. Bien sûr, d'autres juifs autrichiens ou en provenance d'Europe centrale avaient pris leurs précautions en ouvrant coffres et comptes numérotés au C.P.S. Mais, d'un commun accord, il avait été décidé d'attendre que leurs propriétaires, ou leurs héritiers, se manifestent.

– Explique-moi le système des coffres numérotés, l'interrompit Lisa. J'ai besoin de savoir comment ça fonctionnait exactement.

Stefan poussa un profond soupir.

– Quand ton grand-père a expliqué qu'il souhaitait en louer un, papa l'a assuré que personne d'autre que lui-même ne pourrait jamais établir la relation entre Arthur Neumann et le numéro qu'il lui attribuait. La banque demandait le paiement d'un an de location d'avance. Ensuite, les échéances étaient débitées sur le compte que ton grand-père avait ouvert en même temps... Je reviens au coffre. Numéro 517. Papa avait demandé à ton grand-père de le retenir par cœur, car la clé devait rester à la banque dans une enveloppe cachetée. Si, lors de son prochain voyage à Zurich, M. Neumann souhaitait ouvrir son coffre, il devait s'annoncer au guichet en énonçant simplement son numéro. Il était alors reçu par mon père, qui faisait chercher la pochette de papier. M. Neumann signait un registre en écrivant le numéro en lettres...

Lisa imagina la main du grand-père inconnu, traçant d'une écriture appliquée : *Cinq cent dix-sept.*

– ... Après avoir refermé son coffre, il rendait la clé à l'employé, en l'occurrence mon père, qui la mettait dans une nouvelle pochette. Cette fois, M. Neumann devait signer son numéro en lettres sur le rabat de l'enveloppe, que l'on fermait alors avec un cachet de cire.

– J'ai compris, dit Lisa, en allumant une cigarette. Que s'est-il passé ensuite ?

Enceinte, Reine Meier s'était adressée à l'obstétricien le plus renommé de Zurich, démarche qui l'avait conduite à accoucher dans une clinique somptueuse. Passionnément amoureux et redoutant de déchoir à ses yeux, Ernst n'avait pas cherché à l'en empêcher. Rien n'était trop beau pour elle. Sous la pression, il avait commencé à « emprunter » de l'argent sur le compte numéroté d'Arthur Neumann, dont il était le seul à connaître l'identité. La somme, qu'il ne put jamais rembourser, alla s'accroissant.

En 1980, alors sous-directeur, il apprit que la banque risquait d'être absorbée et que, dans ce cas, il serait licencié avec les principaux dirigeants.

– Il est vrai que leur mode de fonctionnement était contestable, expliqua Stefan. Ils cooptaient les responsables dans leur groupe d'amis, primaient la représentativité et le carnet d'adresses plutôt que la compétence, se méfiaient des têtes et des techniques nouvelles...

– Et alors ? coupa Lisa.

Stefan passa les mains sur ses yeux, comme pour effacer des images importunes.

– Quand il s'avéra que la banque allait disparaître, papa obtint la complicité de son vieil ami Urs Stöckli et téléphona au directeur, disant qu'un lumbago le clouait au lit. Quelques heures après, Urs se présenta au guichet, muni des numéros, fit liquider les quelques titres restant sur le compte puis, trois jours plus tard, solda le tout en se faisant remettre l'argent par un chèque au porteur. Par la même occasion, il vida le coffre. C'est en paiement de sa prestation que mon père, resté absent de la banque pendant une semaine, lui offrit de garder le collier.

– Y avait-il d'autres objets ?

– Je ne sais pas... « Si ta maman avait encore vécu, m'a avoué mon père, je le lui aurais offert en disant que je l'avais acheté à une vente aux enchères. Voilà jusqu'où j'étais tombé... Et il a fallu que tu rencontres la petite-fille d'Arthur Neumann !... » Papa m'a aussi dit que, le jour de son anniversaire, il lui avait bien semblé que ton collier ressemblait à celui de Marguerite, mais il avait conclu à un hasard, sans penser que ce pouvait être une pièce unique. « Pourquoi Lisa s'appelle-t-elle Nelson ? » m'a-t-il demandé. Je lui ai expliqué que c'était le nom de ton *premier mari*...

Stefan et Lisa s'observèrent en silence. Il baissa les paupières et avoua, d'une voix brisée :

– Je n'avais jamais vu pleurer papa.

Lisa n'était plus qu'une masse douloureuse, incapable de formuler une pensée. Quand elle se ressaisit, la vue de Stefan déclencha une bouffée de compassion qui la submergea. Il exerçait une telle pression sur ses mains entrelacées que ses doigts avaient perdu leur couleur. Elle chercha des mots d'apaisement.

– Tu n'es pas le seul en Suisse à souffrir des actes d'un père... Comment s'appelait ce conseiller fédéral dont tu m'as dit que, lorsqu'il était président de la Confédération, il avait présenté des excuses pour la lettre « J » sur les passeports des juifs allemands ?

– Kaspar Villiger.

– Eh bien, Malka m'a raconté que son père était allé s'établir en Allemagne en 1941 pour s'occuper d'une fabrique de cigarettes qu'il avait achetée à bon compte à une famille juive obligée de s'enfuir avant la guerre.

– Ça ne me console pas.

– Moi non plus.

Que savait-on du passé de ses parents, hormis ce qu'ils avaient bien voulu dire ou montrer, avec un éclairage, des images et des mots choisis exprès ? Comment pouvait-on deviner ce qu'ils avaient refoulé dans l'oubli ?

Et qui pouvait dire si Walter ne payait pas, lui aussi, une erreur de jeunesse jamais révélée ?

Abattus, ils retournèrent à pas lents jusqu'à l'hôtel,

dans la nuit épaisse et silencieuse. Avant de se séparer, ils restèrent longtemps enlacés, chacun souffrant de la douleur éprouvée par l'autre.

– Comment savoir ce que j'aurais fait si j'avais été à la place de mon père ? dit encore Stefan.

XXV

A son réveil, elle faillit courir vers la fenêtre faire les premiers gestes du matin – écarter le double rideau, respirer le parfum des fleurs, observer le jardinet, chercher la mère chatte et ses petits –, quand elle se souvint qu'il suffisait d'appuyer sur un bouton, à sa droite, pour que se relèvent les volets électriques. Lisa venait de passer quelques heures dans son propre lit, à Hong Kong.

Une décision prise, dans la chambre de Zurich, au bout d'une nuit d'insomnie. Elle était restée longtemps prostrée après avoir laissé partir Stefan. Il lui suffisait de penser à lui, au canevas de leur histoire, pour que les sanglots lui obstruent la gorge. Elle avait longtemps marché en rond, fumant cigarette sur cigarette, cherchant une issue.

Pouvait-elle encore aimer le fils du charognard qui, l'âme sereine, avait profité du meurtre d'Arthur Neumann pour se faire une vie douillette ? Dans un rêve éveillé, elle avait vu se dresser devant elle, approchant sur une route, le grand-père décrit par Stefan, un homme très droit aux yeux clairs, à la barbe taillée avec soin, qui donnait le bras à son épouse Lisa, parée du collier et, d'une chandelle, éclairant la nuit. Une masse sombre et bruissante d'hommes et de femmes décharnés, en vêtements rayés, s'accrochait à leurs pas.

« Non, Lisa, tu ne peux plus aimer Stefan, avait répondu Arthur Neumann comme si la question lui avait été adressée. Cet amour t'est désormais interdit. »

Elle avait fini par s'assoupir, et s'était éveillée à l'aube. Tandis qu'elle entassait ses effets dans sa valise, elle s'était trituré l'esprit pour trouver la manière de rompre avec Stefan. Elle avait fini par décider que, malgré la promesse de la veille, elle ne l'appellerait pas. Le son de sa voix et ses intonations tendres risquaient de lui faire perdre courage.

Avec l'impression de s'enfoncer un poignard dans le cœur, elle avait rédigé une lettre de son écriture déformée par la douleur, où elle annonçait sa décision, lettre qui se terminait par : « Les heures vécues avec toi sont parmi les plus belles de ma vie. Maintenant, il faut que je t'oublie. »

Elle avait aussi préparé un fax, en style télégraphique, pouvant être lu par n'importe quel assistant ou secrétaire. « Suis obligée de repartir à Hong Kong aujourd'hui. Prière ne pas téléphoner. Lettre suit. Lisa Nelson. » Elle avait émis la télécopie de l'aéroport quelques minutes avant d'embarquer, en fin de matinée.

Auparavant, elle avait fait patienter le taxi dans la Bahnhofstrasse afin d'embrasser Lili, interloquée, qu'elle n'avait pas revue depuis sa fuite chez Malka. Lisa avait expliqué en deux mots évasifs qu'elle avait répondu à une invitation subite.

– Alors, je ne dois plus du tout vous garder le journal ? se fit préciser Lili. Ça me fait de la peine, vous savez. Voilà mes clients préférés qui sont partis. Meili aux Etats-Unis, et vous en Chine.

Tout en parlant, elle exhibait une vue de Manhattan, la dernière carte postale envoyée par Christoph et Giuseppina. Leurs enfants avaient été invités dans un camp d'été. Ils en profitaient pour donner des interviews et des conférences, assister à des soirées mondaines, faisant la navette entre New York et Washington.

– Est-ce que vous avez vu le dernier *Hebdo* ? s'était inquiétée la marchande de journaux.

Voyant Lisa secouer la tête, elle avait plongé dans le

fond de son kiosque et tendu le magazine ouvert sur un article consacré à son protégé.

– Je le prends, avait dit Lisa. Avec mon *Nouveau Quotidien*, bien sûr.

Ce serait le dernier.

Elle avait aussi vidé le stock de Ragusa et acheté un assortiment de chocolat pour ses neveux Alex et Diana : d'épaisses barres de Toblerone triangulaires, des boîtes de Frigor, des coffrets de mini-tablettes dont chacune, différente, présentait une vue de Suisse. « Moi aussi, je vous enverrai des cartes postales », avait promis Lisa, la gorge serrée, en embrassant Lili.

Elle se leva et tira de son sac de voyage les journaux roulés comme des crêpes qu'elle déposa sur la table basse, à lire un autre jour, quand elle irait mieux. Il lui arrivait le même phénomène qu'après la disparition de Walter : les caractères dansaient devant ses yeux.

Son téléphone sonna. Elle décrocha en craignant de reconnaître la voix de Stefan.

– Tu es réveillée, ma chérie ? s'enquit Muriel avec chaleur.

Encore très affectée, elle avait recouvré la santé. Sa joie d'avoir retrouvé sa fille et la tendresse de Jonathan consolaient un peu Lisa depuis son retour, la veille. Walter lui manquait plus cruellement que jamais. Elle vivait un double deuil.

– Oui, maman, j'émerge.

– Comment vas-tu, maintenant ?

– Beaucoup mieux, s'efforça-t-elle de répondre d'un ton enjoué.

– Le commissaire Chu nous a fait la surprise d'une visite, et il souhaite nous rencontrer ensemble.

– Je... je ne suis pas habillée, bégaya Lisa, perturbée.

Elle ne s'attendait pas à une entrevue si précipitée. Que révéler de ce qu'elle savait, ou croyait savoir, sur le fantôme Arnold Schuler ? Elle entendit Muriel transmettre sa réponse.

– Le commissaire Chu repassera dans une heure. Ça te va ?

Le regard éteint, il attendait déjà dans le salon quand Lisa apparut, tenant à peine sur ses jambes. A nouveau le Chinois aux traits de bouledogue et aux dents grises, symbole du cauchemar, lui parut sortir d'un mauvais film.

Méthodique, il fit le point. Seules ses lèvres bougeaient. Martin, toujours en prison, maintenait ne rien savoir de plus que ce qu'il avait déjà raconté. Une Chinoise âgée, qui le tenait par une dette de jeu, l'avait contacté. Son rôle avait consisté à faire prévenir un pêcheur macanais, lié à la triade 17K, que Walter débarquait à Macao. Le secrétaire croyait savoir que le rapt avait été commandité par un Suisse.

Le commissaire Chu avait alors enquêté dans le milieu helvétique de Hong Kong, à l'ambassade et aussi parmi le personnel hôtelier de la Région administrative spéciale. Sans résultat. Mais la source de Martin n'était pas très fiable : l'indication provenait d'une conversation surprise entre ses chefs, desquels on ne saurait jamais rien. La triade 17K s'employait avec efficacité à décourager les délateurs.

– Vous souvenez-vous, madame Nelson, demanda Chu sans même tourner la tête vers Lisa, de la déclaration faite par votre frère David au lendemain de la disparition de votre père ?

Elle acquiesça. Lisa se remémorait en effet David, raide et imbu de sa nouvelle importance, récitant : « En trois ans, le gouvernement de Hong Kong a recensé une vingtaine de cas d'hommes d'affaires enlevés, emprisonnés ou rançonnés sans recours légal, pour des différends avec des personnalités du continent. Je dois à la justice de révéler qu'un contentieux nous oppose aux actionnaires shanghaiens de la Golden Dragon Company. » Muriel et elle avaient aussitôt protesté. Ce différend ne concernait que les fils de Walter. « C'est vous qui avez déclenché le conflit ! » avait crié Lisa à ses frères.

– Je reste persuadé, déclara le commissaire en fixant ses chaussures, que nous trouverons la clé de l'énigme dans le passé shanghaien de M. Neumann.

– La clé de l'énigme ! persifla Lisa, soudain hors d'elle. Et mon père, vous ne comptez plus le retrouver ? Vous avez abandonné ?

Muriel toussota.

– Nous poursuivons nos recherches, madame Nelson, répondit le commissaire, qui tira sur les plis de son pantalon.

Lisa regretta d'avoir explosé, et de s'être ainsi discréditée bêtement auprès du Chinois par des manières de *gweilo*.

– Veuillez m'excuser, commissaire. J'ai très peu dormi ces dernières nuits.

Il hocha la tête d'un air compréhensif, et poursuivit :

– Le jour de la disparition de M. Neumann, Martin Chen a été aperçu dans le lobby du Mandarin de Macao. Il conversait avec la Chinoise. Nous avons établi qu'il s'agissait de Mme Zhong Mayling. Ce nom vous est-il connu, mesdames ?

– Non, répondit Muriel d'un ton sec. Pas du tout.

– Oui, lâcha Lisa.

Elle s'en mordit les lèvres. Ce nom, elle le connaissait seulement pour l'avoir lu dans le cahier de Walter.

– Que savez-vous de cette personne, madame Nelson ?

– C'était une actrice de cinéma, la vedette de *La Fille des bas quartiers*, le premier film produit par mon père avec ses associés de la Golden Dragon Company. Il s'agissait d'une adaptation très libre d'un roman de l'écrivain français Emile Zola, *Nana*, située dans le Shanghai de l'après-guerre.

Elle tut la liaison tumultueuse qui liait à l'époque Walter et Mayling. Muriel, les yeux ronds, regardait Lisa comme si des cornes de diable lui avaient soudain poussé sur la tête.

– Où as-tu appris cela, ma petite fille ?

Les pensées se bousculèrent dans l'esprit de Lisa.

Devait-elle révéler l'existence du cahier ? L'honnêteté, la prudence peut-être l'exigeaient. Mais il faudrait alors montrer l'objet. Et cela, ce serait transgresser le vœu de Walter, qui lui avait demandé de ne lire ses cahiers qu'après son décès et celui de Muriel... Sa transgression lui pesait trop, déjà.

– Papa me l'a raconté, mentit-elle... Le jour où nous avons visité Man Mo Temple, ajouta-t-elle pour donner du poids à sa révélation.

Sur son fauteuil, le commissaire décroisa ses jambes courtes.

– Le devoir m'oblige à poser des questions très personnelles sur le passé de M. Neumann, prévint-il en penchant le buste en manière d'excuse.

Lisa passa la main sur son crâne douloureux. Comment s'en sortirait-elle ? Muriel se leva, droite comme un mât.

– Malheureusement pour moi, commissaire, je suis d'un naturel très jaloux. J'avais dix-huit ans quand j'ai connu mon futur mari, et lui trente. Ce fut le coup de foudre. L'idée qu'il ait connu d'autres femmes avant moi m'était insupportable. Nous avons donc convenu qu'il garderait son passé secret, et qu'il ferait son possible pour m'en tenir éloignée. Je ne peux donc vous être d'aucune utilité à ce propos. De plus, il est hors de question que j'entende des révélations qui iraient à l'encontre de l'accord que j'ai passé avec mon mari. (Sa voix tremblait.) Aussi voudrez-vous bien m'excuser, commissaire.

Il se leva, s'inclina, et Muriel sortit.

Le commissaire interrogea encore Lisa sur Max Herzberg et M. Wu qui, à Shanghai, avaient fondé la Golden Dragon Company avec Walter. Max, un Italo-Turc né à Vienne, en Autriche, s'était procuré un passeport portugais à la fin de la guerre et possédait diverses maisons de jeux à Macao ; il était resté un ami très proche de Walter. M. Wu, après avoir émigré à Hong Kong, était décédé. L'un de ses fils s'y trouvait encore, l'autre était retourné à Shanghai. Lisa les connaissait peu, et ne savait rien de plus. L'origine du contentieux évoqué par David lui était même sortie de l'esprit.

– Seuls mes frères pourront vous renseigner, monsieur Chu.

L'interrogatoire se termina sans qu'il ait été question du récent voyage de Lisa, heureuse de pouvoir garder pour elle ce qui, plus que jamais, appartenait à son monde secret. Cependant, un nouvel espoir l'habitait. Comment savoir si le commissaire Chu ne détenait pas, enfin, la bonne piste ?

Quand Lisa retrouva sa chambre, Maria, la plus jeune des trois *amah* [1] philippines, avait défait sa valise et, selon ses instructions, donné tous ses vêtements à nettoyer. Aucune trace matérielle de son voyage ne subsistait, hormis le sac offert par Stefan, les journaux sur la table, la collection d'ours bernois et le gros paquet d'achats compulsifs qu'elle avait effectués à l'aéroport de Kloten. Quelle mouche l'avait piquée ? Les cadeaux destinés aux enfants, un couteau suisse pour Alex et un coffret à bijoux dont le couvercle s'ornait d'une vue champêtre pour Diana, se justifiaient. Mais cette pendule à coucou ! Pourquoi s'être encombrée de ce chalet parfaitement kitsch et ridicule, avec son attirail de chaînes et de pommes de pin, son volet en forme de cœur d'où surgissait le coucou pour piailler l'heure ? « Tu as parfois de ces idées ! » se dit-elle.

Prise de colère, elle vida son sac sur la table et l'enferma, en compagnie du coucou, au plus profond d'un placard. Elle glissa les ours dans un tiroir. Restaient les cadeaux pour les jumeaux, dont elle se débarrasserait au prochain dîner, et les journaux, qu'elle décida de s'efforcer de lire avant de les jeter.

Elle commença par l'hebdomadaire.

Amplement sollicités, poussés par leur avocat, l'ex-gardien de nuit et sa femme – immigrés ? fugitifs ? réfugiés politiques ? – ne se lassaient pas de raconter « leur

1. Domestiques.

affaire ». Elle avait bouleversé leur vie mais, si c'était à refaire, Christoph Meili recommencerait.

« La morale ! affirmait-il. C'est la morale qui m'a commandé de sauver les documents... J'avais vu *La Liste de Schindler* au cinéma, on parlait beaucoup dans les journaux des liens entre notre pays et les nazis. Je ne pouvais pas laisser détruire ces témoignages qui évoquent notamment des affaires immobilières à Berlin, le trafic du Gothard ou encore les liens entre la Suisse et l'industrie chimique allemande. »

A qui transmettre ces documents, en qui avoir confiance ? s'était-il interrogé. « Avec notre système de milice helvétique, tout est lié. Pouvoir économique, politique, militaire... on retrouve les mêmes personnes aux postes clés. » C'est pour cette raison qu'il avait remis les documents à la Communauté israélite de Zurich. « A ceux qui se battent depuis des années pour obtenir enfin la vérité de la part des banques suisses. » En tant que chrétien, il estimait nécessaire d'observer une distance critique à l'égard de « l'absence de morale » des gens qui gouvernaient son pays et en régissaient la société.

Bien sûr, la Suisse et les conversations en schwyzerdütsch entre copains lui manquaient. Mais l'U.B.S. avait dressé sa patrie et ses amis contre lui. Dorénavant, elle lui offrait « juste des ennuis : plus de travail, des poursuites judiciaires pour trahison du secret bancaire et des dizaines de lettres de menace de mort ». Certaines avaient été déposées sans timbre dans sa boîte aux lettres. Il soupçonnait les skinheads locaux.

« Quand j'étais plus jeune, ajoutait-il, j'ai habité un temps chez un skinhead. Il possédait un véritable arsenal à domicile. Un jour, la police lui a rendu visite, découvert ses fusils à pompe et ses explosifs et ne lui a strictement rien dit, si ce n'est un commentaire élogieux sur sa "belle collection". Quand j'ai reçu les lettres de menace, je n'ai pas oublié cet épisode. » A présent, sa famille vivait avec modestie grâce aux dons d'Américains. Parmi eux, certains avaient connu les camps de concentration.

Lisa prit l'hebdomadaire et le jeta au panier. Cette lecture l'avait énervée, mais elle décida de poursuivre avec le quotidien, d'aller jusqu'au bout du pensum qu'elle s'infligeait. « Ainsi, espéra-t-elle, j'en aurai terminé avec la Suisse. »

Elle apprit qu'Edward Fagan, l'avocat de Meili, venait de déposer une plainte collective de juifs américains contre seize assureurs européens, accusés d'avoir conservé des fonds de victimes de l'Holocauste. La plainte portait sur 16 milliards de dollars et concernait trois compagnies helvétiques : Winterthur, Zurich et La Bâloise. Lisa jeta le journal aussi.

D'autres, s'interrogea-t-elle, n'avaient-ils pas fait pis que le père de Stefan ? En tout cas, il n'était pas le seul. Elle songea au mot « *peanuts* » jeté par le président de l'U.B.S. Peut-être signifiait-il le mépris du banquier habitué à brasser des millions envers les quelques kopecks dénichés sur les comptes. Mais peut-être aussi trahissait-il ce que l'homme savait : les comptes et les coffres ayant été pillés, il n'en restait plus que *peanuts*.

Lisa reprit les journaux dans la corbeille à papier et alla les faire glisser dans le vide-ordures.

XXVI

Les jours suivants, Muriel et Jonathan entraînèrent Lisa dans un tourbillon de distractions qui lui tapèrent rapidement sur les nerfs et qu'elle s'ingénia à refuser. Sans connaître le pourquoi ni le comment, Muriel, qui mûrissait de grandes ambitions pour sa fille, ne cachait pas sa satisfaction de la voir soustraite à l'influence du modeste avocat zurichois dont elle s'était entichée.

Stefan avait respecté le vœu de Lisa au-delà de toute espérance. Il aurait pu accuser réception de son message et de sa lettre, dire qu'il comprenait sa décision et la respectait, souhaitait rester son ami, formulait l'espoir de la voir trouver le bonheur. Mais rien. Pas un mot, pas un son.

« C'est tant mieux », avait décidé Lisa.

Le temps passait. Le commissaire Chu ne donnait aucune nouvelle. Traînant son mal-être, Lisa perdait toute notion temporelle, ignorait souvent quel jour on était, ne désirait voir personne. Quand ils apprenaient son retour, ses amis appelaient, l'invitaient à leurs sorties traditionnelles, mais tant de changements s'étaient opérés en elle qu'elle n'imaginait pas reprendre cette vie trépidante d'autrefois, devenue stérile à ses yeux. Ses compagnons lui semblaient figés par l'habitude. Invitée à les accompagner à Lan Kuai Fong, le quartier à la mode dont les rues en pente offraient un concentré de restaurants, bars, clubs de jazz et boîtes de nuit, elle répondit avec nonchalance et inventa des prétextes. Elle n'aimait plus que les marches solitaires, fuyait famille et amis en se réfugiant au Captain Bar du Mandarin Oriental où le calme régnait depuis que s'était estompée la folie des premiers jours de juillet.

Un après-midi, Lisa avait vu Emily Harrison et une copine, chargées de grands cabas de papier blanc siglé Chanel, s'encadrer dans l'entrée du bar. Dans le temps – seulement deux mois plus tôt ! –, Lisa et Emily passaient ensemble des heures à courir les boutiques. Salvatore Ferragamo, Louis Vuitton, Dior, Versace... Mais là, elle s'était cachée derrière son journal. Par chance, l'épaisse fumée « politiquement incorrecte » avait chassé les jeunes femmes vers le lobby aéré, où elles attendraient qu'une table se libère. Dans le temps, après des achats épuisants, prendre le thé au son du piano l'avait elle aussi reposée.

Au désespoir de Muriel, Lisa se camouflait sous un uniforme composé d'un jean noir, d'une chemise de soie boutonnée à la chinoise et de lunettes opaques qui la faisait ressembler à une touriste plutôt qu'à une Hongkongaise de la haute société britannique.

Ainsi vêtue, elle gagnait Tsim Sha Tsui, sur la péninsule de Kowloon, à bord du Star Ferry où elle aimait s'appuyer à la rambarde. Le visage fouetté par le vent, elle se ressourçait en respirant l'odeur du large, en observant le ballet des péniches, sampans, remorqueurs et autres vedettes de la police. Il lui arrivait de gagner le marché aux oiseaux, ou de se rendre au Music Store.

Elle s'arrêtait parfois à l'hôtel Regent. *Boire un verre au piano-bar du Regent,* avait écrit Walter dans son cahier, *quand le crépuscule tombe sur la mer, engourdissant les bateaux dans le halo tremblotant des premières lumières, appartient à ces instants de grâce dont je ne me suis jamais lassé.* Jonathan avait projeté d'y passer la soirée du 1er juillet avec son amie. La presse du lendemain s'était répandue en images et échos. A minuit, les fêtards en robes de bal et costumes Union Jack taillés dans des drapeaux ou en somptueux vêtements chinois, avaient déjà vidé plus de deux mille bouteilles de champagne Moët et Chandon. Des joueurs de cornemuse en tartan, des danseurs et batteurs zoulous, des dancing-girls, des charmeurs de serpents, une cigarière s'étaient succédé pour égayer la soirée... Puis il y avait eu le compte à rebours... Ensuite, les serveurs s'étaient absentés, le temps des hourras et des hurlements, pour troquer leur spencer blanc à écusson anglais contre une veste chinoise rouge à étoiles et liens dorés.

Mais l'impatience, qui poussait en Lisa comme une mauvaise herbe, lui faisait souvent reprendre très vite le ferry en sens inverse. Les touristes, nombreux à profiter pour moins d'un dollar d'une croisière aux surprises toujours renouvelées, restaient ébaubis à la vue des yachts de plusieurs mètres qui battaient à présent pavillon communiste.

Le Hong Kong Convention and Exhibition Centre, construit pour les cérémonies de juillet, lui arrachait à chaque fois une grimace : cette verrue défigurait la baie, pensait-elle. Avec une tendre pensée pour Malka et le délicieux gâteau grignoté pendant sa dernière nuit zurichoise, Lisa regardait « la finiquilaire » escalader le Victoria Peak. Par temps clair, elle distinguait la maison Neumann sur le versant bien exposé où s'étageaient les demeures des *taïpans*. Mais il suffisait d'un temps brumeux ou d'un nuage sur le Peak pour que la vue bouchée évoque l'Uetliberg des mauvais jours. Dire que Lisa n'avait jamais trouvé l'occasion d'effectuer l'excursion favorite des Zurichois ! Combien de temps fallait-il parcourir une ville pour prétendre la connaître ?

Au débarquement, quand le flot des passagers l'entraînait, il lui fallait se débarrasser des coolies qui entendaient l'embarquer dans un pousse-pousse afin de s'y faire photographier. Une fois, voulant leur échapper, elle avait failli se faire happer par un tramway ! Autre fantôme zurichois.

Publicités ambulantes, les trams hongkongais ressemblaient de plus en plus à des jouets. Le « Coca-Cola » était adorable. Lisa l'avait pris par plaisir, un jour, et s'était fait déposer non loin des jardins d'Aw Boon Haw, don de l'inventeur du « Baume du Tigre » qui, au-delà de sa mort, continuait à inonder l'Asie de ses petits flacons au sceau du félin bondissant, gueule ouverte et queue au vent. Pour la première fois, elle s'y était aventurée.

Dans le royaume baroque et bariolé d'oiseaux à l'entêtant sifflement s'enchaînaient des galeries, des grottes, des escaliers qu'on eût dit sculptés dans de la cire fondue. En parcourant la rocaille, Lisa avait découvert des créatures psychédéliques, des chimères et des dragons, un éléphant bon enfant, des animaux en costumes d'humains. « L'empire de la naïveté, de la foi et de l'utopie », songeait-elle quand, au sortir de la galerie rocheuse, lui était apparue une grotte peinte en violet surplombant l'escalier. Fatalement, l'ange de la gare s'était encadré dans l'ouverture telle une madone. Quand Lisa parvint à la pagode surmontée d'un Bouddha, elle découvrit, saisie, le nom de « Bouddha compatissant ». Le sourire de la dame en violet flottait sur ses lèvres.

Que de fois était-elle retournée à Man Mo Temple ! Elle avait là l'étrange sensation d'une communion intense avec Walter. Au point qu'elle scrutait les ténèbres.

C'était empreinte d'un mélange d'espoir et de déception qu'elle retrouvait ensuite les rues avoisinantes. Des hommes de tous âges promenaient fièrement leurs oiseaux, tenant le fond de la cage afin d'éviter tout balancement intempestif. Un cuistot blême et torse nu, sorti tel un diable de sa gargote, vociférait dans un téléphone public. L'ail parfumait les ruelles à gradins où s'exerçaient les métiers immémoriaux de la Chine. Des graveurs courbés sur leur établi sculptaient des dominos de mah-jong, des sceaux d'ivoire, d'ambre et de jade. Dans l'odeur de musc et de ginseng, les herboristes manipulaient des potions étranges, pilaient ou pesaient des quantités infinitésimales de poudre de lézard, de chauve-souris ou de bile d'ours carbonisée. Ailleurs, des poissons séchés, méconnaissables, s'empilaient des planchers aux plafonds.

Il lui arrivait, partagée entre le dégoût et l'attirance, de traverser le marché à vive allure. Après les allées de victuailles où, parmi les œufs centenaires et les pintades qui attendaient d'être plumées, des lampes rouges amélioraient la carnation des viandes et des poissons, elle atteignait le marché aux fleurs. Walter lui avait transmis son plaisir de composer des bouquets odorants chez les marchandes chinoises, lui qui ne laissait jamais passer le printemps sans rapporter des rameaux de prunier.

Ensuite, Lisa revenait par l'escalator géant qui reliait le front de mer aux immeubles du Peak. A gauche du serpent d'acier, la ville internationale. A droite, la chinoise. Après Lyndhurst Terrace, la bête mécanique longeait des cafés et des restaurants de toutes nationalités, dans un mélange et un style d'activités qui évoquaient furieusement la Langstrasse de Zurich.

Il ne se passait pas une journée sans que Lisa fixât dans le miroir son collier. Ou, au contraire, fît semblant de l'ignorer.

Août s'apprêtait à prendre congé. La princesse Diana encourait les foudres des conservateurs britanniques en critiquant leur politique en matière de mines antipersonnel. « Je pense qu'une période de silence ferait le plus grand bien à la princesse et ne nuirait pas au pays », avait riposté l'un d'eux, ancien député.

Lisa méditait souvent le geste de la princesse de Galles qui, au printemps dernier, avait vendu sa garde-robe aux enchères. Le public s'était arraché d'éblouissantes toilettes de velours, mousseline et satin, piquées de perles et de sequins, à porter dans des châteaux de contes de fées. Les fonds recueillis avaient été affectés à la recherche contre le cancer et le sida.

Le nom de Lady Di happait Lisa comme de la glu. Parce qu'elle admirait de voir réunies en un seul être la gourmandise des plaisirs de la vie et la lutte pour les victimes des temps modernes. Mais aussi parce que la disparition de Walter, si Schuler s'avérait en être le responsable, serait liée à l'existence de la femme devenue la proie numéro un des paparazzi.

Et puis, ce premier matin de septembre, la foudre était tombée. La princesse de Galles venait de mourir durant la nuit à Paris, suite à des blessures causées par un terrible accident de voiture, alors que le chauffeur tentait de semer ses poursuivants, lesquels cherchaient à arracher des images de son idylle. Elle quittait l'hôtel Ritz. Du conte de fées, elle avait été projetée dans le plus impitoyable des thrillers. Dodi Al-Fayed avait succombé à ses côtés. Dès lors, on publierait des photos la montrant qui refusait d'être photographiée.

Le même jour, l'interdiction des mines antipersonnel se négociait à Oslo. Le député conservateur britannique pouvait se frotter les mains, sûr d'une « période de silence » définitive.

A Hong Kong, l'effondrement de la Bourse touchée par la crise financière asiatique alimentait les conversations des habitués du Captain Bar. Pendant ce temps, les banques suisses affichaient des bénéfices records.

Septembre se diluait doucement dans le passé. De loin en loin, Lisa suivait l'évolution des affaires helvétiques au travers de l'*International Herald Tribune*. A l'ouverture officielle des manifestations du centenaire du premier congrès sioniste à Bâle, dont la tenue avait provoqué une valse-hésitation au sein du Conseil fédéral – fallait-il ou ne fallait-il pas y aller ? –, le président de l'Organisation sioniste mondiale avait mis du baume sur les plaies locales en affirmant qu'il jugeait « détestable, unilatéral et injuste » le film de la BBC. Le même jour, cependant, l'ambassadeur d'Israël en Suisse appelait le gouvernement helvète à prendre davantage de mesures contre l'antisémitisme.

Zurich s'attira les quolibets du monde entier. Au cœur de la vieille ville, en plein jour, en cinq minutes, cinq gangsters accomplirent sans violence aucune le plus grand casse de l'histoire des P.T.T. en s'emparant en un tournemain de cinquante-trois millions de francs suisses. Les hommes n'étaient pas masqués. Armés de pistolets et d'un fusil-mitrailleur, ils avaient effectué un rapide aller-retour dans le bureau de poste mais n'avaient pu, faute d'une camionnette assez grande, emporter la totalité du butin.

Tandis qu'un conseiller national fustigeait « la cupidité et l'arrogance » des banques suisses, que les banques britanniques et américaines étaient à leur tour montrées du doigt, la commission Volcker annonçait la découverte de plus de cent mille nouveaux comptes dormants. Avec des sommes allant de cinq à dix francs. « Déposées sur des carnets d'épargne offerts aux enfants », selon l'explication officielle.

Pendant ce temps, les dix-sept millions libérés par le Fonds social pour les rescapés nécessiteux dormaient toujours sur un compte : les nombreux responsables des organisations juives, messieurs aux agendas trop chargés, n'avaient pas réussi à se rencontrer.

En ce mois de septembre, on reparlait aussi de Christoph Meili. Des organisations et des personnalités suisses demandaient la suspension immédiate de la procédure engagée contre lui. Allaient-elles obtenir gain de cause ? Israël l'avait accueilli en héros, lui attribuant le prix Jan Zwartendijk, créé en l'honneur d'un Polonais qui avait sauvé vingt-cinq personnes du génocide nazi.

De plus en plus éteinte et déprimée à mesure que les jours passaient, Lisa somnolait dans un brouillard d'où elle ne sortait que pour se disputer avec son frère David au sujet de la célébration à la mémoire de Walter.

« Comme si tu étais pressé d'enterrer papa ! » lui avait-elle lancé avant de claquer la porte.

Et puis était survenu cet étrange jour de la troisième semaine de septembre. Au kiosque à journaux du Mandarin, un adolescent précédait Lisa. L'inscription *Stop the army* s'étalait sur son tee-shirt orné d'un drapeau rouge à croix blanche. Il avait acheté un journal aussitôt reconnu : le *Tages Anzeiger*. La photo de la une lui sauta aux yeux : une jeune fille tirait à la carabine sous l'œil attentif d'un homme âgé.

Un Coca contre la traduction de l'article ? Bonne affaire. Le garçon accepta et Lisa l'entraîna, ravi, au Captain Bar.

Le texte évoquait le Knabenschiessen, une fête de tir traditionnelle qui se déroulait à Zurich. En 1930, Hans H. avait été l'un de ses champions. Aujourd'hui, la petite-fille reprenait le flambeau sous les yeux du grand-père âgé de quatre-vingt-deux ans.

A l'époque, Hans H. avait quinze ans. Parmi les lots, il avait choisi un agneau offert par un cultivateur des environs. « Il aurait pu avoir une montre et le voilà qui revient avec une brebis ! » s'était moqué son père, qui lui avait quand même donné du bois pour construire une étable. Hans avait baptisé l'agnelle Bärbel, l'avait nourrie au biberon puis, l'ayant amenée à fréquenter ses congénères, s'était réjoui à la naissance du petit Beni. La montre, il l'avait ensuite gagnée pour son coup d'éclat de 1931. Un succès répété cette année par sa petite-fille de dix-sept ans. « J'ai pas eu besoin de lui donner des tuyaux, disait-il avec fierté. L'œil sûr et la main juste, on a ça dans le sang. »

Il avait fait son service militaire dans l'artillerie de montagne. Un jour qu'il tirait la mitrailleuse à vélo depuis cent quarante kilomètres, il s'était effondré. Fracture du crâne. Le cœur lourd, il avait dû abandonner le tir.

Pendant ses loisirs forcés, il s'était intéressé à l'Inde. Une fois remis, il était parti y construire un hôpital pour les malheureux, et s'était occupé d'enfants atteints par la poliomyélite. Depuis, il y était retourné régulièrement trois mois par an, la dernière fois pour ses quatre-vingts ans. Soit un engagement auquel il avait consacré en tout cinq années de sa vie.

Et Bärbel ? Ah, Bärbel, c'était une autre histoire ! Le père de Hans l'avait mis en demeure de le seconder dans son entreprise de menuiserie de fenêtres, ou bien d'élever des moutons. En désespoir de cause, il avait à son tour offert Beni à l'un des vainqueurs du Knabenschiessen, en 1933. Quant à la pauvre Bärbel, il avait dû la conduire à l'abattoir. « Même que son meurtrier m'a réclamé un pourboire », s'était-il souvenu en hochant la tête. A chaque Knabenschiessen surgissait le souvenir de l'agnelle.

Hans H. était un Suisse tel que Lisa, autrefois, se les représentait tous. Quand elle n'imaginait pas, au pays qui s'était révélé le berceau de l'humanitaire, que des banquiers et des politiques pussent à ce point manquer d'humanité.

Ce même soir, à la table où Muriel avait réuni la famille, Diana éclata en larmes, à peine son dessert avalé.

– Son tam est mort ce matin, expliqua Alex, l'air supérieur, en tirant de sa poche un objet ovoïde comportant un cadran. Diana a oublié de lui donner à manger.

– C'est pas moi, c'est Conchita !

– Pareil. Fallait t'en occuper toi-même ou le confier à quelqu'un de sûr.

– Conchita était allée au marché, s'excusa Gladys, confuse.

– Mais je l'aimais tellement !

Sanglotant de plus belle, Diana alla se jeter contre sa mère. Lisa se souvint du chagrin de la petite Nina, au bain de l'Utoquai, qui s'était précipitée dans ses bras...

– Veux-tu voir quelque chose d'amusant que tu n'as jamais vu ? proposa-t-elle.

Diana sauta sur le sol, et Lisa l'entraîna vers son appartement.

– Ça doit être un truc de filles, émit Alex d'un ton supérieur. Pas vrai, papa ?

– Sûr... Nous partons aussitôt après le café, Lisa ! cria David.

– On en a pour dix minutes !

Elle plongea dans le fond de sa penderie, en revint avec un cabas d'où elle tira un objet volumineux, emballé dans du gros papier blanc, qu'elle déchira.

– Une maison de poupée ! cria la petite en battant des mains.

– Mieux que ça !

Lisa décrocha un tableau, suspendit le chalet à sa place puis activa le mécanisme et mit la pendule à l'heure en tirant sur les chaînes terminées par des pommes de pin.

– Que c'est mignon !

– Et tu n'as pas tout vu. Regarde bien ce qui va se passer dans trois minutes.

En attendant, elles détaillèrent le décor sculpté : les fenêtres fleuries, l'escalier qui abritait une remise à bois, le fermier qui revenait des champs avec sa fourche, le chien qui aboyait. Soudain, un déclic. Un volet s'ouvrit, un oiseau bleu jaillit comme un diable hors de sa boîte, lança une série de « coucou » stridents, et – clap ! – retourna dans sa cachette. Un second volet s'ouvrit. Une fermière apparut alors avec un arrosoir, fit trois petits tours au son d'une musiquette, et disparut.

– Super ! s'écria Diana, les yeux brillants. Tu me la donnes, la petite maison ?

– Oui... mais elle reste ici.

– Je veux l'emporter dans ma chambre.

– Non, Diana. Elle est à toi, mais elle reste ici.

La gamine fit la moue.

– Je peux quand même la montrer à Alex ?

– Oui, vas-y. J'arrive dans deux minutes.

Restée seule, Lisa plongea la main dans le cabas de

papier, en sortit le sac à dos orange, cadeau de Stefan. Elle fit jouer la fermeture à glissière, lissa le rabat des poches... et s'aperçut que l'une d'elles n'avait pas été vidée... Lisa en sortit le « calendrier des manifestations suisses » et le feuilleta. Le Knabenschiessen était bien signalé à la date du 13 septembre. « Concours de tir de la jeunesse zurichoise avec fête populaire et marché ».

Suivaient :

14.9	Einsiedeln (Schwyz)	Consécration, illumination, procession sur la place du couvent
14.9	Fribourg	« Bénichon », fête populaire
14.9-21.9	Delémont (Jura)	« Fêtes du Vorbourg », fête populaire
19.9	Aarau	« Bachfischet », ancienne coutume et fête populaire
19.9	Schwanden (Berne)	Justistal : « Chästeilet », ancienne coutume et fête populaire (partage des fromages)
20.9	Morges (Vaud)	marché d'automne
22.9	Jaun (Fribourg)	« Schafscheid », ancienne coutume (partage des moutons)
24.9	Zäziwil (Berne)	« Brächete », ancienne coutume et fête populaire (travail du lin)
26.9-28.9	Mendrisio (Tessin)	Fête des vendanges
26.9-28.9	Neuchâtel	Fête des vendanges avec cortèges
27.9	Charmey (Fribourg)	Fête de la désalpe
27.9	Morat (Fribourg)	Vully : fête des vendanges
27.9-28.9	Cerlier (Berne)	« Lesesonntage », fête des vendanges
27.9-28.9	Genève	Russin : fête des vendanges
27.9-28.9	Gléresse (Berne)	« Lesesonntage », fête des vendanges
27.9-28.9	Semsales (Fribourg)	Fête de la désalpe
28.9	Weggis (Lucerne)	Désalpe avec marché d'automne
28.9-30.9	Lutry (Vaud)	Fêtes des vendanges
28.9-30.9	Thoune (Berne)	« Ausschiesset » et « Fulehung », tir avec fête populaire

Thoune... Thun, comme on l'écrivait en allemand. Les battements du cœur de Lisa s'accélérèrent. C'était dans cette ville, d'après le rapport du détective engagé par Stefan, que vivait Steiger, l'ami de Schuler. Lisa vit surgir le visage fade et pâle de l'aubergiste de Regensberg. « Il aime les fêtes traditionnelles de tir. Chaque année, il se rend une semaine à Thoune, chez un ami, à la date de l'Ausschiesset. Il y a une fête avec des arbalétriers... »

Lisa réfléchit à toute allure. « Admettons que Schuler ne soit pas responsable de la disparition de papa, cet homme a quand même failli avoir sa peau à Dachau ! Et c'est un meurtrier ! On le recherche en Amérique du Sud alors qu'il se cache en Suisse. Ce serait trop bête de ne pas l'épingler. Il faut que j'y aille ! »

Elle avait raté Interlaken et Payerne, elle ne raterait pas Thoune.

Il était trop tard pour réserver sa place dans l'avion de Zurich, mais elle pouvait commencer à préparer ses bagages. Elle prit un appareil photo, sa caméra poids plume et les glissa dans le sac orange.

XXVII

Le carillon de l'église sonna deux coups.

Lisa se souvint d'avoir pensé que Zurich était « minuscule ». En comparaison, Thoune était « microscopique ». De la terrasse du château en forme de donjon, Lisa embrassait du regard non seulement la « ville des Alpes », mais aussi le lent travail des siècles qui l'avaient façonnée. Dans un guide, elle avait lu que la cité tirait son nom d'un mot celtique, *Dun,* qui signifiait : « colline ». Et Lisa se trouvait sur cette colline-là, le Schlossberg[1] ! C'était magique.

A l'origine, il y avait eu la colline surplombant la rivière de l'Aar. Puis on y avait planté un château et une église, dont Lisa discernait, à sa gauche, le curieux clocher octogonal. Elle s'amusa, observant les différents styles d'architecture, à imaginer comment la ville s'était étendue d'abord au pied de la colline, puis sur l'île enserrée par la rivière, enfin sur l'autre rive de l'Aar.

Un peu plus loin se dessinait le lac auquel la cité médiévale avait donné son nom. Des pêcheurs devaient taquiner le goujon sur les rives boisées d'où émergeait une barrière montagneuse aux pics couronnés de neige. Le guide touristique mentionnait à quel endroit du château, sur la terrasse ou aux ouvertures des quatre tours d'angle, il fallait se placer pour bénéficier d'une vue sans pareille sur les « colosses de l'Oberland

1. Littéralement : « colline du château ».

bernois » : le Niesen, le Breithorn, le Mönch, l'Eiger ou la Jungfrau. Mais, portées par le vent, Lisa entendit des exclamations joyeuses venir de sa droite, ce qui la décida à partir dans cette direction. Un escalier descendait le long d'une ancienne muraille.

Ses jambes flageolaient tandis qu'une curieuse sensation lui parasitait les reins et l'estomac : les effets du décalage horaire sans doute. Une bonne nuit, et il n'y paraîtrait plus. Demain, dimanche, Lisa s'éveillerait d'attaque pour l'ouverture de l'Ausschiesset. Hasard des circonstances et du vocabulaire : elle assisterait à cette fête dédiée aux « épreuves finales du concours des jeunes arbalétriers », en espérant harponner un vieil homme qui, dans sa jeunesse, s'était attiré le surnom de « Wilhelm Tell » pour son adresse au tir. Là s'arrêtait l'analogie. L'arbalétrier suisse était le symbole de la droiture et des libertés helvétiques, alors que la main de l'ancien nazi crapuleux avait servi son âme sadique et meurtrière.

Obéissant à l'habitude, Lisa composa une nouvelle fois le numéro de la galerie Safari. Mais la sonnerie qui retentissait dans le vide l'emplit cette fois d'espoir.

Douleur, chaleur subite accompagnée de frissons. Un instant d'inattention : Lisa venait de se tordre la cheville sur les pierres irrégulières.

Elle se remit en marche en boitillant, maudissant sa distraction. Pourtant, tout s'annonçait si bien ! A peine débarquée de l'aéroport de Zurich, elle recherchait à la gare le train de Thoune quand, sur le quai, elle avait aperçu la dame en violet qui resserrait son châle autour de ses épaules. Le cœur battant, Lisa s'était approchée. L'ange lui avait souri, les yeux mauves l'avaient longtemps accompagnée d'une sorte de bénédiction. Pleine de gratitude envers le Ciel qui lui envoyait ce signe, Lisa était montée dans le train d'un pied léger.

Ensuite, à l'hôtel Krone [1] de Thoune, une impressionnante maison médiévale, on lui avait fait apprécier

1. Hôtel de la Couronne.

– pour la troisième fois au moins ! – la chance fabuleuse dont elle bénéficiait. Les chambres sur la Rathausplatz [1] étaient retenues d'année en année par les mêmes fidèles avides de ne rien perdre des festivités. Et voilà que, lorsqu'elle avait téléphoné de Hong Kong, M. Balmer venait tout juste de résilier. Cet ancien Thounois expatrié à Pontresina, dans les Grisons, qui louait la plus belle chambre de la tour depuis dix-sept ans, était grippé. Le pauvre homme ! A la réception, on avait laissé entendre que si M. Balmer, un *Heimwehthuner* [2], avait renoncé à ce séjour, cela signifiait qu'il était au moins à l'article de la mort. La fenêtre de sa coquette chambre où luisait le bois patiné de meubles bernois anciens ouvrait en plein sur la Rathausplatz ; là commençaient et se terminaient les défilés.

Boitillant toujours sous l'effet d'une douleur aiguë, Lisa parvint près d'une tour qui terminait la muraille, sur une place entourée de maisons anciennes. Berntorplatz [3], lut-elle. Une dizaine d'adolescents s'activaient, sous les yeux d'un groupe de badauds donneurs de conseils, à fixer un tableau floral au-dessus d'un mur qui supportait de grandes pièces d'épaisse terre glaise. Sur le fond de branches de sapin se détachait une pomme percée d'une flèche.

La maladresse d'une adolescente excita le rire impitoyable des curieux, et l'un d'eux pivota sur lui-même en se tapant sur les cuisses.

– Hé ! fit le jeune homme à la tête ronde coiffée en brosse, quand il aperçut Lisa.

Comme il s'avançait, elle reconnut un passager du vol Hong Kong-Zurich ! Au débarquement, voyant qu'elle cherchait un improbable chariot pour son gros sac, il lui avait spontanément offert de le porter le long

1. Place de l'Hôtel de ville.
2. Littéralement : « qui a le mal du pays de Thoune ».
3. Place de la porte de Berne.

de l'interminable labyrinthe qui conduisait au tapis des bagages.

– Nous aurions pu voyager ensemble jusqu'ici ! s'exclama-t-il en anglais. Thomas Schneider, dit-il en lui tendant la main.

La douleur devenant lancinante, Lisa expliqua ses malheurs et demanda où se trouvait la pharmacie la plus proche. Il s'offrit à l'accompagner, lui proposant l'appui de son bras, qu'elle accepta. Chemin faisant, il demanda pour quelle raison elle s'intéressait à l'Ausschiesset.

– Journaliste, mentit-elle en montrant les appareils qu'elle tenait à portée de main dans les poches d'un gilet de reporter. Et vous ?

Né à Thoune, il travaillait pour la filiale d'une banque suisse installée à Singapour. Chaque année, il prenait ses vacances de manière à pouvoir assister à la fête. Elles avaient cette fois débuté par un séjour à Macao où son amie, employée auparavant par une banque portugaise de Singapour, venait d'être mutée.

– Il y avait ma petite sœur qui décorait le *täntsch*, expliqua-t-il, revenant à ses souvenirs de la Berntorplatz. C'est elle qui a fait rire tout le monde.

– Qui décorait le quoi ?

– Le *täntsch*. C'est la cible. Ma sœur a été élue cette année l'un des chefs du corps des cadets, et ce sont eux qui décorent la cible pour les épreuves de tir.

– Qu'est-ce que c'est, les cadets ?

– Vous êtes pas encore allée bien loin dans votre enquête ! s'exclama-t-il, ses yeux noisette pétillant de malice.

– C'est vrai, mais par chance, je suis tombée sur vous, et vous allez tout m'expliquer !

Massages avec pommade, jambe étendue, pied surélevé, et port d'une bande : tels avaient été les conseils impératifs du pharmacien si Lisa voulait être remise pour le lendemain.

Allongée sur son lit, elle les suivait à la lettre.

Thomas Schneider l'avait raccompagnée à son hôtel. Devant tant de sollicitude, elle l'avait invité à se rafraîchir sur la terrasse fleurie, au bord de l'Aar. C'est là qu'il l'avait initiée aux mystères de l'Ausschiesset, fête profondément ancrée dans la vie des Thounois.

« *Einmal Kadett, immer Kadett,* on est cadet pour la vie », avait-il affirmé avec fierté. Avant d'ajouter : « Quand on a grandi avec ça, on ne peut pas s'en passer, mais ceux qui ne l'ont pas connu enfants n'y comprennent rien. » « Me voici prévenue », avait songé Lisa.

Tout petit Thounois qui se respectait entrait dans le corps des cadets autour de sa dixième année. Un moyen de s'entraîner à des sports divers ou de participer à une formation musicale, voire les deux, et de se faire des amis pour la vie. Les deux dernières années, vers seize ans, les volontaires pouvaient s'exercer au *bögele,* l'arbalète. *Armbrust,* en bon allemand.

De mai à septembre, chaque mardi et vendredi, on voyait vers seize heures des adolescents se hâter, l'arbalète sur l'épaule, vers le Berntor, là où Lisa et Thomas s'étaient rencontrés. Un stand de tir était installé au pied du *Chutziturm,* la vieille tour.

Bien avant, dès le début du printemps, la préparation du large mur crépi qui supportait les cibles de terre glaise avait commencé. Quand tout était fin prêt, les jeunes tireurs élisaient leurs « autorités » sous la direction d'un instructeur des cadets. Choisies parmi les aînés, celles-ci comprenaient notamment un maître tireur, un surveillant et un secrétaire. Pendant les exercices de l'été, les élus remplissaient les fonctions nécessaires au bon ordre des tirs. Une fois les nominations soumises à l'agrément de la commission des cadets, les exercices pouvaient commencer.

« Ça ressemble à l'armée », avait observé Lisa. « Exactement », avait répondu Thomas, qui n'en semblait pas peu fier.

Le programme de l'été comportait soixante coups valables, avec un maximum de soixante fois quatre points, soit deux cent quarante points, plus soixante touchés, ce qui faisait un total de trois cents points. « Inutile de dire, avait ajouté Thomas en riant, que le maximum n'a pas encore été atteint et ne le sera vraisemblablement jamais. » Elle avait ri avec lui, se gardant bien d'avouer qu'elle n'avait strictement rien compris.

La distance de tir était de trente-huit mètres. Pendant les exercices, les flèches survolaient la route, passaient au-dessus des voitures, des vélos et des piétons. Cependant, le chef criait : « *Halt !* » quand se présentaient un autobus ou un grand camion de foin qui obstruaient la vue des cibles.

« Et l'Ausschiesset, alors ? » s'était impatientée Lisa. « J'y viens ! » Ces exercices-là préparaient les jeunes arbalétriers aux trois journées automnales de tir, l'Ausschiesset, tradition qui remontait à l'année 1551. Transformée par la suite en manifestation populaire, elle constituait la principale fête de la ville de Thoune. On possédait « intégralement » tous les procès-verbaux des tireurs thounois depuis 1535.

Lisa n'ayant pu réprimer un bâillement impressionnant, Thomas lui avait encore exposé, s'aidant du journal local, le programme du dimanche. Heureusement, avait-elle pensé, que s'ajoutait la perspective de repérer Schuler, sinon elle risquait de s'ennuyer ferme ! Thomas l'avait quittée en promettant de lui faire signe le lendemain.

Elle était allongée depuis une heure quand l'inaction se mit à l'emplir de nervosité. Dire que Schuler pouvait passer sur la place, sous son nez, et qu'elle le manquerait !

Où pouvait-il loger ?

Elle saisit l'annuaire, feuilleta, ne trouva pas de Rudolf Steiger. Mauvaise nouvelle. Un sentiment obscur lui souffla qu'elle avait entrepris ce voyage pour rien. Mais elle se reprit : Walter avait souvent répété que l'avenir appartenait aux optimistes. Steiger pouvait avoir refusé d'apparaître dans le Bottin, songea-t-elle.

Ou bien habiter l'une des nombreuses communes alentour. Lisa poussa le fauteuil et la chaise près de la fenêtre, filma et photographia la paisible Rathausplatz avec sa vieille fontaine fleurie puis, ses appareils à portée de main, se tint aux aguets, surveillant les passants.

Un homme traversa la place avec nonchalance, une démarche qui n'était pas sans rappeler celle de Stefan. Elle s'interdit de bouger. L'image revenait chaque jour, ou presque. Elle avait cru voir Stefan à plusieurs reprises : au Mandarin, sur le Star Ferry et même en plein marché aux oiseaux, puis à l'aéroport de Hong Kong et à celui de Zurich, sur le quai de la gare, enfin ici. Chaque fois, le même scénario se reproduisait. Les battements de son cœur se précipitaient, elle tâchait d'approcher l'homme, constatait une ressemblance, qui n'était jamais qu'une ressemblance... Tant que Stefan vivrait en elle, Lisa le savait par expérience, elle continuerait à l'apercevoir ici ou là. Il suffisait d'un trait du visage, d'une attitude ou d'un vêtement. Décider de ne plus aimer un homme et y parvenir étaient deux choses différentes. Seul le temps agirait.

Pourtant, Stefan visitait souvent son esprit. Pas uniquement en amoureux : elle s'inquiétait de savoir comment il vivait la découverte du passé de son père.

Le dimanche matin, elle fut heureuse de constater que sa cheville avait bien récupéré. Elle se prélassa dans un bain moussant, massa l'endroit blessé, enfila le bandage avec soin. Pas très esthétique. Mais la séduction n'était pas à l'ordre du jour.

Au-dehors, l'effervescence commençait à se faire sentir. Quelque part, le cortège devait se former. Lisa contrôlait le bon fonctionnement de sa caméra quand un coup de canon éclata, suivi de salves à réveiller les morts. Une foule toujours plus compacte se pressait dans les espaces réservés. S'apercevant que le meilleur observatoire était la fenêtre de sa chambre, Lisa décida d'y rester, avec une pensée fervente pour le rétablissement de M. Balmer.

Papoum, papoum, ratatata, papoum, papoum, « ils » apparurent enfin au son d'une marche. Sans l'initiation de Thomas, Lisa se serait interrogée sur ce défilé de gamins en uniformes bleus traversés d'une longue écharpe bicolore dont les pans battaient leurs cuisses, garçons en culottes courtes et jeunes filles en jupe sous le genou paradant avec des drapeaux, soufflant dans des trompettes et des clarinettes, roulant du tambour, qui suscitait tant d'enthousiasme.

La foule en liesse applaudissait à tout rompre, filmait et photographiait le cortège martial. En premier venait la jeune *Hauptfrau* [1], un béret fièrement campé sur sa tête blonde, vainqueur de l'Ausschiesset de l'an passé, suivie des *Oberleutnants, Leutnants, Feldwebel* [2] en rangs par cinq, sortes d'escadrilles dont l'ordre devait parler aux initiés. Lisa repéra aussi des associations de tireurs, celles-ci composées d'adultes, ainsi que les fanfares municipales de Thoune et des environs. Mais son regard s'attarda surtout sur des personnages historiques : Guillaume Tell et son fils, « *der Walterli* [3] », ainsi que « *der Schwyzermaa* », l'homme suisse, lui aussi accompagné de son fils. Vêtu en manant et portant son arbalète, Tell traînait de lourdes et dures sandales de bois. Un costume rayé rouge et blanc de guerrier du XVIe siècle habillait l'homme suisse nanti d'une longue épée.

Elle filma la foule, balayant les visages au zoom, ce qui lui permettrait ensuite d'éplucher les images.

Des spectateurs prirent le pas du cortège et disparurent à sa suite. D'autres formèrent des groupes autour de la fontaine ou se dispersèrent dans les cafés. En compulsant le programme aimablement fourni par

1. Femme capitaine.
2. Equivalent des grades français de lieutenant, sous-lieutenant et adjudant.
3. Le petit Walter.

l'hôtelier, Lisa s'aperçut qu'elle avait raté la première épreuve des arbalétriers. Elle s'était pourtant promis d'assister à toutes les festivités. Qui sait si elle n'avait pas, justement, manqué Schuler ?

En venant à Thoune, elle s'était imaginé avec naïveté que « Wilhelm Tell », n'ayant rien de plus pressé que de prouver la permanence de son habileté, participerait aux tirs et qu'il serait facile, alors, de le filmer ou de le photographier. Or, les explications de Thomas, qui lui revenaient soudain à l'esprit, lui firent comprendre que l'organisation méticuleuse des épreuves interdisait la participation de ceux qui n'étaient ni cadets ni *Ehemalige*[1]. Schuler ne pouvait être ni l'un ni l'autre. Steiger non plus.

De nouveau, elle céda à l'abattement. Quelle idée de s'être lancée dans cette aventure ! Comme si la disparition de Walter et la rupture d'avec Stefan lui laissaient l'esprit libre pour faire du tourisme ! Néanmoins, puisqu'elle était là, il fallait aller jusqu'au bout.

Elle partit donc, se frayant avec peine un chemin parmi les familles et les groupes d'amis. Le soleil brillait, les gens s'interpellaient, riaient. Une joie étrangère à Lisa. Arrivée Berntorplatz, elle fit des pieds et des mains pour s'approcher du stand de tir, la *Schützehüssi*. Ne fût-ce que pour voir de près à quoi ressemblait une arbalète.

– Lisa ! Hé, Lisa ! Par ici !

Thomas, bien placé, l'avait repérée. Elle le rejoignit.

– Alors, cette cheville ?

– Ça va mieux, merci.

– Prenez quand même mon bras, on risque d'être bousculés.

Elle accepta volontiers. Pour se sentir moins seule.

Une arbalète se compose d'un arc en acier fixé à un manche en bois. Ce dernier, creusé dans le sens de la longueur d'une rainure où se loge la flèche, comporte un mécanisme permettant de tendre la corde.

1. Anciens cadets.

L'épreuve commença. Les jeunes tireurs étaient nerveux, angoissés. La lenteur de leurs gestes contrastait avec la vélocité des flèches. Les clameurs de la foule, toujours plus excitée, s'accordaient à la qualité de l'exploit. Mais pour Lisa, le spectacle devint vite monotone.

Appuyée sur son chevalier servant, qui eut la politesse de ne manifester aucun étonnement, elle se mit à se tourner et se retourner, comme une girouette, pour scruter les assistants. Il lui sembla un instant voir quelqu'un se baisser vivement, comme pour se dérober à son regard. Elle arma sa caméra, visa l'endroit et attendit avec fièvre. Sans résultat.

Quand l'épreuve eut pris fin, Thomas lui présenta ses amis, tous anciens cadets. Urs Lauener, Martina Schwarz, Beat Metzger, Olivia Graf, Peter Hueber, Hanspeter Steiger...

– Quelqu'un de sa famille s'appelle-t-il Rudolf ? demanda Lisa, le cœur battant.

Thomas traduisit la question et la réponse. L'un des oncles d'Hanspeter s'appelait en effet Rudolf. Il était décédé au début de l'été.

Perplexe, Lisa accepta de suivre le groupe dans un restaurant bondé. Peut-être réussirait-elle à déterminer si le Rudolf Steiger décédé était celui qui l'intéressait. On commanda de la *Bernerplatte* pour tous. Le plat était gargantuesque et appétissant mais l'exaspération de Lisa ne cessait de croître devant le bruit ambiant et ces conversations auxquelles, malgré les efforts de Thomas, elle ne pouvait participer. Elle picora des haricots, une saucisse, une pomme de terre, des filaments de choucroute tandis que ses compagnons savouraient les *rippli,* petits morceaux de viande de porc fumée. Oubliant la présence de cette fille muette venue d'ailleurs, ils évoquaient entre eux des souvenirs hilarants. Au dessert, elle abandonna à mi-course l'imposante meringue coiffée d'une montagne de crème Chantilly.

– C'est comme l'arbalète, plaisanta-t-elle, la gorge serrée. Il faut commencer jeune.

Renonçant à poser d'autres questions sur la famille Steiger, elle prétexta de terribles élancements dans la cheville pour quitter Thomas et ses amis, et retourna prendre le guet à sa fenêtre. De là aussi, le soir, elle assista, d'un œil morne, au *Zapfenstreich*, quand la compagnie de musique des cadets et les tambours défilèrent dans la vieille ville en sonnant la retraite.

Triste à pleurer, elle descendit au bar, où elle ne trouva de la place qu'à la table d'un vieux couple morose.

– Oh nous, vous savez, on n'y comprend rien non plus, dit gentiment la dame. Ça fait seulement dix ans que nous habitons à Thoune. Il faut être né ici.

Sur la recommandation de Thomas, Lisa régla néanmoins son réveil de manière à être debout un peu avant cinq heures, puis sombra dans un sommeil peuplé de cauchemars.

XXVIII

Il faisait encore sombre quand le réveil sonna. Lisa ouvrit ses rideaux sur la Rathausplatz déjà frémissante. Des impatients battaient la semelle, guettant de tous côtés. Petits et grands attendaient le *fulehung*[1], dont on ne savait jamais d'où il surgirait. La tension était à son comble quand l'horloge de la tour lança le cinquième coup.

Soudain, un cri.

– *Hier ! Hier ! Er kommt über die Teufelstreppe*[2] *!*

Les têtes se tournèrent avec un bel ensemble vers le petit escalier couvert qui descendait du Schlossberg, et la foule, riant et criant d'effroi, libéra le passage à une créature brandissant un bâton agrémenté d'une grappe de boyaux de porc gonflés, agitant un gourdin rectangulaire qui bourdonnait comme un essaim de frelons. Le fulehung – Lisa l'avait reconnu d'après les explications de Thomas – partit en chasse autour de la place. Il fondait sur ses proies, tapait sur tout ce qui bougeait...

Satisfaite, elle s'arrêta de filmer. Elle avait eu en gros plan, exactement comme elle avait espéré avoir Schuler, le bouffon au masque de diable bordé d'une barbe et de cheveux broussailleux, d'où émergeaient deux cornes terminées par des grelots, en veste et pantalon bordés d'autres grelots. Une étoile dorée décorait

1. La traduction pourrait être « chien paresseux ».
2. « Ici ! Ici ! Il arrive par l'escalier du Diable ! »

le haut de sa veste traversée par un baudrier, lui aussi à grelots.

« Une légende, avait raconté Thomas, dit que le masque aurait appartenu au bouffon de Charles le Téméraire, duc de Bourgogne. » C'était en 1476, au temps des guerres contre les Bourguignons. A l'avant-garde, les Thounois se trouvaient loin du gros de l'armée quand ils aperçurent l'ennemi. Tremblants, ils mirent pied à terre et commencèrent par se jeter à genoux pour implorer le Seigneur de préserver les femmes, les enfants et la patrie tout entière. Arrivèrent les Bourguignons et, en tête, le bouffon de Charles le Téméraire, qui se moqua des Bernois lents et des « *fule Thunerhung* » demandant grâce à genoux. Tous, avec leur escorte de quatre mille femmes et prostituées, rirent tellement fort que plus personne ne s'entendit. Toutefois, les Thounois, ayant gagné la bataille de Morat, s'emparèrent du bouffon, l'emmenèrent en guise de butin et le pourchassèrent autour de la ville jusqu'à ce qu'il s'effondre.

Pour prix de leur courage à la bataille, les Thounois reçurent le privilège d'arborer une étoile dorée sur leurs armoiries. Le masque en fer-blanc, illuminé par un grand nez et des pommettes orange, bordé par une barbe et des cheveux en peau de mouton noire, avait traversé les siècles. Il s'attachait à une coiffe de tissu terminée par une poche emplie de sable qui, tombant au milieu du dos, faisait contrepoids.

« 6 heures : *Tagwart* », annonçait le programme. La compagnie de musique des cadets et les tambours sonnèrent le réveil, mais tout le monde, à l'évidence, était déjà debout. Lisa, elle, retomba sur son lit.

Les sons d'une marche militaire la réveillèrent en sursaut à 7 h 30. Une cérémonie des drapeaux se déroulait sous sa fenêtre.

Elle s'habilla et descendit. Suivant les conseils de

l'hôtelier, elle se rendit dans la Hauptgasse[1], qu'elle n'avait pas encore visitée. Une rue semblable à celle-ci, Lisa n'en avait vu nulle part ailleurs.

Il s'agissait d'une voie à deux étages. Des rangées de boutiques s'ouvraient à même la chaussée encaissée, sous des trottoirs surhaussés de deux mètres, tandis que d'autres magasins occupaient la base des maisons à longues fenêtres étroites sous des toits saillants. Ce qui faisait quatre rangs de boutiques le long de la Hauptgasse.

Lisa était arrivée au bon moment. Dans l'attente du défilé, des grappes humaines s'étaient agglutinées sur les hauts trottoirs et la chaussée. Le fulehung frayait le passage. « Méfiez-vous des *söiblaatere* et de la *brätsche* ! » avait conseillé l'hôtelier. Boyaux de porc et gourdin ne chômaient pas, en effet. Le bouffon distribuait fessées et rossées à ceux qui ne décampaient pas assez vite. La *brätsche,* plusieurs fois sciée dans le sens de la longueur, happait l'air avec un bruit de bourdon.

Les cadets bombaient le torse tandis que leurs parents, appareils vissés à l'œil, les mitraillaient. Cette fois, de jeunes arbalétriers en costumes historiques participaient au cortège. Leur tunique vieux rose, orange ou verte, dont le bas ressemblait à une mini-jupe à plis, tombait sur des collants. Entraînés par le rythme lancinant des tambours et des cuivres, les spectateurs dansaient sur place, bébés dans les bras ou enfants sur les épaules. Seul Guillaume Tell traînait la jambe, handicapé par ses sandales en bois.

Le cortège se rendit Berntorplatz pour une nouvelle épreuve de tir à l'arbalète. Lisa retrouva Thomas et accepta de nouveau son bras. Mais aucune trace de Schuler.

Ensuite, avec les copains de Thomas, ils repartirent par les rues, dans le tumulte des cris et des pétards. Tintinnabulant de tous ses grelots, le fulehung jetait à la volée des pelletées de bonbons et de *täfeli,* feignait

1. Rue principale.

de viser à droite avant de tirer à gauche ou vice versa. Il s'interrompait pour apprivoiser les enfants, caresser la joue des demoiselles, lancer des pitreries. Soudain, il disparut dans le restaurant Steinbock où résonnaient les chants d'une compagnie qui avait déjà dû écluser pas mal de gobelets. Ses aides en profitèrent pour remplacer les *söiblaatere* éclatés.

– Fulehung ! Fulehung ! se mit à crier la foule en trépignant.

Thomas, qui discutait avec un petit homme à chapeau pointu de feutre vert, éclata de rire.

– Monsieur n'est pas content, expliqua-t-il à Lisa. Il dit que le nouveau fulehung frappe à peine et qu'il ne court pas tellement.

L'ancien fulehung, maître boulanger dans la Obere Hauptgasse, avait rendu son masque après vingt années de bons et loyaux services.

– Fulehung ! Fulehung ! cria Lisa avec la foule impatiente.

Le bouffon apparut à la fenêtre, sauta dans la rue, arracha son attirail néfaste des mains de ses aides et se précipita vers Lisa. Terrifiée, elle se retint de courir, craignant pour sa cheville, et se recroquevilla. Les boyaux lui cinglèrent les fesses. Un gamin vint à sa rescousse en tirant sur le sac de sable qui battait le dos du fulehung. Celui-ci se retourna et lui en administra pour son grade, puis poursuivit la chasse. Remise de sa frayeur, Lisa riait de bon cœur tandis que le marmot, félicité par les siens, se vantait de figurer parmi les victimes.

– Heureusement qu'il n'a pas pris la *brätsche* ! observa Thomas. Parce que celle-là, on la sent passer !

Plus loin, le fulehung s'était remis à lancer des bonbons. La journée continuerait en distributions alternées de friandises et de coups. « Comme la vie ! » songea Lisa.

Elle s'aperçut soudain que Schuler lui était sorti de l'esprit et, mortifiée, reprit son « reportage », selon le mot de Thomas.

Le mardi matin, Lisa rechargea ses appareils avec soin : piles et bobine neuves pour l'un, batterie et cassette pour l'autre. Elle avait beaucoup photographié et filmé la veille. En particulier, au *Kleinkaliberschiessen* des *Ehemaligen*. Elle avait suivi Thomas et ses copains dans l'épaisse forêt de la Guntelsey, où les anciens cadets tiraient avec des « fusils de petit calibre » à cinquante mètres de distance. Thomas n'avait pas été mauvais. Il était fier du très grand stand de tir, normalement utilisé par l'armée et qui, dix ans auparavant, avait accueilli le championnat du monde.

Lisa, intriguée, avait de nouveau perçu dans la foule des spectateurs le mouvement de quelqu'un qui semblait vouloir se dérober à son regard. De nouveau, elle en était restée pour ses frais. Mais ce souvenir l'avait obsédée dans la soirée tandis que, à sa fenêtre où elle avait convié Thomas et les autres, ils assistaient au joyeux concert donné par la compagnie de musique des cadets. Musique et tambours avaient ensuite repris leur défilé dans la vieille ville, mais les abondantes libations de certains troublèrent la belle ordonnance du cortège.

Ce matin, au petit-déjeuner pris dans la salle à manger de l'hôtel, on commentait, horrifié, le vandalisme qui s'était ensuivi : panneaux indicateurs et fleurs arrachés, poubelles enflammées, vitres cassées. « Avant, avait exposé le serveur aux cheveux argentés, il n'y avait que des gens de Thoune. Maintenant ils viennent d'ailleurs, et ils viennent pour casser. Ceux-là n'ont pas le "sentiment" du fulehung. »

Equipée, Lisa quitta sa chambre en consultant sa montre. En ce moment, dans la Curlinghalle, les cadets vainqueurs recevaient des couronnes et des prix. Elle avait encore le temps de s'acheminer par un chemin détourné vers la Berntorplatz, où le *Gesslerschiessen*, prévu à dix heures ce matin, attirerait une foule nombreuse.

Par les hauts trottoirs de la Hauptgasse, elle rejoignit

le grand escalier couvert qui montait vers l'église. De là, elle rallierait le château puis descendrait vers la place par le chemin pris le premier jour, le long de l'ancienne muraille, quand elle avait découvert le *täntsch.*

D'après ce qu'elle avait compris, les arbalétriers tireraient sur un portrait de Gessler, l'oppresseur de Guillaume Tell. Caracolant sur son cheval, le bailli portait à l'emplacement du cœur un médaillon tenu par une chaîne, but que les tireurs, à trente-cinq mètres de distance, s'acharneraient à atteindre. Un peintre célèbre, « sponsorisé » par une banque, effectuait chaque année une copie du tableau. Le vainqueur du Gesslerschiessen promènerait ensuite fièrement le portrait percé de trous, lors du « défilé final » qui suivrait en fin de matinée.

L'enjeu devait être d'importance car, près du Chutziturm où elle avait donné rendez-vous à Thomas, Lisa vit que la police avait interdit le trafic sur la route qui traversait la place. Le fulehung était de la partie. Ayant assigné sa position à un jeune *bögeler,* il veillait à éloigner les imprudents de la trajectoire. Trop nerveux, le garçon rata complètement son coup. Le public manifesta sa déception. Pendant la pause, le fulehung se dépensa en pirouettes et plaisanteries.

Cherchant Thomas et les autres, Lisa s'avança parmi les spectateurs massés sur la place. Mais ne trouva personne. La foule était si dense qu'il lui semblait manquer d'air. Elle repartit vers l'escalier, grimpa quelques marches encombrées de monde, s'arrêta, s'adossa à la muraille : elle voyait maintenant parfaitement bien. Un nouveau tireur préparait son arbalète, la foule retenait son souffle.

Elle ne saurait jamais ce qui l'avait poussée, à cet instant, à bouger la tête. Quelques mètres plus haut, un homme âgé portant des lunettes d'écaille, vêtu d'un blouson, s'arrêta net lorsqu'il la vit, et se colla contre la muraille. Elle reconnut Schuler.

– Wilfried Keller ! hurla Lisa de toutes ses forces, pour en avoir le cœur net. Vous êtes Wilfried Keller !

– *Saujud*[1] ! éructa-t-il, les yeux animés de lueurs meurtrières.

Il fit volte-face et partit en courant vers le château. Elle s'élança derrière lui, sans savoir vraiment ce qu'elle espérait. La caméra et l'appareil photo, inutilisables dans cette course, ballottaient contre son corps. Il lui sembla que quelqu'un la talonnait, peut-être Thomas, mais elle ne se retourna pas, craignant de perdre du terrain et de malmener sa cheville. Schuler avançait rapidement malgré son âge, les fers de ses semelles crissant sur la pierre. Lisa commençait à s'essouffler. Juste avant d'arriver au château, l'ancien SS s'arrêta à l'angle formé avec le Teufelstreppe, le petit escalier qui débouchait Rathausplatz. Lisa le vit se retourner, jauger son avance sur elle. Puis, tout en plongeant la main à l'intérieur de son blouson, il fit deux pas de côté et s'engagea dans le passage. Alors que Lisa arrivait, exténuée, un objet ovoïde, noir et chuintant, tomba sur le chemin, à deux mètres d'elle. Son poursuivant la dépassa comme une flèche, saisit l'engin, le lança de l'autre côté de la muraille, happa Lisa et la plaqua au sol. Le tout n'avait pas pris cinq secondes. C'est alors que l'explosion se produisit.

– Ça va, Lisa ? entendit-elle, malgré ses tympans douloureux. Ça va ?

C'était Stefan, agenouillé à côté d'elle.

– Tu n'as rien ? Tu peux te lever ? Vite, il a filé.

Il saisit sa main et ils se jetèrent à la suite de Schuler. Rattrapant leur retard, ils le virent encore zigzaguer puis s'abattre sur le sol, à l'endroit même d'où la veille, le fulehung avait surgi à cinq heures du matin.

Une femme cria, créant un attroupement. On entendit les sirènes de l'ambulance. L'homme respirait faiblement.

Choquée, Lisa tremblait de tous ses membres et cla-

1. « Sale juive. »

quait des dents. Elle regarda sur la civière l'être misérable, médiocre, caricatural, qui ne lui arracha même pas une bouffée de haine. Juste de la pitié. Quand le fourgon démarra, elle songea qu'elle ne l'avait ni filmé, ni photographié.

XXIX

Au bar de l'hôtel Krone, Stefan installa Lisa sur un fauteuil et, d'autorité, commanda deux whiskies. Elle songea qu'il lui avait sauvé la vie, mais les mots ne franchissaient pas ses lèvres. Une bonne gorgée d'alcool l'aida.

– Sans toi, c'est moi qui serais sur la civière. Qu'est-ce que c'était, ce machin ?

– Une grenade. Au moins, mon cours de répétition m'aura été utile ! Comment tu vas ?

– Bien..., dit-elle d'une voix traînante, encore hébétée.

Il prit son mouchoir, y versa un peu d'eau, le lui tendit.

– Pour enlever les marques noires, sur ta joue.

Elle se frotta la peau, lui sourit.

– C'est mieux ?

– Oui.

Son cerveau était décidément ramolli. La scène violente lui revint à l'esprit. Elle prit une grande rasade de whisky, se souvint de sa frayeur, quand « on » l'avait saisie et jetée au sol. Elle se mit soudain à bégayer.

– Et comment... comment... pourquoi... comment te trouvais-tu là ?

Il soupira.

– Te rappelles-tu qu'un jour, ensemble (il soupira encore), sachant que Steiger avait invité Schuler, nous avions fait le projet de venir à Thoune pour l'Ausschiesset ?

Elle acquiesça, puis se souvint de Hanspeter Steiger, l'ami de Thomas, qui lui avait parlé d'un oncle décédé.

– Rudolf Steiger est-il toujours en vie ?

– Oui, oui, parfaitement. Je l'ai vu. C'est un vieux monsieur élégant.

En possession de l'adresse de Steiger, qui habitait une vaste maison au bord du lac, Stefan, arrivé à Thoune le samedi soir, avait pu filer Schuler dès le dimanche matin. Sûr de la qualité de ses photos, il pensait repartir le soir même pour Zurich mais, n'ayant encore jamais visité Thoune, s'était rendu par curiosité aux épreuves de tir Berntorplatz, en début d'après-midi. C'est là qu'il avait aperçu Lisa.

– Comment as-tu fait ? J'ai passé mon temps à regarder la foule et je n'ai vu personne, ni toi ni Schuler.

– Toi, il est impossible de ne pas te voir quand tu es quelque part. Tu te distingues toujours des autres. Tes cheveux, tes vêtements, ton allure... Mais tu donnais le bras à quelqu'un, et j'ai pensé qu'il valait mieux vous laisser ensemble.

Il détourna pudiquement le regard.

– C'était Thomas ! s'écria-t-elle.

– Je ne connais pas de Thomas.

– Un Thounois qui vit à Singapour. Je l'ai rencontré dans l'avion.

– Je ne te demande aucune explication. Chaque fois que je vous ai vus ensemble, tu lui donnais le bras. Je ne suis pas idiot.

– Si, complètement idiot. C'est à cause de ça, dit-elle en montrant sa cheville bandée. Voilà pourquoi je m'appuyais sur lui.

– Peu importe, s'entêta-t-il. Ça ne me regarde pas.

Leurs yeux s'affrontèrent. Ceux de Stefan brillaient comme du jais. Lisa prit une cigarette.

– Pourquoi es-tu resté, alors ?

– C'était plus fort que moi, avoua-t-il.

Non seulement il avait suivi Lisa, mais il était demeuré à Thoune pour l'épier, pensant que sa vie s'écoulerait ensuite sans qu'il la revoie jamais.

Elle se souvint d'avoir eu à plusieurs reprises le sentiment que quelqu'un l'observait. C'était Stefan. Et cet homme qu'elle avait un jour vu passer sur la place, dont elle avait pensé qu'il lui ressemblait, c'était sûrement lui aussi... Stefan avoua qu'il avait repéré la fenêtre de sa chambre, qu'il pouvait l'épier de la sienne, à l'hôtel Metzgern. Il restait des heures derrière ses carreaux, observant le mouvement des rideaux, le jeu des lumières, même quand Lisa avait éteint depuis longtemps. Seul, dans l'obscurité, il pensait à elle. A plusieurs reprises, il s'était caché près du Teufelstreppe, le petit escalier couvert. Quand Lisa quittait l'hôtel Krone, il la suivait. Ainsi, ce matin.

– Je voyais tes cheveux roux danser au-dessus de la foule comme la lumière d'un phare.

Elle baissa les yeux, prit une autre cigarette.

– Et maintenant ?

– Je prends le prochain train pour Zurich, et j'arriverai assez tôt pour téléphoner à l'Office central de recherche des criminels de guerre, à Ludwigsburg. Je les ai déjà prévenus de mes recherches. J'obtiendrai donc qu'on lance rapidement un mandat d'arrêt international contre Schuler, et que l'Allemagne demande son extradition pour le juger. Il faudra que tu te portes partie civile et que tu donnes le document laissé par ton père. En attendant, tu restes ici, et tu surveilles Schuler comme tu peux. Il a dû avoir une attaque cardiaque, il restera au moins vingt-quatre ou quarante-huit heures à l'hôpital... Il faut que j'y aille, Lisa.

Stefan se leva et ils se séparèrent gauchement.

Réserve ? pudeur ? crainte de n'être pas au diapason ? Ils n'avaient pas parlé d'eux. Il était le fils de l'homme qui avait pillé son patrimoine familial. Elle était celle par qui le scandale était arrivé.

Lisa se rendit à l'hôpital sans savoir comment elle allait s'y prendre. Elle traversa un parking. Devant le bâtiment stationnait, portes ouvertes, une ambulance identique à celle qui avait emporté Schuler. Sous l'auvent, une jeune femme pâle en robe de chambre rose, pantoufles aux pieds, fumait sur un banc situé à côté de la large porte d'entrée. Lisa pénétra dans le hall, embrassa d'un regard la réception, le point presse, la cabine téléphonique, la cafétéria bruyante, l'escalier, l'ascenseur, le couloir qui menait aux services d'urgence.

La mauvaise humeur régnait à l'accueil, où un homme et une femme en blouses blanches s'expliquaient avec vigueur. Pas le moment de les déranger. Lisa fit demi-tour, rejoignit la fumeuse sur son banc.

– Parlez-vous français ? demanda-t-elle.

– Un peu.

Une formulation modeste car, même si elle cherchait ses mots, la jeune femme s'exprimait très bien. Lisa put ainsi se faire certifier que l'hôpital ne possédait qu'une entrée. Malades, médecins et visiteurs passaient obligatoirement par là. La porte électrique s'ouvrait sans cesse pour des arrivants chargés de fleurs ou de paquets. La plupart repartaient joyeux, certains en larmes.

Lisa réfléchissait à la façon de mener son investigation quand se présenta, marchant à petits pas rapides, le front soucieux, un homme âgé en blazer élégant. Dans ses mains, une paire de gants. Ni bouquet de roses, ni bonbons. Et si c'était Steiger ?

Elle le suivit vers l'accueil.

– *Herr Schuler, bitte.*

L'employée consulta son registre et, l'air sévère, le crayon pointé sur une ligne, s'enquit :

– *Vorname*[1] ?

– Arnold.

– *Visiten verboten*[2].

– *Er hat mich aber telephoniert, dass ich kommen soll*[3].

1. « Prénom ? »
2. « Les visites sont interdites. »
3. « Il m'a téléphoné pour me demander de venir. »

La réceptionniste cracha un incompréhensible numéro de chambre et il la quitta sur un remerciement. Lisa s'éclipsa en vitesse, et retrouva son banc, vide à présent. Elle attendit une demi-heure avant de voir Steiger réapparaître, puis disparaître. Alors elle appela Stefan.

La nuit tombait quand elle rejoignit l'hôtel. Elle n'avait bougé de son banc que pour acheter un sandwich à la cafétéria, juste avant la fermeture à dix-neuf heures, ou prendre des boissons au distributeur. Tous ses muscles étaient douloureux. Sa cheville la faisait à nouveau souffrir. Elle se traînait avec autant de peine que le malheureux Guillaume Tell dans ses sandales en bois, et aurait donné cher pour en savoir plus long sur l'état de « Wilhelm Tell ».

Elle croisa un groupe de cadets surexcités, qui se remémoraient avec fougue les hauts faits des trois derniers jours. Dans l'après-midi, ils s'étaient prêtés à des séances de photographie avant de se rendre à leur premier bal. Un événement longtemps attendu, et qui marquait leur entrée dans la communauté des adultes. Ainsi se clôturaient leurs années dans le Kadettenkorps.

Un mot de Thomas attendait Lisa. Il regrettait de l'avoir manquée le matin, passerait autour de dix heures au Krone et l'invitait à l'accompagner à l'Alte Reithalle, où devait se tenir le bal public de l'Ausschiesset.

Elle ne monta même pas dans sa chambre et fuma cigarette sur cigarette en l'attendant. Dès qu'il apparut, elle manifesta, en désignant sa cheville enflée, le grand regret de ne pouvoir accepter son invitation. Puis, à brûle-pourpoint, elle lui demanda s'il connaissait, à l'hôpital, une personne susceptible de la renseigner sur l'état d'un malade. Pendant qu'il réfléchissait, elle expliqua brièvement que Schuler, un ancien nazi, était recherché par la police internationale et qu'elle souhaitait, en attendant l'arrivée des autorités compétentes, être informée sur sa santé.

– Ma sœur a une copine infirmière, se souvint Thomas.

Il promit d'obtenir au plus tôt l'information souhaitée et de la rappeler.

Le téléphone la réveilla le lendemain vers huit heures. Au petit matin, on avait trouvé Schuler mort dans son lit. Le cathéter central, relié au cœur, avait été tranché pendant la nuit, manipulation qui avait entraîné le décès. La police avait conclu à un suicide. Dans sa main droite, l'homme tenait un canif rouge à croix blanche. Un modèle très ancien, d'après l'infirmière.

XXX

Le suicide de Schuler était-il une bonne ou une mauvaise nouvelle ?

– Pour l'instant, dit Stefan en l'apprenant ce mercredi matin, je suis bien incapable de répondre. Je te le dirai ce soir.

– Tu ne pourras pas me joindre. Je serai dans l'avion.

– Déjà ?

– Je n'ai plus rien à faire ici.

– Et moi qui voulais t'inviter à dîner avant ton départ !

Par Thomas, Lisa avait appris qu'elle aurait pu s'épargner des tracas en prenant un train à l'aéroport, dès la descente d'avion, au lieu de traîner ses bagages à la gare de Zurich. Cette solution lui paraissait très opportune pour le retour.

– C'est gentil, Stefan, mais je n'ai pas prévu de m'arrêter à Zurich.

Revoir Stefan lui avait été si douloureux qu'elle préférait ne pas remuer le couteau dans la plaie. Elle l'aimait encore trop. Mais lui, qui l'aimait aussi – il aurait fallu être coulé dans du béton pour ne pas s'en apercevoir – semblait prendre plaisir à se taillader la chair.

– S'il te plaît, supplia-t-il.

Elle fondit.

– Bon, d'accord. Alors où, et à quelle heure ?

– Demain, à...

– Non, aujourd'hui.

– Demain, s'il te plaît. Je t'en prie ! Ce soir, je ne peux pas.

Cette fois encore, le son implorant de la voix de Stefan la toucha. Elle soupira.

– D'accord. Demain.

Elle prolongea donc son séjour à Thoune. Après un tumulte de trois jours, la ville était subitement tombée dans une léthargie mortelle. Le temps s'étirait comme l'un de ces serpentins de réglisse, connus ici sous le nom de *Bäredreck*[1], dont Lisa se gavait.

Son coup de téléphone surprit Thomas en pleine grasse matinée. Il récupérait. Après qu'ils eurent échangé leurs coordonnées, Lisa le rendit aux bras de Morphée. Un vapeur la promena ensuite pendant quelques heures sur le lac, avec arrêt dans un village de pêcheurs. Mais elle ne profita pas de l'excursion. Sa tête était ailleurs. Elle retint pour le lendemain une chambre à l'hôtel Zum Storchen[2], situé dans le vieux Zurich, sur une placette proche de la maison de Stefan. Moins vaste et luxueux que le Baur au Lac, l'établissement était très soigné, romantique et charmant.

Arrivée en début d'après-midi après avoir revu la dame en violet et reçu son beau sourire, Lisa partit jusqu'au kiosque de Lili qui, de surprise, laissa tomber un paquet de journaux. La kiosquière rayonnait. Christoph Meili avait obtenu le statut de résident permanent aux Etats-Unis, et le juge d'instruction zurichois, après trente-sept semaines d'instruction, venait de prononcer un non-lieu, estimant que les documents soustraits n'étaient « pas soumis au secret bancaire ». A charge pour Meili de payer les sept cents francs de frais de procédure.

– Il peut toujours courir, le juge ! s'amusa Lili. *Grüezi, herr Müller... Wie gaat s Irem frau*[3] ? Le Chris-

1. « Crotte d'ours ».
2. A la Cigogne.
3. « Comment va votre femme ? »

toph, il est malin ! Il a donné son adresse à personne.

– Et l'archiviste qui avait ordonné de détruire les documents ?

– Eh bien, pour lui, c'est en ordre. *Drei füfesächzg und ais füfzää macht vier achzig bitte*[1]... Le juge a dit qu'il a rien à se reprocher. Il était en vacances quand le Conseil fédéral a ordonné qu'on devait protéger tous les documents. Alors il ne pouvait pas savoir, puisqu'il était en vacances. *Was möchted Si gärn*[2] ?

Après avoir acheté quelques confiseries de première urgence et *Le Nouveau Quotidien* qui titrait à la une : « 85 % de l'or pillé par les nazis a transité par la Suisse », Lisa laissa Lili à ses clients et traversa la Bahnhofstrasse vers le grand magasin Grieder. Depuis combien de temps n'avait-elle plus acheté l'une de ces toilettes qui autrefois la comblaient ?

Elle entra, craqua pour une robe en mousseline de soie, au ton hésitant entre le pourpre, la myrtille et le chocolat, couverte d'un lacis de fleurs et feuillages en velours.

De retour à l'hôtel, Lisa ouvrait la fenêtre de la jolie chambre donnant sur la Limmat quand son téléphone mobile sonna.

– Merci pour ton superbe stylo, ma petite fille chérie. Il...

– Papa ! Mon papa...

Elle éclata en larmes de bonheur.

Stefan devait déjà patienter au restaurant quand elle raccrocha, le cœur bondissant dans sa poitrine. Sa valise n'était même pas ouverte. Elle tira la robe du cabas de papier et l'enfila. Echevelée, elle poussa en trombe la porte du restaurant Kronenhalle, où Stefan l'attendait, inquiet. Il était placé juste sous le tableau de Chagall qui représentait un coucher de soleil sur la

1. « Trois soixante-cinq et un quinze font quatre quatre-vingts, s'il vous plaît. »

2. « Que désirez-vous ? »

mer. Interdite, Lisa s'arrêta dans sa course. Les images se bousculaient dans son esprit. Soudain, elle bondit vers lui, qui s'était levé, et tomba dans ses bras.

– Mon père est vivant, Stefan ! Il vit, et il m'a parlé.

A son tour, bien qu'il ne connût pas Walter Neumann, il fut submergé par l'émotion. Les larmes de Lisa coulaient à nouveau.

– Merveilleux ! disait-il en la serrant contre lui et la berçant comme un bébé. Merveilleux !

Ils s'assirent, car toute la salle les regardait.

– Raconte vite ! Non, attends ! Commandons d'abord à dîner, avec un bon vin pour fêter le retour de ton papa.

Arnold Schuler avait en effet conclu un accord avec le gang chinois, chargeant celui-ci de faire disparaître le *taïpan*. Martin avait servi d'intermédiaire et aussitôt rejoint Canton, où il avait trouvé un train pour Shanghai.

Walter flottait sur le dos, comme il aimait le faire au large, lorsqu'il avait vu approcher l'une de ces nombreuses barques de pêcheurs qui traversaient la baie, avec leur attirail de seaux et de filets. Comment aurait-il pu se méfier de deux pêcheurs, l'un fumant la pipe et l'autre ramant, qui semblaient retourner au port ? Après l'avoir assommé, ils l'avaient hissé à bord. Le coup de rame n'avait pas dû être assez radical car Walter avait repris ses esprits alors que le fumeur de pipe s'apprêtait à lui faire une piqûre. D'un coup de poing bien appliqué, il avait fait valser la seringue dans l'eau. Exploit salué par un juron retentissant. Un juron shanghaien ! Le rameur était alors venu au secours de son compagnon pour ligoter Walter. Craignant d'être aperçus, ils l'avaient ficelé au plus vite, avec une large bande collante sur la bouche, avant de le couvrir de filets.

Les deux hommes s'étaient alors disputés, toujours en shanghaien, chacun rejetant sur l'autre l'échec de la manœuvre. Walter n'entendait que des bribes de conversation mais il lui avait semblé que son nom, Neumann, revenait fréquemment. Que ses ravisseurs parlent de lui paraissait normal, mais le contexte semblait étrange. La mer était mauvaise. Le bateau sautait sur les vagues. Ballotté, manquant d'air, Walter n'avait pu réprimer un vomissement qui avait failli l'étouffer.

Occupés à se quereller, les malfrats l'ignoraient. Soudain, il en avait entendu un vociférer : « C'est ta faute, Neumann ! Je t'avais dit que deux c'était pas assez, que cette espèce d'œuf de tortue vieux de huit jours était fort comme un démon, et qu'il en fallait un troisième. Mais toi, Neumann, espèce d'âne chauve, tu te crois toujours plus intelligent que les autres.... »

Pas de doute, l'un des deux portait son nom. Dans un flash, il s'était alors souvenu du jour où neuf bombes américaines avaient arrosé le ghetto de Shanghai, tuant et blessant des centaines de juifs et de Chinois. Et du jeune coolie qu'il avait « déterré »...

Par l'effet du vomissement, un peu d'air s'était infiltré sous la bande adhésive. Faisant jouer les muscles de son visage et gicler de la salive entre ses dents, Walter était enfin arrivé à bouger les lèvres. A peine, mais assez pour moduler le sifflement enseigné par le coolie. Il avait dû s'y prendre à plusieurs reprises. Enfin, il avait entendu des pas s'approcher. Il avait alors sifflé comme un perdu, reprenant sans cesse. Jusqu'à épuisement. Les cordelettes lui sciaient les poignets et les chevilles. Sentant ses forces l'abandonner, il allait renoncer quand une main rude avait dégagé son visage, lui égratignant la peau. Penché sur lui, le fumeur de pipe scrutait ses traits. « Où as-tu appris ça ? » avait-il aboyé en anglais. Question à laquelle Walter avait préféré répondre par une autre question, en shanghaien. « Y a-t-il ici quelqu'un qui s'appelle Neumann ? »

L'homme avait sursauté. « C'est moi. – Es-tu le premier fils de Yang ? – Oui. – Ton honorable père est-il toujours de ce monde ? – Oui. – Ton honorable père se souvient-il du 17 juillet 1945 ? – Que lui veux-tu ? »

Walter avait pris sa respiration. Les mots du coolie lui revenaient à l'esprit comme s'il les avait entendus la veille. « Je m'appelle Yang, m'a dit ton père quand je l'ai libéré des gravats qui l'enterraient, et je n'ai qu'une parole : mon premier fils portera ton nom, Neumann. Je n'oublierai jamais ce que je te dois. Jusqu'à la fin de ma vie, tu pourras me demander ce que tu voudras. J'habite sur un sampan amarré dans Soochow Creek. » Puis Walter avait expliqué comment Yang, avant de le quitter, lui avait enseigné ce sifflement pour qu'il puisse se faire reconnaître depuis la berge.

Yang Neumann avait alors sorti un téléphone de sa musette et appelé son père. Du fond de la barque, Walter voyait le soleil rouge plonger dans la mer. A cet instant, avait-il encore pensé, épuisé, avant de sombrer dans l'inconscience, le dernier gouverneur britannique entamait son discours d'adieu.

Il s'était éveillé dans la cabine d'un grand sampan. Ses entraves avaient été desserrées. Un Chinois au front ridé, lui soutenant la tête, tentait de le faire boire. Walter avait reconnu le vieux Yang. Par le hublot, il avait vu la nuit pluvieuse s'éclairer des feux d'artifice qui, dans le ciel de Hong Kong, célébraient la fin de l'ère coloniale.

Le vieux Yang, qui avait lui aussi quitté Shanghai pour Hong Kong en 1949, l'avait gardé prisonnier sur le sampan, quelque part dans le village flottant d'Aberdeen. N'étant pas le chef, il n'avait pu relâcher Walter, mais il s'était ingénié à lui rendre la détention supportable. L'un de ses pieds restait toujours attaché. Une Chinoise sans âge lui préparait à manger, s'occupait de son linge, et il disposait d'une petite télévision. Vieux Yang, qui lui avait donné des vêtements chinois, venait le voir tous les jours et lui apportait des journaux. Ils jouaient au mah-jong. Chaque soir, Walter regardait le soleil couchant, pensait à son passé et à ce qu'il pourrait encore faire de ses jours, si Dieu avait la mansuétude de lui rendre la liberté et de lui prêter vie.

– Papa devait regarder un coucher de soleil semblable à celui-ci, dit Lisa en désignant le tableau de Chagall.

Elle fixa l'astre avec tant d'intensité qu'elle baissa les paupières sur un éblouissement pourpre.

Vieux Yang connaissait Peter, l'un des paparazzi travaillant avec Franz, l'associé de Schuler. Bien des fois, il lui avait signalé les célébrités qui séjournaient à bord des yachts. Sachant le grand âge de celui qui avait payé pour être débarrassé de Walter, Yang avait demandé à Peter de l'informer sans faute, au cas où « le vieux Long-Nez suisse » partirait dans l'autre monde. Le paparazzi avait appelé Yang ce jeudi et, fidèle à sa parole, le Chinois avait aussitôt déposé Walter à terre, avec l'argent pour prendre un taxi.

Ayant décidé d'aller boire le café au Kronenhallebar, Lisa et Stefan s'installèrent sur la banquette de cuir vert, à l'endroit où elle formait un coin, d'où on voyait sans être vu. La meilleure place pour parler.

Mais ils se taisaient tous deux. Leurs yeux se croisèrent, brûlants.

– J'ai un cadeau pour toi, dit alors Stefan.

Il porta la main à la poche intérieure de sa veste, en retira un petit paquet plat.

– Qu'est-ce que c'est ? demanda Lisa en le tâtant.

– Regarde.

Ses doigts devinèrent avant ses yeux. Le papier de soie s'ouvrit sur le collier. Elle se sentit blêmir, trembler des pieds à la tête. Enfin elle se ressaisit, rejeta en arrière la masse de ses cheveux.

– Comment as-tu fait ?

– Tu m'avais bien chargé d'être ton avocat, non ?

Elle hocha la tête.

– Alors, j'ai plaidé ta cause, et j'ai gagné hier soir. C'est tout. Tu m'offres une cigarette ? dit-il en saisissant l'étui de Lisa.

Muette, elle le regardait feindre d'être très occupé à tester le goût de la blonde. Il présentait ce profil fin, tant aimé, dont avait hérité Nina. Elle porta les mains à sa nuque, détacha le collier qu'elle n'avait pas quitté, ni jour ni nuit, depuis la disparition de Walter, et le lui tendit.

– Pour Nina.

Il sursauta, se raidit.

– Je te remercie beaucoup, mais je ne peux pas l'accepter. C'est un trop beau cadeau.

Comme si elle n'avait pas entendu, elle poursuivit :

– Attends, j'hésite. Je vais peut-être donner le vrai collier à Nina. Je ne sais pas encore. Parce que celui-ci, c'est papa qui l'a fait faire pour moi... Il faut que je lui demande lequel est pour Nina.

– Que ce soit l'un ou l'autre, je préfère que tu le lui offres toi-même, si tu le souhaites encore, quand elle aura l'âge de le porter. En attendant, je te demande de les garder tous les deux.

Cent mille volts relièrent leurs yeux, et Lisa se jeta contre Stefan, les joues mouillées de larmes. Il lui caressa les cheveux, la couvrit de baisers tendres. Longtemps, longtemps.

Épilogue

Les fantômes, qui traînent au pied le boulet de leurs souvenirs, n'en finissent pas de casser le morceau et de découvrir le pot aux roses, que l'on croyait pourtant bien caché. Chaque fois, c'est le même scénario : on nie, outré, puis on reconnaît. Parfois on s'excuse. Mais avec tant de raideur.

A ceux qui douteraient toujours que la Suisse a traité avec l'Allemagne, le *Sonntagszeitung* révèle fin novembre 1997, documents à l'appui, qu'un transfert d'une tonne d'or a encore été effectué le 19 avril 1945 par la valise diplomatique de la Reichsbank à la légation allemande à Berne. Trois semaines avant l'armistice ! Selon l'hebdomadaire, la Confédération helvétique a confisqué cet or après la guerre.

Une fois n'est pas coutume ? Que si ! Quelques jours plus tard, la commission Bergier confirme l'ampleur des achats d'or nazi par la Banque nationale suisse et révèle que les banques commerciales du pays ont acheté trois fois plus d'or (61,2 millions de dollars) que ce qu'on croyait jusqu'ici. Notamment la S.B.S., la Banque Leu, l'U.B.S., la Banque commerciale de Bâle, le Crédit Suisse et la Banque fédérale.

Début décembre 1997 s'ouvre à Londres la Conférence sur l'or, avec la participation de quarante-deux Etats. Le but de la conférence est d'établir la vérité des faits. Mais la tempête helvète n'a pas servi de leçon : les débats se tiennent à huis clos. La Suisse a ses détracteurs et ses défenseurs. Les organisations juives la poursuivent de critiques, tout comme elles s'en prennent au Vatican, qui refuse d'ouvrir ses archives.

« Si l'affaire des fonds juifs vous fait mal aux dents, a osé clamer une affiche publicitaire, utilisez le dentifrice Z... » Qu'il serait simple, en effet, de dissoudre les traces douloureuses des années noires en étalant une belle pâte blanche dessus. Ni vu ni connu.

« Auschwitz n'était pas en Suisse, que je sache ! » s'est indigné un conseiller fédéral. Non, pas en Suisse, il est vrai. A la frontière seulement.

Les parents de M. Charles Sonabend ont été expulsés de Suisse en 1942... Un rapport détaille comment une voiture de police vint embarquer la famille. Mme Sonabend hurla de désespoir avant de s'évanouir. Les enfants crièrent au secours, attirant l'attention d'une cinquantaine de personnes. Celles-ci demandèrent et obtinrent pitié pour les malheureux. Le surlendemain, on apprit que la famille Sonabend avait été transportée en taxi jusqu'à la frontière. A ses frais. Les parents de M. Charles Sonabend devaient mourir à Auschwitz. Sa requête – il demandait au Conseil fédéral des réparations pour tort moral – a été rejetée.

Les archives de Genève révèlent que, pendant la Seconde Guerre mondiale, le canton a ouvert la frontière commune avec la France à huit mille réfugiés juifs et en a renvoyé quelques centaines. Quelques centaines seulement. Pourquoi ceux-là ?

Et les autres, comment ont-ils été accueillis ?

Un documentaire britannique soutient que les réfugiés internés dans des camps de travail ont été traités comme des criminels. Plusieurs avocats américains s'apprêtent à engager des poursuites judiciaires à l'encontre du gouvernement suisse au nom des survivants de ces camps. Celui-ci s'inscrit en faux contre ces accusations : les camps d'internement n'étaient pas des camps de concentration et les réfugiés n'étaient pas des prisonniers.

On ne demanderait qu'à le croire, s'il n'y avait déjà eu tant de mensonges.

Heureusement, M. Simon Wiesenthal, directeur du

centre de documentation juif de Vienne, vient au secours de la Suisse et critique toute assimilation fallacieuse. D'autre part, les journaux de tous pays publient des lettres de réfugiés reconnaissants.

Toute la lumière doit être faite, ne cesse-t-on de répéter.

Selon le *New York Times,* le Congrès juif mondial ainsi que l'autorité fédérale de surveillance des assurances et M. Alfonse D'Amato suggèrent qu'une commission internationale recherche les polices d'assurances en déshérence. Cependant, la Winterthur et la Bâloise refusent en février 1998 d'ouvrir leurs archives aux autorités américaines. Pour toutes explications, la Winterthur fait savoir que ses activités ne sont soumises qu'aux lois suisses.

L'argumentation de certains négationnistes s'appuyait en partie sur le fait que le Comité international de la Croix-Rouge n'avait jamais dénoncé l'existence de camps d'extermination, ni de chambres à gaz, ni de fours crématoires, pures inventions... Il va falloir réviser : le 7 octobre 1997, le C.I.C.R. remet à Israël des copies de plus de soixante mille documents datant des années 40, dont certains révèlent le manquement de l'organisation à dénoncer l'extermination massive de juifs.

Les dirigeants suisses de la Croix-Rouge ne sont pas les seuls désignés du doigt. Au pilori, les directeurs des filiales allemandes des sociétés suisses Maggi, Georg Fischer et Alusuisse ! Une recherche publiée par les archives fédérales révèle que ces entreprises ont adapté leur production aux besoins du IIIe Reich et utilisé des travailleurs déportés. Ceux-ci étaient traités comme des « sous-hommes ». Le groupe Alusuisse-Lonza le reconnaît.

« C'est la paille et la poutre », sifflent les fantômes.

Fin 1997, le *New York Times* révèle que la Réserve fédérale américaine a refondu dans les années 50 de l'or nazi pour une valeur d'environ vingt-trois millions de dollars de l'époque. La Réserve fédérale a remplacé le swastika par son sceau tout en sachant que la majeure partie de cet or avait été volé en Belgique et aux Pays-Bas.

Par ailleurs, des médias allemands et autrichiens font part de la découverte à Vienne de vingt-deux microfilms, tombés en 1945 entre les mains des Américains, prouvant que les Etats-Unis avaient déjà, à cette date, connaissance de l'origine de l'or volé par les nazis.

Après les Etats-Unis, au tour de la France. A New York, des survivants de l'Holocauste déposent une plainte collective contre neuf banques françaises, parmi lesquelles le Crédit Lyonnais. Bientôt, l'Agence juive en Israël indique que la France sera le prochain pays visé par son organisation pour récupérer les biens juifs spoliés pendant la Seconde Guerre mondiale. Et les organisations juives françaises de s'indigner : le gouvernement de la République fait tout son possible pour éclaircir le passé.

L'Etat hébreu n'est pas à l'abri des critiques. Le président de la sous-commission bancaire de la Knesset estime à soixante millions de dollars le montant des avoirs en déshérence déposés auprès des banques israéliennes.

La Suède. En décembre 1997, une commission mandatée par la Banque centrale suédoise révèle que ce pays a reçu 59,7 tonnes d'or allemand entre 1940 et 1944. Une partie de cet or, soit 17,9 tonnes, avait été volée aux banques centrales européennes.

En ce même mois de décembre 1997, noces d'or en Suisse : les deux géants bancaires, l'U.B.S. et la S.B.S., s'unissent pour le meilleur et pour le pire, juste après que l'U.B.S. a présenté ses excuses « pour les erreurs commises dans le traitement de son passé ».

Peu après, le sénateur Alfonse D'Amato proteste contre la fusion entre les deux banques, qu'il juge peu soucieuses de vouloir donner de « véritables réponses » aux victimes de l'Holocauste. « C'est sûr, sifflent les fantômes, qu'il sera plus facile d'enterrer les dossiers. »

Le président de l'U.B.S., M. Studer, cinquante-neuf ans, est prié de prendre la porte, bien qu'il soit allé à Canossa : il a dit regretter ses commentaires sur les fonds en déshérence et sur Christoph Meili. Cependant, M. Studer ne se contentera pas de *peanuts*. On murmure qu'une prime de vingt millions de francs suisses le consolera. Ni les clients, ni les administrateurs ne connaîtront la somme exacte. Car ces messieurs de Zurich se refusent à parler d'argent. C'est trop vulgaire, vraiment.

« Quand pensera-t-on à nous ? » s'inquiètent les fantômes. Qu'ils n'aient crainte.

31 octobre 1997 : le Conseil de la Banque nationale suisse donne son feu vert au versement de cent millions de francs dans le Fonds spécial, à présent doté de deux cent soixante-douze millions de francs suisses.

11 novembre 1997 : en ce jour de l'Indépendance lettone, la première bénéficiaire, Mme Riva Schefer, soixante-quinze ans, reçoit à Riga un chèque de six cents francs suisses. Toute une délégation de gens importants venus en avion de Suisse et des Etats-Unis assiste à la cérémonie.

18 décembre 1997 : à Tirana, en Albanie, vingt-trois survivants de l'Holocauste, musulmans et chrétiens dans la détresse, se voient offrir mille francs suisses chacun, une somme supérieure à leur rente annuelle versée par l'assurance sociale albanaise.

10 février 1998 : douze millions de francs libérés par le Fonds spécial sont peu à peu distribués à des survivants juifs en Hongrie. Plus de dix-huit mille personnes reçoivent des contributions d'environ six cents francs suisses chacune. Il en est de même pour quarante-quatre personnes non juives et deux homosexuels.

Fin octobre 1997, l'Association suisse des banquiers publie deux listes totalisant 14 562 comptes en déshérence, dont 10 875 de titulaires suisses et 3 687 étrangers. Leur montant atteint 18,8 millions de francs suisses. Les comptes de citoyens suisses inférieurs à 100 francs n'y figurent pas. Les banques offriront l'ensemble de ces petites sommes, environ 1,1 million de francs, à la Croix-Rouge suisse.

A la mi-décembre, la commission présidée par M. Volcker a identifié quatre mille cinq cents comptes de la liste publiée. Six mille six cents détenteurs s'étaient annoncés auprès des banques. Cependant, d'après le centre Simon-Wiesenthal qui demande l'ouverture d'une enquête, cette liste contient les noms de cinquante-deux criminels de guerre nazis.

Le jour suivant l'annonce de la fusion entre l'U.B.S. et la S.B.S., et juste après que le président Robert Studer a été évincé, le chef de la filiale de l'U.B.S. à New York présente ses excuses à Christoph Meili.

En janvier 1998, l'ancien gardien de nuit réclame 2,56 milliards de dollars à l'U.B.S. en dommages et intérêts pour les torts subis.

Or, selon le *Sonntagszeitung*, Christoph Meili n'aurait pas découvert par hasard les documents destinés à la broyeuse. Le local en question ne faisait pas partie de son circuit de ronde. Et il avait été averti que, en raison de la réduction du nombre de gardiens, la société qui l'avait embauché renoncerait à ses bons offices.

Qu'en pense Lili ?

Personne n'a pu interroger Lili, mais on sait qu'elle adhère à la Fédération suisse des femmes protestantes qui, avec la Ligue suisse des femmes catholiques, demande « le pardon des juives et des juifs », et invite « à dépasser le contenu antijudaïque de certains passages de la Bible ».

Par ailleurs, Lili est mécontente. *Le Nouveau Quotidien* et *Le Journal de Genève* disparaissent fin février.

Eux aussi fusionnent. A leur place paraîtra le 18 mars 1998 le premier numéro d'un journal appelé *Le Temps*. C'est le progrès, lui a-t-on assuré.

Et Malka ?

Bien sûr, Malka a été déçue de voir que son nom ne figurait pas sur la liste d'octobre. Et puis, en apprenant que le Fonds spécial commençait à soulager des miséreux, son bon cœur a pris le dessus. « J'en ai tout ce qu'il mé faut. Plus, j'ai pas besoin pour vivre. Jé suis heureuse qué les vieux femmes et les vieilles hommes qu'ils avaient la vie si difficile, ils peuvent un peu profiter. » Savoir que ces petites sommes d'argent apportent tant de douceur aux juifs de l'Est, eux qui ont été humiliés, niés, dépouillés, lui met le cœur en fête.

Sur le quai de la gare de Zurich, la dame en violet continue à veiller sur le destin des passagers. Comme elle a veillé sur celui de Lisa et peut-être, à travers elle, sur celui de Walter.

Mais Tatiana ne doit jamais l'avoir croisée. Sinon la police l'aurait-elle soupçonnée de connaître d'un peu trop près l'un des malfrats impliqués dans le « hold-up du siècle », au bureau de poste de la vieille ville ? Lors d'une perquisition dans son appartement, les policiers ont trouvé et confisqué une importante somme d'argent dont elle n'a pas pu prouver la possession légale. Libérée après interrogatoire, elle reste dans le collimateur des enquêteurs.

Stefan a pu obtenir la garde de Nina. La petite vit avec lui à Hong Kong, où il est devenu le juriste attitré d'une banque suisse dont il se veut l'âme vigilante. Elle apprend l'anglais et se réjouit de « faire la fête au mariage ». Heureux d'avoir quitté Zurich et ses fantômes, Stefan pense souvent à son père. Avec une très grande douleur. Ils ne se sont plus parlé.

Qui invitera-t-on au mariage ? Dans la maison Neumann, Lisa et Stefan composent leur liste.

Malka, bien sûr, qui sera si heureuse de visiter Hong Kong ! Lisa lui enverra un billet d'avion.

– Et Ernst ? demande-t-elle à Stefan avec douceur. Tu invites Ernst, n'est-ce pas, Stefan ?

– Oui, décide Walter d'une voix forte. Moi, j'invite M. Meier... Et nous parlerons de mon père.

Immobile devant la baie vitrée, il regarde la nuit tomber.

Paris, le 2 mars 1998.

BIBLIOGRAPHIE

Presse

Berner Zeitung – Le Figaro – L'Hebdo – Hong Kong Standard – International Herald Tribune – Le Journal de Genève – Libération – Le Monde – Neue Zürcher Zeitung – Le Nouveau Quotidien – South China Morning Post – Tages Anzeiger– Thüner Tagblatt– 24 Heures.

Brochures et revues

Géo, nº 103, septembre 1987.
Hong Kong 1997, City on the edge, An Agence France-Presse Publication.
La Suisse, noir sur blanc, Les dossiers du Canard, mars 1990.

Guides

Le grand guide de Hong Kong, Bibliothèque du Voyageur, Gallimard.
Suisse, Carrefour de l'Europe et des traditions, par Jean-Robert Probst, Guides Olizane, 1993.
Modärns Schwyzerdütsch, par Martin Zwicky, Verlag ALC, Fribourg.

Ouvrages

Beat BALZLI, *Les Administrateurs du Reich,* éditions Metropolis, 1997.
Tom BOWER, *L'Or nazi – Les banques suisses et les Juifs,* Plon, 1997.

Alfred A. HÄSLER, *La barque est pleine*, éditions M., Zurich, nouvelle édition 1992.
Stefan KELLER, *Délit d'humanité. L'affaire Grüninger*, éditions D'en Bas, Lausanne, 1994.
Claude MOSSÉ, *Ces Messieurs de Berne, 1939-1945*, Stock, 1997.
Werner RINGS, *L'Or des nazis – La Suisse, un relais discret*, Payot, Lausanne, 1985.
Gitta SERENY, *Au fond des ténèbres*, traduit de l'anglais par Colette Audry, Denoël, 1975.
Lilly STUNZI (dossier iconographique de), textes de Alfred Berchtold, Manfred Hoppe, Ricco Labhardt, J. R. de Salis, Leo Schelbert, *Quel Tell ?*, Payot, Lausanne, 1973.
Jean ZIEGLER, *La Suisse lave plus blanc*, Seuil, 1990.

Sites Internet

Bruno GIUSSANI : www.giussani. com/holocaust-assets
Ausschiesset und Kadetten : www.kadetten-thun.ch

REMERCIEMENTS

Pour leur aide et leur amitié :
Catherine GULLOTTI ; Pierre HAZAN.

Pour leurs informations de première main :

A Zurich : Marco JANDOLO ; Guy KRAYENBÜHL ; Nicolas LIEBER ; Serge MICHEL, journaliste.

A Thoune : Fritz BIERI ; Renate GLOOR, office du tourisme de Thoune ; Hanspeter KERNEN, président de la *Kadettenkommission* ; Hôtel KRONE ; Hanspeter VETSCH, RESPONSABLE du tir des *Ehemalige Kadetten*.

A Interlaken : Jeux de Tell.

A Paris : Thierry GARREL (Arte) ; Bibliothèque du Centre culturel suisse ; Office national suisse du tourisme.

Pour leur coopération involontaire :

Mmes Greta BEER, Estelle SAPIR et M. Christoph MEILI, dont j'ai repris les déclarations publiées par la presse ; M. Pierre-Olivier WALZER dont un article paru dans *L'Hebdo* m'a grandement inspirée, ainsi que les journalistes, lecteurs et auteurs de points de vue publiés dans *Le Nouveau Quotidien*, dont j'ai reproduit maints propos. Qu'ils me pardonnent de ne pouvoir les citer tous.

M. K.

5206

Photocomposition Assistance 44-Bouguenais
Achevé d'imprimer en Europe (France)
par Maury-Eurolivres – 45300 Manchecourt
le 19 avril 1999.
Dépôt légal avril 1999. ISBN 2-290-05206-X

Éditions J'ai lu
84, rue de Grenelle, 75007 Paris
Diffusion France et étranger : Flammarion